Jotadé

Santiago Díaz
Jotadé

NEGRA
ALFAGUARA

Papel certificado por el Forest Stewardship Council®

Primera edición: marzo de 2025

© 2025, Santiago Díaz Cortés
Esta edición se ha publicado gracias al acuerdo
con Hanska Literary&Film Agency, Barcelona, España
© 2025, Penguin Random House Grupo Editorial, S. A. U.
Travessera de Gràcia, 47-49. 08021 Barcelona

© Diseño: Penguin Random House Grupo Editorial, inspirado en un diseño original de Enric Satué

Printed in Spain – Impreso en España

ISBN: 978-84-10299-49-8
Depósito legal: B-623-2025

Compuesto en MT Color & Diseño, S. L.
Impreso en Unigraf, Móstoles (Madrid)

AL99498

Sin mentiras, la humanidad moriría de desesperación y aburrimiento.

ANATOLE FRANCE

I

1

El Volvo S90 de color negro circula lentamente por la avenida de Andalucía, procurando no llamar la atención. Se detiene en un semáforo en rojo y a su lado para un zeta de la Policía Nacional. El agente que viaja en el asiento del copiloto mira a los cinco ocupantes del Volvo, de entre veinticinco y treinta y siete años, pero ninguno mueve un músculo. Quizá hace algunos años, cuando se esforzaba por hacer su trabajo lo mejor posible, su instinto de policía le habría avisado de que si varios hombres se paralizan al sentirse observados es por algún motivo, y generalmente malo. Se fija en los tatuajes que asoman por el cuello de las camisetas y en el pelo cortado con un degradado que deja las sienes y la nuca al descubierto; el mismo corte de pelo que llevan todos los jóvenes, incluidos sus dos hijos adolescentes. Si los estudiase con más detalle, se daría cuenta de que algunos de esos tatuajes son carcelarios o de pertenencia a alguna banda criminal. Pero él está convencido de que vienen de juerga y han bebido más de la cuenta, de ahí que miren al frente sin cruzar una palabra. Por un momento, se le pasa por la cabeza darles un susto; sin embargo, antes de poder comentarlo con su compañero, reciben un aviso sobre una agresión con arma blanca en una zona de copas cercana.

La sirena sobresalta a los del Volvo, aunque respiran aliviados cuando ven que el zeta se salta el semáforo y se pierde a toda velocidad por una callejuela.

—Casi… —dice Mauro, uno de los tres que van en el asiento trasero, con cara de estar todavía recuperándose del último chute.

—Pinches hijueputas —dice a su vez Juárez mientras enseña el dedo anular, en el que tiene tatuada la bandera de México.

—Métete por ahí —ordena Tony Garza, el que está al mando, sentado en el asiento del copiloto.

—Igual deberíamos dejarlo estar, Tony —responde con cautela Ángel, conductor habitual en todo tipo de fechorías desde que cumplió doce años—. El susto ya lo llevan en el cuerpo.

—Los sustos a estos mierdas se la sudan.

—Al viejo no le va a hacer gracia.

Tony se gira y fulmina con la mirada al último que ha hablado. Omar lleva buscándose la vida en la calle desde que llegó en una patera y no suele temerle a nada; aun así, Tony le intimida. Se ha cruzado con muchos malparidos, empezando por los que le vendieron el billete para viajar desde Argelia, aunque ninguno tan impredecible como él.

—¿Tú ves a mi padre por algún lado, Omar?

—No.

—Entonces cierra la puta boca. Aquí el que manda soy yo. Y ya os he dicho lo que hay que hacer, ¿está claro?

Ninguno se atreve a decir nada.

—Pues, si ya no queda ninguna duda —se vuelve hacia el conductor—, tira hacia el puente de una vez.

Al llegar a una calle cortada por obras, Mauro se baja y retira una valla. A mediados de julio, la temperatura de la noche madrileña es asfixiante, pero se ha puesto una gorra y una bufanda del Real Madrid que le cubre la nariz y la boca. Cuando el coche pasa, devuelve la valla a su sitio y regresa al interior. Recorren unos metros y se detienen sobre un puente que atraviesa la M-30. Bajo sus pies, los coches circulan a toda velocidad por la autopista.

Todos los chicos salvo Tony se apean del vehículo con la cara cubierta. Ángel y Omar atan sendas sogas a la barandilla del puente, mientras Juárez y Mauro aguardan junto al maletero, vigilando que nadie los vea.

—Daos prisa —dice Mauro—. Aquí podría vernos cualquiera.

—Esto ya está —responde Omar mientras comprueba que las dos sogas han quedado bien sujetas.

Abren el maletero y dentro hay dos hombres de unos cuarenta años, amordazados y atados de pies y manos. Basta con ver sus caras deformadas por los golpes y las manchas de sangre de las camisetas para comprender que sus últimas horas no han sido fáciles. Los sacan mientras ellos protestan, ruegan y patalean, pero ignoran sus súplicas y les ponen las sogas al cuello.

—Esto os pasa por pendejos —dice Juárez.

Cuando los van a lanzar por el puente, Tony sale del coche, ahora también con la cara cubierta.

—Esperad.

Se acerca a las víctimas y, sin mediar palabra, saca un bisturí, les levanta las camisetas y les hace un profundo corte en el vientre, de costado a costado.

Las tres chicas vuelven de fiesta cantando a voz en grito un antiguo éxito de Karol G, que suena a todo volumen en la radio del descapotable. La que conduce se calla de repente y apaga la radio.

—¿Qué están haciendo esos?

Sus amigas se fijan en el puente justo en el momento en que dos hombres caen desde lo alto. En cuanto las sogas que tienen alrededor del cuello se tensan con un golpe seco, las tripas salen despedidas de sus cuerpos por la incisión del vientre y las de uno de ellos van a parar al interior del deportivo, bañando a las tres jóvenes en vísceras y sangre.

El volantazo hace que el coche rebote violentamente contra la mediana y se precipite al río Manzanares.

2

Ser gitano cierra muchas puertas en el mundo payo, y, si además eres policía, las puertas se cierran también en tu propia comunidad. Jotadé Cortés no se avergüenza de ser ni una cosa ni la otra, aunque, eliminando una de ellas de la ecuación, su vida sería mucho más sencilla. Desde que se licenció en la Academia de Ávila, ha tenido que demostrar cada día que es un buen poli, pero hasta él sabe que dista mucho de serlo; ha encubierto más de un asesinato por amor a los suyos, incumple sistemáticamente las reglas, se escaquea siempre que puede del papeleo y no sería la primera vez que falta al trabajo fingiendo estar enfermo cuando la realidad es que está resacoso. Entre sus compañeros tampoco sentó demasiado bien que fuese prácticamente elegido a dedo para ascender a subinspector. Méritos no le faltan —tiene en su haber el mayor número de detenciones de su comisaría—, pero muchos consideran que había otros más preparados y que a él solo lo premiaron por pertenecer a una etnia poco menos que inexistente en el cuerpo. Cuando dos de los compañeros perjudicados se lo echaron en cara después de una sesión en el gimnasio, Jotadé tiró de su habitual diplomacia:

—Me podéis comer los huevos por detrás.

Pero si hay algo que le pesa es precisamente haber hecho las cosas bien cuando, hace casi tres años, detuvo a su compañera y mejor amiga, la agente Lucía Navarro, por doble homicidio. Aquella fue una época movida, con demasiados cambios en su equipo; a la marcha de Lucía también se sumaron la de Indira Ramos, Iván Moreno, que se mudó a Villafranca de los Barros para vivir su particular vía crucis tras el caso Walter Vargas, y María Ortega, que pidió el traslado a su Santander natal. A cambio de tantas ausencias, se incorporó el inspector

Pedro Osborne, a quien Jotadé apoda el Bertín. Es un hombre comprensivo con sus subordinados, atento y respetado por toda la comisaría, pero, si Jotadé supiera lo que significa, diría que es un pusilánime. Por suerte para ambos, no tienen que verse mucho, ya que uno se pasa el día en la calle y el otro haciendo política en los despachos de la central. Cortés tiene más trato con la oficial Verónica Arganza: después de tanto tiempo trabajando juntos, se entienden de maravilla, aunque ella, al contrario que su compañero, es ordenada en todos los ámbitos de su vida. También congenia con el agente Lucas Melero, que sigue teniendo aspecto de adolescente enganchado a Instagram, a pesar de acercarse a la treintena.

—Pues hay un problema...

—¿Qué coño de problema va a haber? —Jotadé asoma la cabeza por la ventanilla de su reluciente Cadillac Eldorado del 89.

—El test indica que la concentración de monóxido de carbono se sale de los parámetros —responde el mecánico.

—A mí háblame en cristiano, payo.

—Los gases, que están disparados. Va a tener que llevarlo al taller y que le miren qué falla, porque algo falla.

—¿Me vas a tirar la ITV? —pregunta mosqueado.

—Veo que lo ha entendido.

—Que sepas que yo cuido este coche mejor que tú a tu madre, mierdaseca.

—Dispone de dos meses para volver a traer el vehículo, caballero. Circule, por favor.

Jotadé está a punto de salir del coche y hacerle tragar la carpeta en la que anota la incidencia, pero al mecánico lo salva una llamada de Verónica.

El Cadillac llega con la sirena ululando sobre el capó y se detiene en el arcén de la M-30. Un policía de tráfico se acerca a Jotadé cuando se está bajando del coche.

—Hemos habilitado un aparcamiento un poco más adelante, subinspector. Métalo ahí.

—¿Te crees que esto es un Corsa? No me toques tú también las pelotas que vengo calentito y no pienso meterlo en un descampado lleno de baches.

Va al encuentro de Verónica mientras se cuelga la identificación del cuello. La oficial Arganza, de treinta y un años, es una policía recta y respetuosa con las normas, pero investigar mano a mano con Jotadé le ha hecho tener que mirar hacia otro lado en más de una ocasión. Se esfuerza por cuidarse y resulta atractiva para muchos de sus compañeros, aunque suele ser bastante cortante con quien se le acerca con esa clase de intenciones, ya que está felizmente casada con una comandante de línea aérea.

—Esos dos han amanecido malamente —dice Jotadé mirando hacia el puente del que han ahorcado a dos hombres—. Un ajuste de cuentas, me supongo.

—Eso parece. Les han rajado el vientre antes de tirarlos y, al tensarse las sogas, se han vaciado por dentro.

—Les han sacado las tripas. Esa es una amenaza muy gitana.

—Qué majos los tuyos...

—Somos creativos para todo. ¿Y eso? —Hace un gesto de barbilla hacia un deportivo que hay volcado en mitad del río mientras un grupo de policías recorre los márgenes, buscando algo.

—Tres chicas volvían de fiesta y las han bañado con los órganos de una de las víctimas.

—Se les habrá pasado el pedo de golpe. ¿Están bien?

—Dos sufren un ataque de ansiedad y se las han llevado al hospital. A la otra todavía no la han encontrado. Y, por el tiempo transcurrido, pinta mal.

—¿Alguien ha avisado al Bertín?

—Ya sabes lo malo que se pone cuando ve un cadáver. Dice que nos ocupemos nosotros y después le pasemos el informe.

—Ole sus cojones...

Jotadé y Verónica llegan a lo alto del puente, desde donde el equipo del forense dirige el izado de los cuerpos. Cuando se asoman a la carretera, ven el amasijo de órganos sobre el asfalto. Detrás, un atasco kilométrico.

—Menudo estropicio.

Según los van subiendo, los policías comprueban que a uno de ellos no se le han terminado de desprender las vísceras y arrastra varios metros de intestinos.

—Qué horror. —La oficial Arganza vuelve la cara—. Espero que estuvieran muertos antes de tirarlos.

—Estaban vivos. —El forense les muestra los regueros de sangre en el suelo y en la barandilla—. Los trajeron hasta aquí, les pusieron la soga al cuello y, antes de lanzarlos, les realizaron la incisión en el vientre.

—¿La firma de alguna banda?

—Este tipo de cosas es bastante habitual entre los narcos colombianos y mexicanos. Aquí es la primera vez que lo veo.

—¿Hay cámaras cerca? —pregunta Jotadé.

—Allí hay una —Verónica la señala—, allí atrás otra y en aquella pasarela dos más. Ya he mandado a Lucas a hablar con los de la DGT.

—Mal se tiene que dar para que no hayan cogido algo...

Jotadé y Verónica se fijan en los policías que hacían la búsqueda en el río, que se han reunido en un punto concreto.

—Me da que ya han localizado a la chica.

Al bajar al lugar del accidente, ambos se dan cuenta de que lo que sea que hayan encontrado impresiona a sus compañeros aún más que la evisceración de dos hombres desde un puente sobre la autopista.

—¿Qué? —pregunta Jotadé.

—Será mejor que veáis esto...

Al abrirse paso entre los policías, descubren el cadáver empapado de una chica de unos veinte años. Para Jotadé, no es más que una víctima inocente de un ajuste de cuentas entre dos bandas de narcos, pero Verónica se queda tan pálida como el resto.

—No me jodas...

—¿Se puede saber qué pasa?

—¿No la reconoces?

—¿Debería?

—Es Noemí, la hija pequeña del comisario.

3

Aunque ya han pasado más de dos años desde que condenaron por doble homicidio a la agente Lucía Navarro, muchos de los funcionarios, abogados o familiares de otras presas con los que se cruza siguen mirándola de arriba abajo mientras esbozan media sonrisa, bien enterados de todo lo que se dijo durante los tres meses que duró el proceso. Aparte de que la media docena de amantes citados por el fiscal aireó y confirmó las atrevidas prácticas sexuales que condujeron al primero de sus crímenes, alguien filtró en internet las fotografías halladas en el ordenador de la víctima, en las que Lucía aparecía desnuda y exhibiendo sus genitales sin pudor. En algunos programas de televisión encontraron un filón comentando lo que acostumbraba a hacer en la cama, y, durante el juicio, se habló más de los disfraces, esposas o juguetes que utilizaba con sus amantes que de los motivos que habían transformado a una magnífica policía en una asesina.

En contra de la recomendación de sus abogados, y a pesar de la vergüenza que sentía al hablar de ello frente a toda España, Lucía decidió decir la verdad sin matices y fue encontrada culpable y condenada a un total de dieciocho años de prisión.

Los primeros meses en la cárcel de Alcalá Meco fueron extremadamente difíciles para ella; a ser el centro de atención por policía y pervertida, tuvo que sumarle que la mayoría de sus conocidos y familiares le dieron la espalda, entre ellos su padre y su único hermano. De sus compañeros, solo Jotadé se mantuvo fiel a su promesa de cuidarla allí dentro.

—Los de la universidad han llegado...

Lucía recoge los libros y apuntes que ha estado repasando toda la noche y sigue a la funcionaria, ignorando las miradas de desprecio y los insultos de las presas, que, a pesar del tiempo transcurrido, no le perdonan su pasado como policía. Al llegar a un lugar desangelado con demasiadas baldas vacías al que allí llaman biblioteca, coincide con tres compañeras que también cursan estudios a distancia.

—Lucía Navarro, ¿verdad? —pregunta la profesora y ella asiente—. Si no tienes ninguna duda, siéntate y empezamos.

Una hora después sale al patio y camina pegada a la valla que rodea el recinto. Cuando pasa por la zona ocupada por las gitanas, una mujer de setenta años va a su encuentro. Se trata de Rosario, una prima segunda de la madre de Jotadé que cumple condena junto con dos de sus hijas por tráfico de drogas y pertenencia a banda criminal. Cuando Lucía llegó, Rosario recibió el encargo de cuidarla y de que no le faltase nada, y, aunque la expolicía se lo agradece, procura no deberle ningún favor.

—¿Ya eres loquera, niña?

—Para eso aún me queda aprobar un par de exámenes, Rosario.

—Ya sabes que yo por unos billetes muevo mis hilos y te consigo las preguntas algunos días antes.

—Se lo agradezco —responde con una sonrisa—, pero soy rarita y a mí lo que me divierte es estudiar.

—De vez en cuando deberías levantar la cabeza del libro y ver lo que pasa a tu alrededor...

—¿Qué quiere decir?

Rosario señala con un gesto hacia una esquina del patio, desde donde una mujer de unos treinta años las observa mientras fuma apoyada en la pared. No tiene aspecto de delincuente, pero se puede palpar el odio que transmite su mirada.

—¿La conoces? —pregunta la gitana.

—Ahora mismo no caigo.

Al sentirse descubierta, la mujer apaga el cigarrillo y se apresura hacia los vestuarios que hay junto a una cancha de baloncesto que nadie utiliza.

—Ándate con ojo. Según mi hija, se pasa el día buscando un pincho.

—Quizá no sea para mí.

—Dice que es para cobrarse una deuda con la pestañí, y, que yo sepa, eres la única aquí dentro.

—Iré con cuidado entonces.

—Hazlo, no quiero tener que darle explicaciones a Jotadé sobre por qué he dejado que salgas con los pies por delante. Ya sabes cómo se las gasta.

Dos de las gitanas más jóvenes se arrancan a cantar música latina y a perrear. Al verlas, Rosario tuerce el gesto, como si aquello fuese un sacrilegio.

—La madre que las parió...

Cuando la gitana se marcha para abroncar a las suyas, Lucía continúa con su paseo, más preocupada por la amenaza de aquella desconocida de lo que le gustaría.

4

La vida del inspector Iván Moreno es muy diferente a la que llevaba cuando vivía en Madrid; antes lo que más le costaba era madrugar y ahora sale a correr cada día a las siete de la mañana por los alrededores de Villafranca de los Barros acompañado de Gremlin, el perro que le regaló a su hija Alba durante los buenos tiempos. Los primeros meses tras su llegada al pueblo no encontró fuerzas para hacer nada más que respirar y alimentarse. Mientras él se marchitaba, dejó en manos de la abuela Carmen la educación de Alba y de James, el chico colombiano que habían adoptado por petición de Indira.

Cierta tarde, al regresar a casa después de uno de sus interminables paseos por la vereda del río Cagancha, Carmen le estaba esperando.

—Siéntate, Iván. Tú y yo tenemos que hablar muy seriamente.

—¿Hablar de qué?

—¿Tú qué crees?

La abuela le hizo ver que ya era hora de que empezase a reaccionar. Aunque Iván se resistió a seguir adelante como si nada, una semana más tarde se enteró del hallazgo de un cadáver con signos de violencia en un pantano próximo y colaboró con los guardias civiles encargados del caso. Al principio lo recibieron con muchas reservas, pero su dilatada experiencia enseguida salió a relucir y, gracias a él, detuvieron a un hermano de la víctima. Durante aquella investigación hubo ratos en los que logró ver luz al final del túnel y dejar de torturarse con la injusticia que le había tocado vivir, así que, desde entonces, aparte de ocuparse con todo tipo de trabajos esporádicos, empezó a colaborar de manera extraoficial con cualquier investigación que se le complicase tanto a la Policía Local como a la Nacional o a la Guardia Civil.

—¿Alcalde? —le preguntó sorprendido Iván a la abuela Carmen una noche, después de acostar a los niños.

—¿Por qué no? —preguntó ella a su vez mientras le tendía una infusión—. No estaría mal que llegase alguien con una perspectiva más moderna que la de don Manuel, que lleva en el ayuntamiento desde el Pleistoceno.

—Yo no tengo ni idea de política, Carmen.

—En un pueblo como este, ser alcalde no tiene nada que ver con la política, sino con el sentido común. Además, algo tendrás que hacer para ganarte la vida.

—Ya hago cosas.

—Me refiero a algo más que arreglar tuberías, cambiar enchufes, llevar a borrachos a sus casas o mediar en problemas de lindes.

Iván solo le prometió que se lo pensaría para que dejase de insistir, pero empezó a interesarse por la política municipal y se dio cuenta de que podría hacer mucho por el pueblo que tan bien le había acogido.

La abuela Carmen prepara la merienda para Alba y para James. A pesar de que la diferencia de edad entre los niños es evidente —la hija de Iván e Indira acaba de cumplir seis años y el chico tiene trece—, la discapacidad de James hace que los lazos entre ellos cada día sean más fuertes.

—No entiendo por qué el próximo curso no podemos ir a la misma clase, yaya —dice Alba.

—Porque James va a otro colegio, Albita —responde paciente—. Ya te lo he dicho trescientas veces.

—¿Y si me cambio yo a su cole?

—No puedes —interviene James—. Mi cole es especial para subnormales.

Carmen deja de pelar una manzana para mirar al niño con seriedad.

—¿A ti quién te ha dicho esa tontería, James? Tú no eres ningún subnormal, ¿te has enterado? Eres diferente.

—¿Y por qué soy diferente?

—Eso solo lo sabe Dios.

—Es porque tiene un cromo de menos —explica Alba, enterada—. Una vez lo miramos en internet.

—En internet no escriben más que tonterías. A mí un día se me ocurrió mirar por qué me dolía un tobillo y salí convencida de que me quedaba un mes de vida.

—¿Se puede tener cáncer de tobillo, yaya?

—Ay, hija, qué preguntas más raras haces. Cerrad el pico y a merendar.

—Si cerramos el pico, no podemos comer.

Los dos chicos se parten de risa cuando Iván entra en casa. Da las buenas tardes y besa tanto a los niños como a la abuela.

—Quita, zalamero. ¿Te sirvo un café?

—Gracias, Carmen. ¿De qué temas trascendentales se está hablando hoy en esta casa?

—Mejor no preguntes, hijo. ¿Te pensaste ya lo del ayuntamiento? Que sepas que he empezado a hacer campaña en el mercado y, si te decides, tienes el voto de todas mis amigas.

—¿Es verdad que vas a ser el alcalde? —pregunta James.

—Quizá me presente a las elecciones —responde Iván—, pero de ahí a que salga elegido va un trecho.

—Seguro que ganas. Yo, quitando a la abuela Carmen, a mis profesores, al cartero, a Paco el del bar, a la doctora López y a unas cuantas personas más, nunca he conocido a nadie más listo que tú.

—No sé si darte las gracias o un capón, James.

Suena su móvil y, al mirar la pantalla, se le ensombrece el semblante; una llamada de su pasado rara vez trae buenas noticias.

—¿Quién es? —pregunta Carmen al notarlo.

—De la comisaría.

Iván se levanta y sale de la cocina para contestar.

5

En el entierro de la hija pequeña del comisario se dan cita políticos, representantes de todo el escalafón policial, compañeros de facultad de Noemí, familiares, amigos y periodistas que han convertido el fatal accidente en noticia nacional por los detalles tan escabrosos que se han filtrado y por las fotografías explícitas que corren como la pólvora en redes sociales.

Jotadé, Verónica Arganza, Lucas Melero y el inspector Pedro Osborne, el jefe de todos ellos, aguardan para dar el pésame al comisario, que, aunque intenta aparentar entereza, está destrozado por dentro. Es difícil combatir las temperaturas de julio en Madrid, y más cuando la alargada sombra de los cipreses está monopolizada por los medios de comunicación, pero entre los allegados a la familia nadie parece sentir el calor y hacen fila bajo un sol de justicia.

—Le acompaño en el sentimiento, comisario —dice Osborne, sinceramente afectado por la pérdida de su jefe.

—Gracias. ¿Hay algún avance en la investigación?

Osborne cede la palabra a Jotadé. El subinspector Cortés no se siente cómodo hablando de ese asunto en aquel lugar, y menos frente a la esposa del comisario, que pasa por el peor momento de su vida y mira al vacío, a punto de desvanecerse. Pero sus dos jefes le interrogan con la mirada, esperando a que conteste.

—Lo poco que sabemos apunta a un ajuste de cuentas —responde consternado—. Estamos esperando la identificación de las víctimas y las grabaciones de las cámaras de la M-30.

—Sal a la calle y tráeme a esos hijos de puta —dice el comisario, dejando traslucir por primera vez sus ansias de venganza—. Tienes a tu disposición todos los recursos necesarios.

—Haré lo que pueda. —Jotadé siente la presión sobre sus hombros—. Pero ahora no piense en eso y despídase de su hija como corresponde.

Saca de la chaqueta una estampita de María Santísima de las Angustias Coronada, la Virgen de los Gitanos, y se la tiende a la esposa del comisario.

—Si me permite, señora. Quizá esto le ayude a pasar el duelo.

La señora la coge y se lo agradece con un gesto. El último en darles el pésame es Iván Moreno, que ha salido de Villafranca de los Barros a primera hora de la mañana para estar junto a su antiguo jefe en estos momentos tan duros.

—¿Has venido para ayudarme a atrapar a los que provocaron el accidente que mató a mi hija, Moreno?

Iván mira al comisario con compasión. Sabe que, si le faltaran Alba o incluso James, ya nada tendría sentido.

—He venido a darle el pésame y a ponerme a su disposición para lo que necesite, pero debo volver a casa.

—Haces bien —responde resignado—. Aquí solo hay mierda y miseria.

Sus excompañeros reciben a Iván con los brazos abiertos cuando entra en la cafetería que hay cerca del cementerio. Allí se reúnen muchos de los asistentes a los diferentes entierros de aquella mañana, lo que confiere al lugar una animación muy embarazosa. Algunos, después de tomar un par de cañas, se olvidan de dónde están y se ríen sin tapujos de algún comentario de amigos o familiares a los que solo ven en bodas, bautizos, comuniones y entierros, concentrando sobre ellos las miradas reprobadoras del resto.

—Has engordado, Moreno —le dice la oficial Verónica Arganza.

—La buena vida y las perrunillas de mi suegra.

—¿Cómo está la abuela Carmen?

—Esa mujer es incombustible. Ahora se ha empeñado en que me presente a alcalde del pueblo.

—Cuando te elijan, llévame como jefa de la Policía Local.

—A eso me apunto yo también —dice el agente Lucas Melero.

—Allí os moriríais del aburrimiento, os lo aseguro.

Jotadé y la subinspectora María Ortega —que, como Iván, ha vuelto a Madrid solo para acompañar al comisario— llegan con una jarra de cerveza, unos vasos, una ración de patatas bravas, otra de alitas de pollo y unas croquetas con un aspecto mejorable.

—¿Y mi Coca-Cola Zero? —pregunta Lucas.

—No seas parguela y tómate una birra, Melero —replica Jotadé—. Por los muertos hay que brindar como Dios manda, que si no se quedan en el purgatorio, entre medias de arriba y abajo.

—¿Eso es una creencia gitana?

—Sí, claro. Y las alitas de pollo son para que suban volando al cielo, no te jode.

Jotadé llena los vasos de cerveza, los reparte y levanta el suyo.

—Yo no conocí a esa cría, pero brindo por ella. Era demasiado joven.

Todos brindan y beben.

—¿Tenéis algo? —pregunta María Ortega.

—Estamos esperando las grabaciones de las cámaras de tráfico —responde el agente Melero—, pero no creo que saquemos demasiado de ahí. Como es habitual, la mitad estarán estropeadas.

—¿Quiénes son los ahorcados?

—No llevaban documentación encima ni ninguna marca por la que se les pueda identificar, así que habrá que esperar al informe del forense.

—Además —añade la oficial Arganza—, los habían machacado a golpes y tenían la cara hecha un cristo.

Todos miran hacia el exterior del bar cuando el comisario sale del cementerio acompañado de su esposa y de la hija que les queda viva y se dirigen hacia un coche. El inspector Osborne los acompaña, compungido.

—¿Qué tal Osborne? —pregunta Iván.

—Un sinsangre —responde Jotadé.

—No es mal tío —dice Verónica, indulgente.

—Yo no digo que lo sea; de hecho, a veces me dan ganas hasta de presentarle a mi hermana, pero lo único que sabe hacer bien el Bertín es lamer culos. Y, cuanto más arriba esté, más mete la lengua.

Verónica mira con asco a su compañero antes de dirigirse a su antiguo jefe.

—¿No te has planteado volver, Iván? Con María y contigo al mando, seríamos otra vez un equipo de la leche.

—Me lo planteo cada día, pero tengo a dos niños a mi cargo y en el pueblo están mejor atendidos. De momento, me quedo allí.

—Yo estoy bien donde estoy —dice la subinspectora Ortega cuando las miradas se desplazan hacia ella—. Después de lo de Indira y Lucía, no me sentiría a gusto aquí.

—¿Qué tal está Lucía? —pregunta Iván.

—Como Dios —responde Jotadé—. Se pasa el día estudiando. Cuando salga del trullo, fijo que gana el *Pasapalabra*.

A pesar de la situación que los ha reunido allí, el comentario arranca las risas del resto. El teléfono de Verónica vibra en el bolsillo de su chaqueta. Tras intercambiar unas palabras con su interlocutor, mira a sus compañeros.

—Ya tenemos las grabaciones del puente.

6

En las imágenes de las cámaras de seguridad enviadas por Tráfico se ve un Volvo S90 negro que se detiene sobre el puente de la M-30. A continuación, se bajan cuatro de sus ocupantes, todos con la cara cubierta con bufandas y gorras. Dos de ellos atan sendas sogas a la barandilla y otros dos aguardan vigilantes junto al maletero del coche. Al cabo de unos segundos, sacan a un par de hombres atados y amordazados, les colocan las sogas al cuello y se disponen a lanzarlos por el puente, pero un quinto ocupante sale del vehículo y les raja el vientre a las víctimas. Acto seguido, los tiran a la carretera y el vídeo se detiene.

—Qué mala follá... —comenta Jotadé, tan impresionado como el resto.

—¿No hay nada más con lo que identificarlos? —pregunta el inspector Osborne con el estómago revuelto.

—Eso es todo. —Verónica niega con la cabeza—. Había otra cámara un poquito más cerca, pero enfocaba hacia el otro lado.

—Y aunque los sacase en primer plano... —señala el agente Lucas Melero—. Ya habéis visto que se han tapado para que sea imposible reconocerlos. Y por los tatuajes que llevan, tampoco. La definición de las cámaras es una mierda y no se distingue nada.

—¿Y el coche?

—Denunciaron su robo dos días antes en Segovia. A estas alturas, o lo han desmontado y vendido por piezas o le han prendido fuego.

Un policía de uniforme llega a la sala de reuniones de la comisaría con una carpeta en la mano.

—Envían esto de la oficina del forense.

—Las identidades de los muertos —señala Jotadé.

Coge la carpeta, la abre sobre la mesa y todos se asoman intrigados. Hay varias instantáneas de los cadáveres junto a la autopsia preliminar y, al final, fotografías de los dos hombres con vida. El primero no les llama la atención.

—Juan Carlos Tapia —Jotadé lee la ficha—, empresario de treinta y nueve tacos. Ni idea.

—¿Y el otro?

Al pasar la página y verle la cara al segundo, Jotadé y Lucas se quedan de piedra.

—¡Ahí va la hostia! —exclama Cortés.

—¿Es? —pregunta Lucas impresionado.

—Coño que si es. Esa cara de bobochorra no hay madre que la repita.

—¿Lo compartís con nosotros? —pregunta Verónica Arganza.

—Se llamaba Sergio Perera. Decían que era el heredero de Iniesta, pero, después de un par de temporadas jugando en el Real Madrid, cayó en picado hasta que se retiró cuando no había cumplido ni treinta años.

—Y, por lo que parece, después no tomó muy buenas decisiones —apunta el inspector Osborne—. Id a hablar con su familia y averiguad de qué conocía a la otra víctima, por favor.

Cuando estaba en la cima, Sergio Perera se compró un chalé en La Finca, en Pozuelo de Alarcón, una de las urbanizaciones más lujosas y caras de España, aunque tras su caída a los infiernos tuvo que cambiarlo por un piso de tres habitaciones en la glorieta de Quevedo. Para cualquier mortal sería un privilegio vivir ahí, pero no para alguien que lo había tenido todo y que no supo sobreponerse a los malos tiempos.

Jotadé y Verónica entran en el piso acompañados por la hermana del fallecido, el único familiar que vive en Madrid; su madre y otros dos hermanos siguen en Valladolid. La casa combina muebles caros —reciclados de su anterior vivienda— con otros comprados cuando la economía no era tan boyante.

—¿A qué se dedicaba su hermano desde que se retiró del fútbol? —pregunta Verónica.

—A nada, ese es el problema —responde la hermana apesadumbrada—. Iba dando tumbos de un lado a otro, gastándose los ahorros.

—¿En qué?

—En juergas, en ropa que le hiciera aparentar que conservaba su estatus y, desde que se separó de Rocío, en mujeres.

—¿La tal Rocío vive por aquí?

—No. Volvió a casarse y se mudó a Granada hace un par de años. Por suerte para todos, mi hermano y ella no tuvieron hijos.

—¿Le suena que conociera a un empresario llamado Juan Carlos Tapia?

—Juanqui. —Frunce el ceño—. Fue uno de los que lo exprimieron. Montó con él un bar de copas en la calle Ponzano.

El bar de copas de Ponzano es en realidad un restaurante con licencia para cerrar a las tres de la mañana. Cuando llega la pareja de policías, está actuando un grupo flamenco. A su alrededor bailan con diferente arte hombres y mujeres de cuarenta años en adelante, entre los que hay varias señoras que ya no cumplen los setenta.

—Me acojona encontrarme aquí a mi abuela... —dice Jotadé.

Al llegar a la barra, se acerca a ellos un camarero.

—¿Qué va a ser? —pregunta, y al momento resopla al ver las placas de policía—. Otra vez nos ha denunciado la vecina de arriba, ¿no?

—Debería —responde Jotadé—, porque si Camarón levantase la cabeza, volvía a quedarse en el sitio. Pero solo preguntamos por el dueño.

—Juanqui lleva sin venir tres días. Le he llamado unas cuantas veces, pero no me lo ha cogido.

—Ni te lo cogerá —interviene Verónica—. Él y su socio aparecieron hace dos noches colgando de un puente sobre la M-30.

Al camarero se le cae un vaso al suelo, sobrecogido. En las últimas horas no se habla de otra cosa detrás de la barra, e incluso él ha mostrado su preocupación por que se cometan ese tipo de crímenes en España, pero no se le había pasado por la cabeza que las víctimas fuesen tan cercanas a él. Los policías le piden hablar en un lugar más discreto y el chico los lleva al almacén.

—¿En qué lío andaba metido tu jefe?

—No lo sé —responde él nervioso.

—Si nos mientes, el que se va a meter en un lío eres tú. —Jotadé le presiona—. ¿Era camello?

—De verdad que no sé nada. O sea, sí sé que venía a verle mogollón de gente y se encerraba aquí con ellos. No hay que ser muy listo para imaginarse lo que hacían, pero yo nunca hablé con él de eso ni vi nada.

—¿Y el otro, el socio futbolista?

—Ese no sé si traficaba, pero se ponía fino. Juanqui y él tuvieron una movida hace unas semanas porque no se cortaba un pelo con la farlopa. Llegó a ponerse un tiro sobre la barra con el local lleno.

—¿Sabes quién era el proveedor de tu jefe? —pregunta Verónica.

—Les juro que no. Yo solo vengo aquí a hacer mi trabajo.

La oficial Arganza le observa unos instantes. Desde siempre ha tenido un don para saber si la gente miente, y percibe que ese chico está siendo sincero.

—Deberías ir buscándote otra cosa, porque te has quedado sin jefes —zanja Verónica.

7

Jotadé habla por el móvil frente a la casa de sus padres, sin quitar ojo al Jonathan, un gitano de su quinta que revisa el motor del Cadillac con una linterna en la boca y una vieja caja de herramientas a sus pies.

—Yo me encargo, tranquila —dice al teléfono—. Pero tú, por si acaso, procura no dejarte ver. Lo digo en serio, Lucía. No salgas de tu celda hasta que te vaya a visitar yo mañana, ¿vale? Intenta descansar.

Cuelga y va hacia el mecánico.

—¿Ya sabes lo que tiene?

—Más años que el hilo negro. ¿Por qué no lo cambias de una vez, primo?

—Porque no. ¿Lo puedes arreglar o no para que me den la pegatina?

—Una de dos: o sueltas cincuenta euros para que lo lleve a una ITV donde curra un colega mío, o le metes cuatrocientos para cambiar el carburador, que falta le hace.

—Hay una tercera: que me lo cambies tú por doscientos o hablo con unos colegas para que vayan a hacer una inspección a tu taller.

—No me jodas, Jotadé, que las piezas de los Cadillac valen la hostia.

—Tú no has comprado una pieza en tu puta vida, gitano. Venga, llévatelo, que lo necesito a la de ya. De momento, me quedo con tu buga.

Jotadé extiende la mano. Jonathan, mosqueado, le entrega las llaves de un Hyundai Coupe de color verde pistacho con un alerón gigantesco que hay aparcado en la acera de enfrente.

—Cualquier día te va a castigar Dios por madero y por gualtrapa, Jotadé.

—Y tú que lo veas. Cuidadito, no me lo roces.

El mecánico se sube en el Cadillac y, para contrariedad de Jotadé, arranca y se marcha derrapando. Cuando el coche dobla la esquina, entra en la casa, donde su madre hace la cena y su padre ve un concurso en la tele. Flora se mantiene tan activa como siempre, ocupándose del hogar y del puesto en el mercadillo. Paco, en cambio, parece que envejece a cada minuto. Aunque se repite cada día delante del espejo que bien está lo que hizo, haber traspasado aquella línea después de toda la vida siendo un hombre de ley le pesa más de lo que le gustaría.

—¿Has solucionado ya lo del coche, Juan de Dios?

—En ello estamos, papa. Es que el pobre ya pasa de los cuarenta tacos.

—Tú vas de camino.

—No me lo recuerdes...

—Igual deberías comprarte uno de esos eléctricos.

—Todavía no están conseguidos. Si la batería de mi móvil no me dura ni una mañana, imagínate la de un coche. Además, ese buga es como de la familia. No lo cambio ni por un apartamento en Benidorm.

Paco cabecea para sí. Flora se acerca con una bandeja en la que hay un par de cervezas y un platito con jamón.

—Os traigo el aperitivo, para que abráis boca.

Jotadé besa a su madre y prueba la tapa.

—La Virgen —dice extasiado—. ¿De dónde ha salido esta maravilla?

—Esta mañana los hijos del Eusebio han llegado desde Guijuelo con una furgoneta llena de jamones, pero no preguntes más...

Jotadé se encoge de hombros, le da un trago a la cerveza y se hace con otro trozo de jamón. Cuando se lo va a llevar a la boca, ve que sus padres cruzan una mirada de desasosiego.

—¿Qué?

—¿Has hablado últimamente con la Lola, hijo? —pregunta su madre.

—Cuando voy a recoger a Joel, ¿por?

—Porque esa muchacha no está bien, Juan de Dios —responde Paco—. Hoy la hemos visto en el súper y tenía las ojeras hasta los pies.

—Tu hermana Lorena se barrunta que se ha peleado con el payo.

—Eso no es cosa mía. Nos separamos hace ya más de cuatro años.

—Pensaba acercarme mañana a llevarle un túper de empanadillas para el niño —dice Flora—. ¿Por qué no se lo llevas tú ya y miras a ver si necesita algo?

En cuanto Lola abre la puerta, Jotadé se da cuenta de que sus padres tienen razón. El mal aspecto de su ex es más que evidente, y a la cara de cansancio por la falta de sueño hay que sumarle una congoja que se huele a distancia.

—Joel está en el fútbol —dice ella cortante.

—Mi madre me ha dado este túper para él —responde Jotadé mientras se lo tiende.

—Yo se lo doy cuando llegue.

Lola coge el túper y se dispone a cerrar la puerta, pero Jotadé lo impide metiendo el pie.

—¿Qué tienes, Lola?

—Nada. Quita el pie.

—¿Puedo entrar?

Se cuela en la casa sin esperar a que le dé permiso y lo primero que ve es que ha retirado las fotos de Pablo que decoraban el pasillo. Aunque la pareja de su ex nunca terminó de gustarle, le daba tranquilidad saber que trataba bien tanto a Lola como a Joel.

—¿Movidas con el payo?

Lola quiere decirle que eso no es asunto suyo, pero el nudo en el estómago es tan apretado que no le salen las palabras. Jotadé comprende a su manera.

—No te habrá puesto una mano encima, ¿verdad?

—Sabe que acabaría igual que tu cuñado.

—¿Entonces?

—Se ha largado, ¿contento?

—Tú tienes más cojones que nadie, gitana. Si solo fuese eso, no estarías así.

Ella aparta la mirada y Jotadé le coge la cara para que vuelva a mirarlo.

—¿Te ha puesto los cuernos?

—Ojalá.

A pesar de que Lola había dejado de fumar cuando se quedó embarazada de Joel, va hacia su bolso, saca un cigarrillo y se lo enciende con mano temblorosa. Después se sienta en el sofá, con la mirada perdida.

—¿Qué hostias pasa, Lola? Me estás asustando.

—Nos ha dejado en la ruina, ¿vale?

—¿De qué hablas?

—Pablo iba a montar un negocio con un amigo y me pidió que rehipotecara la casa. Y, cuando lo he hecho, ha desaparecido con todo.

—No me jodas. ¿Cuánto has pedido?

—Doscientos mil euros. Y los buitres del banco ya me están llamando a la puerta.

—Y después dicen que los chorizos somos los gitanos.

—¿Qué voy a hacer, Jotadé?

—Tranquila —trata de calmarla—, que de peores hemos salido. Seguro que se pueden negociar las cosas. Hablaré con Melero, que es un cerebrito de la comisaría que sabe un huevo de números.

—Por mucho que sepa, lo que debo es lo que tengo que pagar. Y, entre lo que ya tenía de hipoteca y esto, no llego.

—¿No has sabido nada de ese malnacido?

—Cogió la pasta el mismo día que me la dieron y se esfumó. A ese ya no lo pillas ni aunque le eches a los galgos. Qué puntería tengo para los tíos, ¿eh?

—Yo nunca te hubiera quitado lo que es tuyo, Lola.

—Lo sé.

—¿Y Joel cómo se lo ha tomado?

—Todavía no sabe nada. Se piensa que hemos reñido y que se ha marchado unos días, pero que volverá.

—Por sus muertos que no lo haga, porque le rompo las piernas.

—¿Sabes qué es lo peor? Que ni siquiera me sale odiarlo, Jotadé. Pensaba que estaría con él para siempre.

Lola se rompe y Jotadé la abraza. Si dispusiese de ese dinero, se lo daría sin dudarlo, pero, entre lo poco que cobra y la pensión que paga todos los meses por Joel, vive prácticamente al día.

8

Lucía ha procurado no exponerse más de lo necesario para evitar encontrarse con la reclusa de la que la previno Rosario hasta saber de quién se trata y la razón de su animadversión. Ha pedido permiso para quedarse en la celda y, aunque no suelen concederle demasiados privilegios, en esta ocasión no le han puesto pegas. Lo malo es que, después del examen del otro día, lo último que le apetece es ponerse a estudiar. Cuando ya lleva varias horas leyendo una novela cuyo autor está empeñado en utilizar las palabras más rebuscadas del español, retoma la idea de escribir su propia historia, aunque no se detiene a pensar lo que va a contar antes de hacerlo y se atasca cuando apenas ha rellenado un par de páginas de su cuaderno. Cuando por fin llega la hora de la visita y aún no la han avisado, se pone nerviosa. Pero sabe que Jotadé no es de los que la fallan.

La sala de visitas —una estancia desangelada con mamparas de cristal que separan a las reclusas de sus familiares, con los que se tienen que comunicar a través de sucios teléfonos que distorsionan la voz— es, paradójicamente, uno de los lugares más tristes de la cárcel. Ahí las internas se encuentran cara a cara con los que continúan su vida fuera, donde constatan que han echado la suya a perder. Lucía se sienta frente al cristal de la cabina y descuelga el auricular.

—Pensé que me habías dejado colgada.

—Es que he tenido que echarle sopa a un buga que me han prestado y con tanto botoncito no sabía cómo se abría el depósito.

—¿Y el Cadillac?

—No me hables. ¿Cómo estás?

—Bien, bastante tranquila... Si no fuera por esa nueva interna de la que te he hablado. ¿Has averiguado quién es?

—Aurora Cremonte. Curraba como secretaria en un despacho de abogados hasta que, hace unos meses, tuvo un accidente en el que murió un hombre. Dio positivo en alcoholemia y cumple una condena de cuatro años.

—¿Y ya está? —pregunta desconcertada.

—Ya está. Antes de eso, no tenía ni una multa de tráfico.

—Entonces ¿por qué viene a por mí?

—Ni puñetera idea, Lucía. Lo mismo estás equivocada y solo te miraba porque le pones. Con todos mis respetos, tú tienes un viaje.

—No creo que sea eso —responde esbozando una sonrisa—. Tu tía Rosario me dijo que andaba buscando un pincho para vengarse de una policía. Y aquí, del cuerpo, solo cumplo condena yo.

—¿Quieres que hable con ella a ver si se lo saco?

—No te preocupes, ya me encargo yo. Además, tengo a la mitad de tu familia pendiente de mí.

—Por la cuenta que les trae. ¿Necesitas algo?

—Nada, ¿y tú? —Se fija en él—. No tienes buena cara, Jotadé.

Él suspira, evidenciando su preocupación.

—La Lola lo ha dejado con el payo y el muy malparido la ha desplumado.

—Pensé que estaban bien.

—Y yo, pero, en cuanto vio los doscientos mil euros que pidió mi ex al banco para montar no sé qué negocio, los trincó y no se le ha vuelto a ver. Y ahora tiene que devolver ella solita el parné con la mierda que le pagan en el súper.

—Doscientos mil euros es una pasta, pero no deja de ser eso, dinero. Seguro que encontrará la manera de devolverlos.

—Como lo trinque...

—No hagas ninguna tontería, Jotadé. Al final todo el equipo de Indira vamos a acabar entre rejas o... —Se le ensombrece el semblante antes de terminar la frase.

Él la mira, comprendiendo su repentino bajón.

—El otro día me encontré con la madre de Jimeno. Fue a la comisaría para recoger unos papeles.

—¿Cómo estaba?

—No te digo que lo haya superado porque esas cosas una madre nunca las supera, pero yo creo que ha pasado página.

Lucía le sonríe con tristeza, agradecida por que se esfuerce tanto en mentirle. Después de que Jotadé la ponga al día sobre el caso en el que están trabajando, un funcionario se acerca para decirles que se ha acabado el tiempo y que se vayan despidiendo.

—Cuídate, Jotadé. Y cuida de Lola.

—Lo mismo te digo. Si la tal Aurora te sigue dando mal fario, júntate con las gitanas.

—Seguramente me haya preocupado sin razón, tranquilo.

Jotadé conduce el Hyundai Coupe de color pistacho por un barrio aún más deprimido que el de su familia. Aunque el coche llama la atención por sí mismo, nadie se para a mirarlo, acostumbrados a verlo pasar a diario, hasta que se fijan en que quien lo conduce no es el Jonathan. El policía se estremece al ver la cantidad de yonquis que hay en los soportales, muchos de ellos quietos y doblados en posturas imposibles, como estatuas de cera rescatadas de un incendio. Son los efectos del fentanilo, una de las drogas más potentes que existen, cien veces más que la morfina y cincuenta que la heroína y, sin embargo, mucho más económica. Algunos decían que nunca llegaría a España, pero el panorama a su alrededor lo desmiente. Aparca frente a un garaje vecinal que el Jonathan tiene alquilado como taller particular y se baja del coche.

—¿Has aviado ya el Cadillac? —le pregunta al mecánico cuando este sale a recibirlo.

—No te lo mereces, gitano, pero lo tienes arreglado y con la ITV pasada.

Le entrega las llaves y Jotadé ve que, en efecto, en el parabrisas está colocada la pegatina.

—Gracias, primo. ¿Cuánto ha sido?

—A mí todo me ha costado doscientos. Lo que tú me des ya es cosa tuya.

Aparte de las llaves del Hyundai, Jotadé le entrega seis billetes de cincuenta euros. Se fija en que, al otro lado de la calle, varios payos salen de un portal. Aunque él no lo sabe, se trata de Tony Garza, Mauro, Juárez, Omar y Ángel. Se meten en un BMW X6 y se alejan calle abajo.

—¿Ahora los payos se han hecho con este barrio?

—No conviene meterse con esos. Controlan todo el mercado.

—Creía que el mercado en esta zona lo controlaba el tío Jara.

—El tío Jara se fue por patas hace semanas, compadre. Esos han llegado pisando fuerte y arramblan con todo.

—No tendrán algo que ver con los dos que destriparon desde el puente de la M-30 el otro día, ¿no?

—Yo me dedico a lo mío —responde Jonathan con una discreción cargada de significado antes de regresar al taller.

Jotadé ve salir del mismo portal del que salieron los payos al Fali, un yonqui amigo de su hermano Rafa con pinta de terminar como él más pronto que tarde. Cruza la calle y camina a su lado.

—¿Qué pasa, Fali?

El drogadicto tiene que centrar la mirada para reconocerlo. Al hacerlo, sonríe y muestra los pocos dientes que le quedan, ya podridos.

—Cuánto tiempo, Jotadé...

—Veo que sigues tomando buenas decisiones. Si no tenías suficiente con el caballo, ahora te pasas al fentanilo.

—Es más barato.

—¿Tú nunca has oído decir que lo barato sale caro?

—Ya ves.

—Oye, ¿quiénes son los payos que os lo pasan, los que he visto salir del portal ahora mismo y largarse en un buga de la hostia?

—A mí no me metas en líos —responde evasivo.

41

—Solo necesito un nombre, Fali —dice tendiéndole disimuladamente un billete de veinte euros—. Por mis muertos que nadie va a saber que ha salido de la boca esa tan bonita que tienes...

9

Jotadé atraviesa la zona común de la comisaría, sin pararse a responder a los saludos de la oficial Arganza y del agente Melero. Estos se miran extrañados y van tras él. Al entrar en la sala de reuniones, lo encuentran sentado frente al ordenador, aporreando el teclado, impaciente.

—¿Cómo leches se enchufa este chisme?

—Está enchufado —responde Lucas Melero—, pero para entrar tienes que meter la nueva clave. La comunicaron hace lo menos dos meses.

—Vaya chuminada con las claves. —Cede el sitio a su compañero—. Mete la tuya, anda.

—¿Qué pasa, Jotadé? —pregunta Verónica.

—¿Os suena el nombre de Hilario Garza?

—¿Debería?

—Hilario Garza —Lucas lee la ficha que aparece en la pantalla tras escribir su nombre—, nacido en Madrid en 1966. A los quince años cometió su primer delito grave, aunque al ser menor no tenemos los detalles. Al salir del reformatorio encadenó condenas relacionadas con robos, agresiones y tráfico de drogas hasta 1998, cuando volvieron a detenerle por el asesinato de un camello rival.

—Menudo elemento —dice Verónica—. ¿Quién es?

—Creo que el jefe de la banda que tiró por el puente a esos dos desgraciados. Controla el mercado de medio Madrid, incluyendo un barrio cerca del de mis viejos. Y, si un tío pisotea a los gitanos, tiene que tener los huevos bien puestos. ¿Cuándo salió?

—En la cárcel protagonizó algunos incidentes —responde Lucas volviendo a consultar su ficha— y lo soltaron en el año 2018. Desde entonces, no ha vuelto a delinquir.

—Delinquir ya te digo yo que sí. Otra cosa es que le hayamos trincado. Lo que hará es esconderse detrás de gente que se coma los marrones por él. Tiene hijos, ¿no?

—Según esto, tres: dos chicos y una chica. Ellos, con una lista de la hostia de antecedentes penales, y ella, más o menos limpia. Solo constan un par de expedientes por asuntos financieros que nunca han llegado a nada.

—Lleva los asuntos legales de la familia —afirma Verónica.

—Tiene toda la pinta —asiente Jotadé.

Una policía uniformada se asoma a la sala de reuniones.

—Cortés, el comisario quiere verte.

—¿A mí por qué?

—¿Me ves cara de adivina?

Cuando llega a la zona noble, Jotadé observa al comisario a través de la ventana de su despacho. Habla con alguien a quien él no consigue ver. Solo han pasado unos días desde que murió su hija pequeña, pero el hombre ha envejecido quince años. Los trajes que suele llevar distan mucho de ser su estilo, aunque antes al menos le quedaban bien; ahora parece haber encogido varias tallas y le cuelgan por los hombros, haciéndole unas espantosas arrugas que acentúan aún más la tristeza de su rostro. La secretaria llama por teléfono a su jefe y, tras recibir las pertinentes indicaciones, cuelga y mira a Jotadé.

—Enseguida te reciben.

Jotadé pasa un par de minutos observando las fotografías antiguas que decoran las paredes hasta que la mujer le dice que puede pasar. Entra en el despacho y el comisario se acerca para recibirlo. Al tenderle la mano, al subinspector lo golpea una mezcla de olor a tabaco, alcohol y sudor.

—Gracias por venir, Jotadé.

—A mandar —responde él estrechándole la mano para enseguida mirar receloso a los dos hombres que lo observan desde el sofá, más elegantes y con una expresión mucho más fría y calculadora que la de su jefe.

—Deja que te presente a Leandro Espada —continúa el comisario—, director general de la Policía, y a Gustavo Romero, director adjunto operativo. Él es el subinspector Juan de Dios Cortés, uno de nuestros mejores agentes.

Los dos hombres se levantan para saludarlo con la típica sonrisa que pretende parecer cercana y solo genera desconfianza en Jotadé.

—Es un placer, subinspector Cortés —dice el director general—. Hemos oído hablar muy bien de ti. Hay muy pocos policías de tu comunidad.

—Normalmente a los de mi comunidad es a los que perseguimos.

Los dos hombres sonríen con contención. Jotadé mira interrogante al comisario, cuya expresión trata de ocultar su padecimiento.

—¿He hecho algo malo?

—En absoluto, Jotadé. Solo queremos que nos pongas al tanto del avance de las investigaciones sobre los asesinatos de la M-30.

—Estamos siguiendo una pista —responde discreto.

—¿Cuál?

—La de una organización dedicada, entre muchas otras cosas, al tráfico de drogas, dirigida por un tal Hilario Garza. Creemos que se trató de un simple ajuste de cuentas. En cuanto reúna las pruebas, les pondré en bandeja su cabeza.

Cuando Jotadé regresa a la sala de reuniones, Verónica y Lucas lo miran interrogantes, pero él no está dispuesto a aclarar demasiado.

—¿Qué quería el comisario? —pregunta Melero cuando lo ve sentarse sin decir una palabra.

—Achucharnos para que encontremos a los que mataron a su hija —contesta con expresión neutra—. También estaban el director general y el director adjunto operativo.

—Para que esos dos se dignen a venir por aquí, las cosas tienen que estar revueltas —apunta la oficial Arganza.

—Por lo visto les están metiendo caña desde arriba.

—Jotadé mira a Melero—. ¿Has encontrado algo más de Hilario Garza?

Melero teclea y en la pantalla del ordenador se despliegan diferentes informes y sentencias judiciales...

10

El padre de Hilario era portero en un local más parecido a un puticlub que al pub que anunciaba el luminoso de la entrada, y su madre, ama de casa. Con solo un sueldo, a los Garza no les llegaba para despilfarrar, aunque, al ser Hilario hijo único, en su casa del barrio de Usera tampoco faltó nunca de nada. Desde bien pequeño, el chico soñaba con ser piloto, pero, por mucho que sus padres le dijeran que para eso necesitaba sacar buenas notas, a él se le daba mejor jugar al fútbol en el descampado que estudiar. Aun así, aunque viera que sus sueños se alejaban cada día un poco más, era un niño feliz. Las cosas cambiaron radicalmente nada más cumplir quince años.

Una mañana de mayo de 1981, su madre bajó al mercadillo. Tenía pensado comprar algo de fruta y un par de chándales para su hijo, pero, al ver que vendían aceite a muy buen precio, se llevó una garrafa a casa. Por suerte para Hilario, él se quedaba a comer en el colegio y, durante aquellos días, no probó los rebozados que tanto les gustaban a sus padres. Los síntomas, al principio, se confundieron con una simple indisposición, hasta que una medianoche Hilario tuvo que llamar a una ambulancia. Algunos días después, ambos fallecieron. Fueron dos de las cerca de trescientas cincuenta víctimas mortales de la colza, un aceite desnaturalizado para uso industrial que unos desaprensivos vendieron como apto para consumo humano. Al día siguiente del entierro, mientras no paraban de llegar noticias sobre nuevos afectados —que finalmente alcanzaron los veinte mil—, Hilario cogió la pistola que su padre guardaba en el armario, bajó al mercadillo y le descerrajó cuatro tiros al que le había vendido a su madre el veneno.

Todo el mundo comprendió al chico, pero cuando cumplió la mayoría de edad y, ya con el carácter endurecido a base de golpes, le dejaron salir del reformatorio, nadie quiso hacerse cargo de él. Se vio solo en el mundo e hizo para sobrevivir lo que había aprendido de sus compañeros de reclusión los últimos tres años, entre los que la violencia era el denominador común; empezó con pequeños hurtos, siguió con atracos a gasolineras y a tiendas del barrio de Salamanca y terminó trapicheando con drogas en las peores zonas de la capital. No dejó de entrar y salir de la cárcel y, en uno de aquellos intervalos, conoció a Carmela. Su amor se afianzó más en los sucios cuartos de vis a vis que en la calle, y su tercera hija nació cuando Hilario acababa de ser detenido por el asesinato de un marroquí con el que se disputaba un punto de venta de droga. En septiembre de 2018 obtuvo la libertad condicional y, en el mismo aparcamiento de la cárcel de Estremera, se juró que no volvería a pisar un lugar como aquel.

Cuando llegó a casa, ya con cincuenta y dos años, reunió a su mujer y a sus hijos —el mayor, en aquel entonces, de treinta años, y la pequeña de diecinueve— y les explicó que las cosas iban a cambiar, que desde ese momento dejarían de ser unos perdedores. Se rodeó de gente que había conocido a lo largo de sus condenas y, tan solo siete años después, su fortuna ya podía calcularse en varias casas y algunos millones de euros.

—¡¿A quién cojones se le ocurrió rajar a esos dos desgraciados y tirarlos por un puente de la M-30?! —pregunta furioso Hilario Garza—. ¡¿Dije yo algo de eso?!

Todos los presentes en la reunión que se lleva a cabo en el sótano de la vivienda familiar guardan silencio. Entre ellos está Tony, que se lía un cigarrillo como si la cosa no fuese con él. Un poco más allá se encuentra su hermana Paula, la hija menor de Hilario, y, al fondo, los cuatro acompañantes de Tony en la ejecución. Ninguno se atreve a decir una palabra aunque casi todos ellos, pese a su juventud, hayan vivido situaciones límite.

Juárez —cuyo nombre real es Gael Ramírez— se ganó sus primeros pesos de niño como recadero del cártel de Juárez. Cuanto más grande se hacía, más le exigían, hasta que, con dieciséis años, participó en el desmembramiento de quince hombres de un cártel rival. Le cogió gusto a matar y a ganar dinero, pero, cuando supo que estaba en el punto de mira de los Zetas, decidió emigrar a España y pedir trabajo en lo único que sabía hacer. Omar, por su parte, vio morir a toda su familia a manos de traficantes de armas en su pueblo de Argelia. Huyó hasta llegar a España con una sola idea: vengarse. Al principio intentó buscarse la vida de manera honrada, pero, cuando vio que de esa forma jamás tendría ni el poder ni el dinero necesarios para llegar hasta los culpables de su situación, se pasó al lado oscuro y descubrió que ese era su lugar natural. Ángel y Mauro son madrileños y amigos desde niños, cuando ambos se dedicaban a hacer alunizajes en todo tipo de tiendas, desde joyerías hasta supermercados. La Policía catalogó a Ángel como un conductor experimentado y violento desde que tenía que utilizar un ladrillo para llegar a los pedales, y a Mauro los psiquiatras le pusieron la etiqueta de psicópata desalmado desde que, con quince años, dejó ciego a un compañero de clase al clavarle un lapicero en los ojos solo para comprobar qué se sentía.

Cuando el silencio se prolonga, Hilario Garza comprende lo que sucede y fija la mirada en su hijo mayor.

—¿Fue cosa tuya, Tony?

—Había que mandar una señal para que a nadie más se le pase por la cabeza engañarnos, papá.

—¡Está saliendo en todos los telediarios, joder!

—Cuanto más llame la atención, más se pensarán los siguientes si merece la pena darnos el palo.

—Deberías dejar de ver series de narcos —interviene Paula—. Se te están subiendo demasiado a la cabeza.

—Tú vives tan tranquila gracias a que yo hago lo que hago en la calle, hermanita, así que cierra la puta boca.

—¿No te das cuenta de que, aparte de a esos dos hombres, has matado a la hija de un comisario?

—Eso ha sido un accidente —responde con frialdad.

—Un accidente que puede llevarnos a todos por delante, imbécil —apunta Hilario.

—Tomamos precauciones —replica Tony molesto por que le hable así delante de los hombres a los que está destinado a liderar—. Nadie puede relacionarnos con esos asesinatos.

—Es cierto, señor Garza —interviene Mauro—. El coche lo quemamos y todos llevábamos guantes y la cara tapada para que no pudieran identificarnos con las cámaras de Tráfico.

—Pronto descubrirán a quiénes le debían dinero el futbolista y su socio.

—Yo me he encargado de que no puedan seguir el rastro del dinero, papá —dice Paula.

Hilario mira con cierta tranquilidad a su hija, que a sus veintiséis años ya es la más lista y preparada de los tres; Tony es cruel y descuidado, mientras que Marcos, el mediano, que cumple condena por posesión de armas y estupefacientes, pasa la mayor parte del tiempo drogado. Aunque es la más despegada y ni siquiera se haya dignado a presentarles al chico con el que sale, confía plenamente en ella.

—Todo está controlado. —Tony trata de aplacar la ira de su padre—. Seguramente la policía intente jodernos, pero, si nadie habla, no habrá problemas.

—Vuelve a hacer algo así y al que mato será a ti, Tony —contesta Hilario amenazante—. Ahora largaos. Quitaos de la circulación hasta que todo esto pase.

Cuando todos salen, Hilario maldice para sí y se sirve una copa de coñac. Él siempre ha hecho lo que tenía que hacer, pero la violencia gratuita de su hijo Tony pone en peligro su negocio cuando más próspero ha resultado ser.

11

La mala fama de la comida de la cárcel suele ser merecida. Las internas de Alcalá Meco solo se dan una alegría cuando hace pasta Alessandra, una reclusa tristemente conocida
por matar a su marido, picarlo y servirlo en la salsa boloñesa
de su restaurante de Albacete. Pero sucede menos veces de lo
que les gustaría, ya que la italiana siempre está metida en
problemas y pasa más tiempo en el módulo de aislamiento
que en la cocina. Lo habitual es que tengan que conformarse
con guisos con más ternilla que carne, arroz apelmazado y
puré de patatas de sobre.

Al condenarla, a Lucía le embargaron el piso como in-
demnización para la familia de Óscar Jimeno, pero le sobró
suficiente dinero para tener cubierto el peculio y poder alimentarse en el economato. Sin embargo, quizá como auto-
castigo, se obliga a comer lo mismo que el resto de las reclusas. Y, después de dos años allí dentro, ya está acostumbrada.
Camina hacia la mesa que suele ocupar, la más aislada del
comedor, haciendo equilibrios para que la salsa aguada de los
dos filetes de redondo de ternera no se le salga del plato;
como muro de contención, una cucharada de pasta de gui-
santes y otra de un puré amarillento. A mitad de camino ve
que en el otro extremo del comedor está Aurora Cremonte,
observándola con la misma cara de odio que unos días antes
en el patio. Lucía piensa en ignorarla, pero nunca ha sido de
rehuir los problemas. Al percibir sus intenciones, Rosario le
corta el paso.

—Ándate con ojo, paya.

—Tranquila, está todo controlado.

—Si dices eso aquí dentro, es que no has aprendido
nada.

—No creo que me vaya a clavar el tenedor, Rosario. Estaré bien.

La gitana se encoge de hombros y la deja pasar. Lucía va hacia la mesa de Aurora Cremonte y se sienta frente a ella.

—Que aproveche...

La reclusa se limita a mirarla con frialdad.

—¿Nos conocemos de algo?

—Yo a ti, sí.

—Refréscame la memoria.

Aurora se levanta sin decir una palabra y sale del comedor. Lucía se las ha tenido que ver con gente muy pendenciera, tanto en su vida de policía como en la de convicta, pero, aunque aquella chica con pinta de estudiante de Historia del Arte no es una mujer de ademanes violentos ni parece especialmente peligrosa, la manera de comportarse le pone los pelos de punta. Si de veras tiene una deuda con ella, y cada vez está más segura de que es así, querrá cobrársela tarde o temprano.

La oportunidad para Aurora no tarda en llegar. A la mañana siguiente, Lucía y Altagracia —su compañera de celda, una dominicana de la que sospecharon en la aduana cuando dijo que venía de vacaciones a la playa de Madrid— son objeto de una inspección rutinaria. Cuando todo acaba, después de devolver a su sitio lo que los funcionarios han revisado en profundidad, Lucía va a darse una ducha y se queda sola en el vestuario. Mientras se está secando, levanta la mirada y descubre a Aurora observándola, con el pincho que al fin ha conseguido en la mano.

—¿Qué quieres?

—¿Tú qué crees?

Lucía se prepara para recibir el ataque. La toalla se le cae al suelo y se queda completamente desnuda. Ha perdido tono muscular desde que entró en la cárcel y las cicatrices que le recuerdan la colisión en la que murió el oficial Jimeno son más visibles que nunca. En lugar de embestirla, Aurora las mira, hipnotizada.

—Esas cicatrices... ¿son las que te quedaron cuando murió Óscar?

A Lucía le desconcierta una pregunta tan insólita en esa situación. Tampoco logra entender por qué aquella chica llama a su compañero por su nombre de pila.

—Así es.

—Debiste morir tú.

—No puedo estar más de acuerdo. Y tampoco me hubiera importado, a decir verdad. ¿Lo conocías?

Aurora no contesta, pero el modo en que se le empañan los ojos habla por ella.

—¿Es eso? —insiste Lucía—. Conocías a Óscar y por eso me odias, ¿no?

—Yo lo quería.

—Yo también, aunque sospecho que de diferente manera. Y perdóname que te diga, pero pasábamos muchas horas juntos y nunca me habló de... —De pronto se calla, al caer en la cuenta—. Un segundo... ¿Tú eres aquella chica a la que conoció en un concierto?

—Podríamos haber sido muy felices juntos —responde Aurora con resentimiento—, pero tú siempre estabas en medio.

—Entre Jimeno y yo solo hubo una tontería, y fue mucho antes de que le conocieras.

—Pero no pudo olvidarte —dice con rabia—. Y tú, maldita zorra, se lo pagaste matándolo, igual que mataste al otro.

—No sabes lo que dices.

—Claro que lo sé. No solo acabaste con su vida, sino también con la mía.

—Porque después de la muerte de Óscar —Lucía ata por fin todos los cabos sueltos— empezaste a beber y tuviste el accidente que te trajo aquí, ¿verdad? Lo siento, Aurora, lo siento muchísimo.

—Eso no es suficiente. Si la casualidad, o el destino, o como coño quieras llamarlo, me ha traído aquí, es por algo.

Aurora se lanza contra ella, pero, gracias a su entrenamiento, a Lucía no le cuesta esquivarla. Con un golpe en la muñeca consigue desarmarla y la inmoviliza agarrándola con el antebrazo por el cuello.

—¡Suéltame!

—No quiero hacerte daño, Aurora —dice sujetándola.

—¡He dicho que me sueltes!

La suelta y Aurora cae de rodillas al suelo. Lucía la observa llorar, muy tocada, pensando que, si ella estuviese en su lugar, intentaría exactamente lo mismo.

12

Jotadé se pasa la mañana investigando el entorno de Hilario Garza, pero el traficante se ha sabido proteger bien y nadie se atreve a abrir la boca. Lo único que ha sacado en claro es que en la calle se le tiene todavía más miedo a Tony, el hijo mayor, que a su propio padre. Aparca el Cadillac frente a una nave industrial de un polígono a las afueras de Madrid. Si algo detesta de su coche es que el aire acondicionado es de los antiguos, de los de chorro que congela si se te ocurre ponerte en su camino, por lo que en días como este, que en Madrid se prevé alcanzar temperaturas cercanas a los cuarenta grados, se tira todo el día muerto de frío o de calor. Los primeros minutos en el exterior le sirven para aclimatarse antes de echarse a sudar. Su compañera Verónica sale de su coche y se acerca a él.

—¿Qué hacemos aquí, Jotadé?

—¿Ves esa nave? Ahí es donde desmantelaron un laboratorio hace unos meses y descubrieron los cadáveres de dos yonquis calcinados.

—Lo recuerdo, ¿y qué?

—Pues que siguen sin encontrar a los responsables y a mí me ha dado el aire de que quizá esté relacionado con los Garza.

Verónica vuelve a mirar la nave industrial.

—Aunque así fuera, si dices que desmantelaron el laboratorio hace meses, no sé qué vamos a encontrar ahora.

—Hay que saber buscar, prima. Puede que a los compañeros se les pasase algo por alto.

—¿Algo como qué?

—No lo sé, pero ellos buscaban un laboratorio y nosotros lo que pueda llevarnos hasta Hilario Garza. Quizá ahí dentro estén la bufanda o la gorra del Madrid que llevaban los asesinos de la M-30 el otro día. Y, con un poco de suerte, lo mismo hasta hay un pelo de alguien del entorno de ese tipo.

—Es más fácil que nos toque el Euromillones —asegura Verónica con incredulidad.

—Como dice mi viejo: a alguien le toca todas las semanas, y es simplemente porque juega. ¿Vamos?

Jotadé coge una linterna de la guantera del coche y cruza la calle en dirección al almacén. Verónica se hace con otra y, resignada, se reúne con él junto a la puerta, que está cerrada con un candado.

—Vigila que no venga nadie. —El subinspector saca una ganzúa del bolsillo trasero del pantalón.

—¿Tampoco vamos a pedir una orden de registro?

—Esas son movidas de payos.

—Esas son movidas de polis, Jotadé. Si entramos sin una orden y encontramos algo, puede que no sirva de nada por haber procedido ilegalmente. Fruto del árbol envenenado, ¿te suena de algo?

—Si hace falta, decimos que vimos actividad sospechosa dentro y a tomar por culo.

—A tomar por culo nos vamos a ir tú y yo un día de estos como sigamos haciendo estas cosas, verás.

Él le quita importancia y, mientras su compañera vigila, procede a abrir la cerradura, que enseguida cede con un chasquido. Encienden las linternas y desenfundan sus pistolas. Al entrar en la nave, lo primero que ven son las rodadas de un coche sobre el suelo lleno de polvo.

—A mí me da que estas huellas son bastante recientes...

Verónica comprende que por allí ha pasado alguien después de la redada. Antes de seguir adentrándose, alumbran a su alrededor. Al fondo de la nave, de unos doscientos metros cuadrados, hay unas escaleras metálicas que conducen a una oficina acristalada.

—¡Policía, ¿hay alguien aquí?!

Ambos aguardan, pero no escuchan ningún ruido.

—Mira...

Jotadé mira hacia donde le señala Verónica: una mesa con restos de comida confirma que allí ha habido actividad hace no tanto tiempo.

—A lo mejor es de algún vigilante o de una pareja de compañeros que se han quedado haciendo guardia —dice ella.

—A lo mejor. Tú revisa la planta baja mientras yo subo a las oficinas. Y ten mucho cuidado, Vero.

—Lo mismo te digo.

Verónica recorre la nave y se da un susto de muerte cuando una rata sale de un agujero de la pared y le pasa entre las piernas. Al escuchar a su compañera maldecir, Jotadé se detiene en mitad de las escaleras.

—¿Todo bien?

—Solo era una rata del tamaño de un gato.

—En mi barrio tendrías que haber nacido tú...

Jotadé continúa subiendo hasta entrar en la oficina. Al igual que en el piso de abajo, advierte señales de actividad reciente. Pasa un dedo por una de las tres mesas y comprueba que es la única limpia de polvo. Abre un archivador que encuentra junto a ella, aunque en su interior solo hay viejas facturas de neumáticos. Alumbra cada palmo del despacho hasta que se fija en unas pisadas que conducen hacia un desvencijado arcón de metal. Se acerca y lo abre con cuidado, pero está vacío, así que decide moverlo. Se agacha y golpea el suelo con el mango de su linterna. Al notar un sonido hueco, levanta una tabla y debajo descubre varios paquetes de plástico con fajos de billetes en su interior.

—Jotadé...

El oficial Cortés deja caer de nuevo la tabla en su sitio y se incorpora sobresaltado.

—¡Qué susto me has dado, coño!

—Perdona —responde Verónica—. La parte de abajo está limpia. ¿Tú has encontrado algo?

Jotadé duda un par de segundos, pero termina negando con la cabeza.

—Nada. Mira a ver si recuperas abajo algún objeto del que se puedan sacar huellas mientras termino de revisar esto. Lo mismo nos salta alguna coincidencia en el SAID.

Ella asiente y baja por las escaleras. Cuando comprueba que ya no puede verlo, Jotadé vuelve a agacharse y levanta la tabla. Se lo piensa unos instantes antes de decidirse, pero al fin:

—Espero que sepas valorarlo, gitana...

Coge los paquetes de dinero y se los guarda en la cintura. Después coloca la tabla, pone el arcón en su sitio y sale... sin darse cuenta de que, escondida en un falso techo del despacho, la luz roja intermitente de una pequeña cámara indica que se ha grabado todo.

II

13

—¿De dónde has sacado el dinero?

—Tengo pocos vicios.

Lola mira a su ex con incredulidad. No se cree ni por asomo que Jotadé haya podido ahorrar esa cantidad y vuelve a dejar sobre la mesa uno de los fajos de billetes de quinientos euros, como si le quemase las manos.

—¿Lo has robado?

—Haces demasiadas preguntas, Lola. Lo que importa es que servirá para que los buitres del banco no te quiten la casa.

—Llévatelo, no puedo quedármelo.

—Déjate de chuminadas. Guárdatelo y utilízalo para ir pagando mes a mes el préstamo al banco. Pero no liquides la deuda de golpe que sería más sospechoso que un gitano haciendo footing.

—Nunca podré devolvértelo, ¿lo sabes?

—Entonces tendré que mandarte al cobrador del frac...

Lola sonríe, pero enseguida recupera la seriedad.

—Alguien buscará este dinero, supongo.

—Probablemente. Por eso debes esconderlo bien e ir sacándolo en pequeñas cantidades. Lo mejor es tu taquilla del súper. Un juez no da permiso así como así para registrar un espacio común dentro de una empresa. Pero, pase lo que pase y venga quien venga a preguntarte, tú no sabes nada de ningún dinero. Eso es muy importante, Lola.

—Me estás asustando, Jotadé.

Él le acaricia la cara, intentando tranquilizarla.

—Yo nunca os pondría en peligro a Joel y a ti, pero debes tener seso y no dejar que esto te cambie la vida. Sigue a lo tuyo, currando cada día y pagando poco a poco la deuda, ¿estamos?

Lola asiente y, por primera vez desde que decidió que debía separarse de ese hombre que no haría más que complicarle la vida, lo mira con algo más que agradecimiento o simpatía. Se abre la puerta de la calle y Jotadé guarda los fajos de billetes en la mochila justo a tiempo para que no los vea Joel, que, a sus casi quince años, se ha convertido en un adolescente espigado y de piel muy morena que desde hace ya tiempo no se conforma con la ropa que su madre le compraba en el puesto familiar del mercadillo, lo que exprime aún más la economía familiar.

—¿Qué haces aquí, papa?

—¿No puedo venir a ver a mi hijo?

—A estas horas es cuando llega Pablo, y es raro de pelotas que se encuentren mi padre y el novio de mi madre. Esas movidas solo las hacen los payos en las series.

Lola se revuelve en el sofá, incómoda, lo que no pasa desapercibido para el chico.

—¿Qué?

—Pablo no va a volver, Joel —responde directa.

—¿Por qué no?

—Se ha largado. Y, antes de que preguntes, ni siquiera hemos reñido; simplemente ha cogido sus cosas y se ha ido de casa. Me ha dicho que te quiere, pero que es mejor que cada uno sigamos con nuestra vida.

Jotadé mira a Lola con respeto al comprender que, ocultándole la verdad de lo sucedido, solo trata de proteger a su hijo.

—Ya sabía yo que algo había hecho ese mortajao para que quitases sus fotos. Mala diarrea caldosa le dé —sentencia Joel, más afectado por la noticia de lo que quiere aparentar.

—Me cago en la hostia, hijo. —Jotadé le reprocha—. No sé a quién habrás salido tú tan mal hablado.

—Yo tampoco —resopla Lola con sarcasmo—. ¿Qué tal si hoy nos vamos los tres a cenar al chino?

—¿Qué chino? Hoy os llevo a un búrguer pijo que han puesto en mi barrio —responde Jotadé—. Sale cada hamburguesa a veinte pavos. Llevo mazo de tiempo pensando en qué le echarán a la carne.

—Yo por veinte pavos pienso afanarles el plato —dice Joel.

—En esta familia no somos chorizos, Joel —le recrimina Jotadé para a continuación tenderle la mochila con el dinero robado a Lola—. No te olvides de guardar los papeles de la casa.

Las hamburguesas ni de lejos valen lo que cuestan, pero Jotadé da el dinero por bien empleado al pasar, después de mucho tiempo, un rato agradable con las dos personas que más quiere. Le hace feliz ver que tanto Lola como Joel se ríen con sus bromas y se olvidan por completo del hombre que había compartido con ellos los últimos cuatro años.

Jotadé observa con nostalgia su habitación de casa de sus padres. Allí siguen los pósteres del Madrid, la guitarra que nunca aprendió a tocar y un par de trofeos que ganó de niño jugando al fútbol. Escucha un ruido a su espalda y, al girarse, ve a Paco agarrando con fuerza una escoba. El hombre respira aliviado al ver que es su hijo.

—Qué susto me has dado, Juan de Dios. Pensaba que nos estaban robando.

—¿Quién va a querer robar a unos gitanos pobres como ratas, papa? —Mira la escoba—. ¿Vas a barrer?

Paco la deja apoyada en la pared.

—¿Qué haces aquí a estas horas?

—Venía a buscar mi camiseta del Real Madrid, la de Sergio Perera.

—¿Ese no es el payo que ha aparecido colgando de un puente? En la tele no hacen más que hablar de eso.

—Es una movida gorda. Ya te contaré. ¿Y la mama?

—Lleva en la cama lo menos dos horas. Y, con la pastilla que se toma, ya puede caer una bomba que ni se entera. ¿Quieres que la despierte?

Jotadé niega con la cabeza.

—Déjala. ¿Me convidas a un vino?

En la cocina, Paco sirve dos vasos ante la atenta mirada de su hijo.

—¿Quieres que saque algo para picar?

—Acabo de comerme una hamburguesa con el Joel y la Lola.

Paco se sienta frente a Jotadé y lo observa con suspicacia.

—¿Estás bien, hijo? Te noto raro.

—Solo un poco cansado. ¿Cómo va la cosecha?

—El pulgón siempre está ahí, pero voy a sacar buenos tomates.

—¿Mejores que los que le diste al Ray bañados en aceite de cacahuete?

Paco lo mira con sorpresa. Cuando se enteró de que el camello que había proporcionado a su hijo mayor la droga que lo mató padecía una grave alergia a los frutos secos, vio la manera de vengarse. Pensaba que nadie se había enterado de que él fue el responsable del shock anafiláctico que se lo llevó por delante, pero vuelve a comprobar una vez más lo buen policía que es Jotadé.

—¿Cuándo lo supiste?

—En cuanto vi la autopsia de Ray.

—Han pasado casi tres años de aquello, ¿por qué lo sacas ahora?

—No había encontrado el momento de hablarlo.

—No me arrepiento —dice Paco con firmeza—. Ni de eso ni de lo otro.

Jotadé sonríe; aunque ya es mayor, su padre tiene más cojones y dignidad que nadie que haya conocido antes.

—¿Se lo vas a decir a alguien?

—Si no lo he dicho ya, me lo llevo a la tumba, papa. Lo único que te pido es que no sigas arreglando las cosas cargándote a gente, ¿vale?

—Un hombre hace lo que tiene que hacer.

—En eso no podría estar más de acuerdo.

Jotadé levanta su vaso de vino y Paco brinda con él.

14

Después del incidente en el vestuario, Lucía procura dejarle a Aurora Cremonte su espacio. Si algo le sobra allí es tiempo, así que esperará pacientemente a que, cuando se sienta preparada, se acerque a hablar con ella. Al cruzarse en el comedor, percibe con claridad que el odio que Aurora sentía se ha convertido en indiferencia, y eso casi le duele más. Durante la hora de patio, la exagente Navarro se dedica a pasear sin hablar con nadie, y el resto lo destina a leer en su celda. Transcurren varios días hasta que Aurora decide enfrentarla mientras Lucía estudia en la biblioteca. Se sienta frente a ella y le clava la mirada.

—Tengo una duda.

—Pregúntame lo que quieras —dice Lucía conciliadora—. Intentaré responderte con total sinceridad.

—¿Desde cuándo tenías planeado lo de Óscar?

—No lo planeé.

—Mientes.

—¿Qué sentido tendría mentirte a estas alturas, Aurora? Aunque no lo creas, era mi amigo.

—Si haces eso con tus amigos, ¿qué no harás con tus enemigos?

—Surgió y lo llevé a cabo en el mismo instante. —Lucía pasa por alto el comentario—. No voy a justificarme, pero es cierto que estaba sometida a mucha presión y no pensaba con claridad. Y te juro que, si pudiese volver atrás, me mataría yo un millón de veces antes que hacerle daño a Óscar.

—Ojalá lo hubieras hecho.

—Ojalá me hubiese entregado cuando todo empezó a torcerse. Lo que vino después jamás debió haber sucedido.

Aurora quisiera seguir culpándola y odiándola como los últimos años, pero, al mirarla a los ojos y ver que no miente, no le sale.

—Tienes derecho a odiarme —concluye Lucía—, y tampoco te culparía si intentaras volver a atacarme, pero créeme cuando digo que siento con toda mi alma lo que pasó.

Aurora no tiene nada más que decir ni que reprocharle, así que se levanta sin articular palabra y se marcha tan rápido como llegó. Lucía tarda unos instantes en recuperarse de la conversación, pero apenas vuelve a abrir el libro cuando dos funcionarias se plantan frente a ella.

—Navarro, acompáñanos.

—¿Adónde?

—Te trasladan.

—¿Cómo que me trasladan?

—Ya lo has oído. Tienes media hora para recoger tus pertenencias antes de que te vengan a buscar.

En una celda es imposible acumular demasiadas cosas, pero, después de dos años encerrada en esos diez metros cuadrados, los recuerdos ocupan varias cajas. Hay sobre todo libros y apuntes de Psicología, la carrera que está cursando, pero también fotos de antes de que su vida se torciera, alguna carta —entre las que se encuentra la más dolorosa que ha recibido en su vida, en la que su padre aseguraba haberla perdido como hija después de lo que había hecho— y varios recortes de periódico sobre casos que le hubiera encantado investigar. También guarda su ropa y algunos efectos personales.

—¿Te vas a llevar la tele? —pregunta Altagracia.

Lucía mira la pequeña televisión que compró en el economato. Hasta que llegó su compañera un año atrás, ella apenas la utilizaba para ver los informativos y algún documental, pero Altagracia la ve siempre que puede. Asegura que le hace compañía, y Lucía sabe que lo necesita cuando está aún más sola que ella.

—No, puedes quedártela.

—Gracias. ¿A qué prisión te trasladan?

—No tengo ni idea, aunque supongo que no habrá demasiadas diferencias entre unas y otras.

Pero la primera diferencia que encuentra Lucía es en el propio traslado; en lugar de un furgón, dos agentes de paisano la recogen en un coche camuflado y la suben en el asiento trasero, donde no hay ninguna pantalla de metacrilato que proteja a los policías de un posible ataque de la reclusa.

—¿Desde cuándo los traslados entre prisiones se hacen en un turismo sin protecciones? —pregunta Lucía con suspicacia.

El conductor la mira fugazmente a través del retrovisor, pero no contesta y vuelve a fijar la mirada en la carretera.

—¿Adónde me lleváis? —insiste.

—Silencio —responde el copiloto.

—No pienso callarme hasta que respondáis a mis preguntas. Soy policía y...

—Expolicía —la corta el conductor—. Alguien que ha hecho lo que tú no merece llamarse así.

Lucía encaja el comentario. La han atacado infinidad de veces con lo mismo, pero no por ello deja de dolerle en lo más hondo. El copiloto se da cuenta y decide ser más compasivo que su compañero.

—Nosotros solo cumplimos órdenes.

—¿Y qué órdenes os han dado?

—Simplemente que te recojamos y te llevemos a un lugar.

—A otra cárcel, ¿no?

—No es una cárcel propiamente dicha. Y ahora guarda silencio, por favor.

Lucía aún debe esperar media hora para descubrir el significado de esas palabras. El coche sale por un desvío de la carretera de Valencia, atraviesa varias rotondas y se adentra en una urbanización de chalés. Si no fuera porque unos minutos antes le habían reprochado lo que hizo, pensaría que la llevan a un descampado para descerrajarle un tiro en la nuca.

Todavía tardan un rato en llegar a su destino. El coche se detiene y Lucía mira desconcertada la inmensa puerta de metal que hay frente a ellos.

—¿Qué es esto?

—Tu nuevo hogar.

La puerta se abre y el coche se adentra por un camino rodeado de pinos, solo custodiado por un par de guardias de seguridad armados con porras y walkie-talkies. Cuando llegan a la enorme mansión que hay al final, Lucía mira con extrañeza un cartel de chapa colocado a un lado de la entrada principal en el que se puede leer: CENTRO DE INTERNAMIENTO DE MENORES PRINCESA LEONOR.

15

Hace años que Hilario Garza no duerme la noche entera de tirón. Se suele despertar a las tres de la mañana y no coge de nuevo el sueño hasta las seis. Ha probado de todo, pero no hay manera. Lo único que consiguen las pastillas es atontarlo durante esas tres horas de soledad que ya ha aprendido a disfrutar. Al principio las pasaba dando vueltas en la cama, pero, tras las protestas de su mujer, le cogió el gusto a ver alguna película o serie. Nunca se ha caracterizado por su sentido del humor, aunque lejos de miradas indiscretas, cuando no tiene que infundir miedo a quienes le rodean, disfruta de una buena comedia.

Sin embargo, esta noche hay algo diferente. Al despertar, ve que Carmela no está a su lado. Va a buscarla al baño, convencido de que tiene otra de sus migrañas causadas por el bochorno de las noches de verano en la capital, pero allí tampoco la encuentra. Ni en la cocina. Ni en el salón.

—¿Carmela?

Escucha un ruido en el jardín y abre extrañado la puerta corredera. Se le encoge el corazón al ver que su mujer y sus tres hijos cuelgan de las ramas del castaño centenario que mandó traer desde Galicia. Todos tienen las manos atadas a la espalda, están amordazados y lo miran con censura, con los ojos muy abiertos.

—¡¡Nooo!!

Corre a ayudarlos, pero, tras dar un par de pasos, el suelo se convierte en un barrizal que le impide avanzar. De pronto, de detrás del árbol empiezan a salir personas. Al principio no las reconoce, pero en cuanto logra centrar la mirada se da cuenta de que todas, directa o indirectamente, son víctimas suyas: allí está el hombre que le vendió aceite de colza a sus padres cuando él tenía quince años y al que descerrajó cuatro tiros, el camello marroquí al que degolló por un punto de venta de droga, una prostituta que se fue de la lengua con la policía y murió ahogada en la bañera de un hostal de mala muerte, un matrimonio peruano que quiso engañarlo con un cargamento de cocaína y ahora ambos descansan envueltos en cadenas en el fondo del mar, varios rivales de otras familias acribillados a tiros y hasta el exfutbolista Sergio Perera y el empresario Juan Carlos Tapia, cada uno con una incisión en el vientre por la que asoman sus tripas. Por último, frente a un numeroso grupo de jóvenes yonquis, muchos de ellos aún con la jeringuilla con la que se metieron su último chute clavada en brazos y tobillos, aparece Noemí, la hija pequeña del comisario, bañada en vísceras y sangre.

—¡¿Qué queréis de mí?!

Avanzan hacia él en silencio, mirándolo con los mismos ojos acusadores con que lo mira su familia desde el árbol. Hilario intenta escapar, pero cada vez se hunde más en el barro.

—¡Dejadme en paz!

Todas sus víctimas lo rodean y le empujan la cabeza hacia el fondo. Por más que él se resiste y patalea, termina completamente sumergido.

—¡¡Soltadme!!

Se incorpora en la cama sobresaltado y empapado en sudor mientras se sacude unas manos imaginarias del cuerpo y coge grandes bocanadas de aire.

—¿Qué te pasa, Hilario?

Mira a su mujer, que, a su lado, aguarda una respuesta con los ojos entornados, molesta por que la haya despertado de un sueño con toda seguridad bastante más plácido que el suyo.

—Nada. Sigue durmiendo.

Se levanta, se pone la bata y va a refrescarse al baño. Se mira en el espejo, todavía con la angustia dibujada en la cara.

—Eso digo yo... —dice mirándose a los ojos—. ¿Qué coño te pasa, Hilario?

70

Durante el trayecto hasta la iglesia, Hilario se fija en su mujer, buscando en ella la mirada reprobadora del sueño tan vívido que tuvo la noche anterior, pero Carmela solo termina de repasarse los labios en un espejo de mano.

—¿Qué? ¿Me he pintado demasiado?

—Estás bien así. Oye, Carmela. Tú... ¿tienes algo que reprocharme?

—¿Aparte de que a veces llegas oliendo a puta barata? —pregunta ella a su vez, con retranca.

La mirada de Hilario le hace ver que no está para tonterías y recula.

—¿Reprocharte el qué?

—Nada, olvídalo.

Cuando llegan a su destino y se bajan del coche, toda su familia los está esperando vestida con sus mejores galas para celebrar el bautizo del benjamín de la familia, el tercer hijo de Tony.

—No tienes buena cara, papá —le dice su hija Paula besándolo en la mejilla—. ¿Sigues sin dormir bien?

—Llevo sin dormir bien desde que tengo tu edad.

Después de la ceremonia y del almuerzo en uno de los mejores restaurantes de la zona, mientras la gente normal se toma una copa, Hilario aprovecha para sentarse a fumar un puro con Jacinto Valverde, su principal rival en las calles, ambos bien vigilados por sus respectivos hombres de confianza.

—Para que tu nieto tenga una vida larga y próspera, amigo mío... —dice Jacinto entregándole un abultado sobre de dinero.

—Se agradece.

Los dos capos se abrazan amistosamente, aunque lo que sienten el uno por el otro poco tiene que ver con la amistad.

—Me han dicho que tenías algo que proponerme, Hilario.

—Fentanilo —responde directo—. Esa mierda está acabando con toda la clientela. Es pan para hoy y hambre para mañana.

—Es barato producirlo.

—¿De qué sirve eso, si no vamos a tener a quién vendérselo, Jacinto? Te propongo que los dos lo saquemos de las calles y volvamos a lo de siempre.

—La gente protestará.

—Si tú y yo cerramos el grifo, tendrán que apañarse con lo que les demos. ¿Qué me dices?

Hilario le tiende la mano. Jacinto Valverde duda, pero al fin se la estrecha.

—A mí tampoco me gusta, la verdad. Deja a los chavales hechos una mierda. Da pena verlos.

—Debemos mantenernos firmes para que no se siga vendiendo a nuestras espaldas.

—Tú ocúpate de tus zonas, que yo me ocuparé de las mías.

Jacinto se levanta sin decir nada más y va a reunirse con su esposa, que baila en mitad de la pista con Carmela y otras mujeres la música que pincha el DJ contratado para la ocasión.

16

Desde que entra en la comisaría, Jotadé percibe que algo va mal. Suele ser el centro de atención por su vestimenta, su etnia, sus ademanes o por las tres cosas a la vez, pero esta mañana encuentra la actitud de sus compañeros más evasiva que de costumbre. Atraviesa el pasillo sintiendo los cuchicheos a su espalda y ni siquiera el agente Lucas Melero es capaz de aguantarle la mirada al pasar junto a su mesa. Se da cuenta de la gravedad de la situación cuando ve a la oficial Arganza saliendo del baño con los ojos enrojecidos por haber estado llorando. Lee en sus labios una especie de «joder, Jotadé» mientras camina hacia él, decepcionada. Después, ve salir de la sala de reuniones a dos hombres que se pueden permitir vestir buenos trajes gracias al sobresueldo que ganan siendo los polis de los polis. Los acompaña el inspector Osborne, que mira a Jotadé tan disgustado como el resto de su equipo.

—¿Qué hacen aquí los de Asuntos Internos?

Antes de que Verónica pueda responder, los dos hombres llegan hasta él.

—¿Subinspector Juan de Dios Cortés?

—¿Qué pasa?

—Queda detenido por registro ilegal y apropiación indebida. Entréguenos su placa y su arma, por favor.

—¿De qué coño hablas, tío? —Se revuelve—. Yo ni he registrado nada ilegalmente ni me he apropiado de una mierda.

—¿Entonces niega haber entrado sin autorización judicial en una nave industrial de un polígono de Leganés acompañado por la oficial Verónica Arganza, de donde se llevó varios paquetes de dinero que había allí escondidos?

Él busca una explicación en Verónica, que lo pasa realmente mal.

—Te grabaron, Jotadé —explica desolada—. Había una cámara en la oficina y te grabaron llevándote el dinero. El vídeo ha llegado esta mañana de manera anónima.

—Vaya por Dios...

—Entréguenos su placa y su arma, no se lo volveremos a repetir.

—¿No podríamos hacer esto en privado? —pregunta el inspector Osborne, pasándolo mal al ver que toda la comisaría presencia la escena.

—Está bien, jefe —dice Jotadé mientras saca su arma y su placa—. Acabemos con el espectáculo cuanto antes...

Jotadé duerme a pierna suelta en uno de los calabozos de la comisaría, como si no se acabase de arruinar la vida. Se despierta cuando escucha cómo se abre la puerta de la celda. Al incorporarse, ve a Verónica y a Lucas observándolo en silencio, más afectados incluso que él por la situación. Disimula la culpabilidad que siente al percibir la profunda decepción de sus compañeros.

—No me miréis así, joder. Al final he cumplido con lo que todos esperabais de alguien como yo.

—Eres muy injusto, Jotadé. —Verónica aprieta los puños—. A nosotros nunca nos ha importado ni lo que eres ni de dónde vienes. Confiábamos en ti.

—Os he dicho más de una vez que no conviene fiarse ni de tu propia madre.

—¿Por qué robaste ese dinero? —pregunta Lucas.

—¿Qué chorrada de pregunta es esa, Melero? Porque estaba a mano, porque pertenecía a unos traficantes que no pensé que fueran a denunciarlo y porque mi Cadillac está hecho polvo y no me apetece cambiar de marca. Uno siempre se acostumbra a lo bueno, ¿no?

El desencanto de Verónica aumenta con su respuesta.

—¿Cómo están las cosas por ahí arriba? —Jotadé cambia de tercio, incómodo por la mirada de su mejor amiga en la policía.

—Fatal —responde Melero—. Están preparando tu traslado para que prestes declaración ante el juez.

—Declararé que te dije que tenía la orden de registro para entrar en esa nave, Vero —le dice a su compañera—. No te salpicará.

—Me da igual que me salpique, Jotadé. Lo has jodido todo.

Verónica se marcha corriendo, muy tocada.

—Ahora está un poco de bajón —la justifica el agente Melero—, pero te ayudará en lo que necesites. Y yo también.

—Lo sé, colega. Ahora lárgate, no te me vayas a echar a llorar tú también.

Lucas fuerza una sonrisa y sale detrás de su compañera. A solas, a Jotadé le desaparece toda la seguridad y se lleva las manos a la cabeza, tratando de asimilar lo que se le viene encima de ahora en adelante.

Durante su traslado a la Audiencia Provincial, Jotadé nota que ha perdido el estatus que tenía hasta esta misma mañana; ni los dos inspectores de Asuntos Internos que lo detuvieron ni los funcionarios del juzgado son ya tan indulgentes con su peculiar forma de ser.

—Puto gitano... —mascula uno de los policías mientras esperan a que el juez los reciba.

—¿Tienes algún problema con eso? —se le enfrenta Jotadé.

—Los problemas aparecen siempre que hay uno de vosotros cerca.

—En eso no te quito la razón, pero ¿sabes qué?

—¿Qué?

—Que, aunque el juez me mande al talego, seguramente en unas semanas volveré a estar en la calle. Y ya te digo que no querrás encontrarte con un gitano como yo sin nada que perder.

—¿Me estás amenazando?

—No, qué va, payo. Pero, como me vuelvas a faltar al respeto, te corto los cojones y te los meto en la boca.

—Déjalo, Fernández —lo frena su compañero cuando el aludido se dispone a darle la réplica—. A ver si acabamos con esto de una vez, que yo ya debería estar de vacaciones en la playa.

Cuando el juez le pregunta a Jotadé por el dinero sustraído, él contesta que estaba todo en billetes de cinco euros y que se lo gastó la noche anterior de juerga.

—No se haga el gracioso, subinspector Cortés —responde el juez con dureza—. En las imágenes se aprecia que había un montante considerable. Será mejor que colabore y que devuelva íntegramente ese dinero.

—Le digo que no había más que doscientos euros, señoría. Si los muerdealmohadas de Asuntos Internos me traen la cartera, saldo ahora mismo la cuenta, que todavía me dura la resaca y tengo ganas de meterme en el sobre.

—No me deja otra que decretar su inmediato ingreso en prisión, subinspector.

El juez abandona el despacho irritado y los dos policías que se han ocupado de su traslado esposan a Jotadé sin ninguna delicadeza.

—Ojalá te pudras allí dentro...

17

Lucía aguarda sentada en un despacho que nada tiene que ver con el del director de la cárcel en la que cumplía condena. Para empezar, está en la planta baja y no tiene barrotes en las ventanas, por lo que podría romper el cristal y escapar; le basta con asomarse para ver que tampoco le resultaría muy complicado despistar a los guardias, saltar la valla exterior del recinto y adentrarse en la urbanización de chalés que atravesó con los agentes que la trasladaron hasta allí. Y eso por no hablar de que, sobre el escritorio, hay una pluma y unos cubiertos junto a los restos de un sándwich que cualquier reclusa con malas intenciones utilizaría para saltar un ojo o hacer papilla una yugular; y, en la estantería que cubre una pared lateral del despacho, más de una docena de objetos contundentes que podrían ser fácilmente utilizados como armas arrojadizas.

Se abre la puerta y entra una mujer de cerca de sesenta años que viste un sobrio traje de chaqueta con algunos lavados de más. Lucía tiene la impresión de que hace no demasiado tiempo debió de ser una mujer atractiva, pero las preocupaciones, y seguramente las malas experiencias vividas en aquel lugar, le han tallado unas profundas arrugas en la cara.

—Lucía Navarro, supongo —dice mientras va directa a rebuscar algo en un cajón de su escritorio—. Yo soy Marisa Uceda, directora del Centro de Internamiento de Menores Princesa Leonor.

—¿Qué hago aquí?

—Vas a vivir con nosotros una temporada.

—Dejé de ser menor hace quince años.

—Ayudarás con los internos en el patio, en el comedor, en servicios de vigilancia... En fin, en lo que vaya surgiendo.

—¿Usted sabe de dónde vengo? —pregunta Lucía con cautela.

—He sido debidamente informada, sí.

—Pues no entiendo qué está pasando. ¿Quién ha ordenado mi traslado?

—No lo sé, pero yo que tú aprovecharía esta oportunidad. No es como estar de vacaciones en un resort, pero es mejor que la cárcel. Además, tengo entendido que estás estudiando Psicología, ¿no?

—Sí...

—Pues nos vendrás de maravilla. —Encuentra por fin las llaves que buscaba en el cajón del escritorio—. Si me acompañas, te enseñaré las instalaciones y tu habitación.

Lucía coge las cajas con sus pertenencias y va a salir tras ella, pero la directora se detiene en la puerta y la mira.

—Seamos discretas, ¿de acuerdo? No creo que te beneficie que los chicos y el resto de los educadores sepan de dónde vienes ni lo que hiciste. De hecho, lo mejor es que ocultemos tu primer apellido, por si acaso. ¿Cuál es el segundo?

—Somoza.

—Lucía Somoza. Suena estupendamente. ¿Vamos?

Sigue a la directora por los pasillos del centro, plagados de mensajes sobre las consecuencias de usar la violencia, de consumir drogas o de practicar sexo sin protección. Una chica de unos dieciséis años, guapa y con aires de pija, sale de una estancia. Antes de cerrar la puerta, Lucía puede ver que en el interior —un salón de techos altos con una enorme chimenea con decoración floral de mármol— hay un grupo de adolescentes de su misma edad estudiando.

—Mira qué bien, me ahorro el paseíto hasta el despacho... —dice la chica al ver a la directora.

—¿Te han vuelto a expulsar, Andrea?

—No, he salido a tomar el aire —responde sarcástica.

—A mí no me vaciles —dice Marisa endureciendo el gesto— porque te dejo sin pisar el jardín un mes entero, ¿te ha quedado claro?

Por cómo la chica se esfuerza en morderse la lengua, Lucía comprende que no se trata de una amenaza que vaya a caer en saco roto.

—¿Qué ha pasado?

—Que a Javier le pone cachondo hacerse el catedrático cuando es verano y a quien deberíamos estar viendo es al puto socorrista de la piscina.

—Si hubieras estudiado durante el curso, no tendrías que recuperar.

—Ya… Debe de ser su manera de reivindicarse como macho alfa cuando en realidad es un pintamonas. Creo que necesita echar un buen polvo.

—Habla con respeto de tus profesores —dice la directora.

—¿Y esta quién es? —pregunta mirando a Lucía de arriba abajo.

—Se llama Lucía y va a trabajar en el centro.

—Yo que tú saldría corriendo antes de que sea demasiado tarde, Lucía.

—Gracias por el consejo.

—Vete a la biblioteca y ponte a estudiar hasta la hora de la cena, Andrea —ordena Marisa—. Y que no vuelva a escuchar ninguna queja sobre ti o la tenemos.

La chica se marcha contoneándose pasillo abajo ante la atenta mirada de las dos mujeres.

—¿Qué hizo para estar aquí? —pregunta Lucía con curiosidad—. No tiene pinta de ser como los demás chicos.

—Es una historia muy dura y muy triste. Y te aconsejo por tu bien que aquí no te fíes de las pintas de nadie. Vamos.

La directora la conduce hacia la primera planta. En un nuevo pasillo al que se accede por una puerta con un dispositivo electrónico protegido por una clave numérica, hay varias puertas más. Llegan a la última y Marisa mete la llave en la cerradura. Se trata de una habitación amplia y limpia en la que hay una cama, un escritorio, un armario y una mesita con una pequeña tele.

—No es demasiado, pero estarás bien. Aquello es el baño.

Una puerta da paso a un baño minúsculo con una ducha, un váter y un lavabo. Sin lujos, pero con todo lo necesario. Lucía se fija en que la ventana tampoco tiene rejas y la directora le lee el pensamiento.

—Si te han enviado aquí es porque piensan que no hay riesgo de fuga.

—No tengo ninguna intención de fugarme, pero todavía no me explico qué hago en este lugar.

—Llevo meses pidiendo más personal y eres lo único que me han enviado. No pienso hacer preguntas, y te recomiendo que hagas lo mismo.

La expresión de Lucía indica que no va a conformarse así como así. Marisa se da cuenta y suspira.

—Te llamarán para explicártelo todo.

—¿Cuándo?

—Yo sé lo mismo que tú, Lucía. Procura disfrutar de esto mientras dure porque seguramente tu regreso a Alcalá Meco se produzca en cualquier momento. Ahora deja aquí tus cosas y te enseño el resto de las instalaciones.

Lucía se resigna, coloca sus cajas sobre el escritorio, coge las llaves que le tiende la directora y sale con ella de nuevo al pasillo.

18

Jotadé ha pisado casi todas las cárceles del país, pero siempre ha sido para visitar a alguien, nunca como interno. Ser un policía corrupto no le ayuda a hacer amigos allí, ni siquiera entre los funcionarios, que no muestran ninguna deferencia hacia él. Después de tomarle los datos y de formalizar el ingreso, lo conducen a la enfermería para el reconocimiento médico y el registro integral.

—Desnúdate y ponte en cuclillas.

Jotadé obedece. Al no encontrarle nada de contrabando, el funcionario le da un jabón en polvo y le enchufa con una manguera a presión.

—¿Lo has revisado bien? —pregunta un segundo funcionario al entrar en la sala de registro, mientras Jotadé se seca, tembloroso a causa del agua helada—. No hay gitano que no intente colar chocolate o algún pincho.

—Date la vuelta —le ordena el primero.

—No llevo nada —asegura Jotadé—. ¿Qué queréis que lleve, si vengo directamente de la Audiencia Provincial?

—Que te des la vuelta —insiste el funcionario con sequedad—. Obedece o vas directo al módulo de aislamiento.

Jotadé se deja hacer sin variar su expresión; aunque es una situación incómoda, ha pasado por demasiadas cosas en la vida como para sentirse humillado por que un funcionario seboso le meta un dedo en el culo. Pero el momento más difícil de su ingreso se produce cuando lo conducen hacia la celda que va a ocupar las próximas semanas. Mientras atraviesa pasillos y puertas cargando con un juego de sábanas y una manta desgastada con olor a naftalina, le llega alto y claro el mensaje del resto de los presos, que viene a decir que tienen planeado hacerle la vida imposible durante su estancia entre ellos. Los gritos y los insultos son ensordecedores, e incluso de la galería superior caen toda clase de objetos y algunos rollos de papel prendidos.

—Se ve que me han preparado una buena fiesta de recibimiento...

—No te esperes una tarta. Vamos.

Jotadé entra en la celda que le ha sido asignada. Se trata de un cuarto de unos diez metros cuadrados con una ventana que da al patio, una litera, una mesa pintarrajeada con su silla a juego y un váter sin tapa. Para su sorpresa, nadie más la ocupa.

—¿Voy a estar solo?

—No te vengas demasiado arriba. En cualquier momento te mandaremos a un amiguito.

Las primeras veinticuatro horas, Jotadé procura no exponerse demasiado. Sabe que no puede mostrar debilidad, pero tampoco está tan loco como para pasearse por las instalaciones con los ánimos así de caldeados. Mientras está en la biblioteca buscando algo que leer durante las horas muertas, le avisan de que tiene una visita y va hacia la sala temiendo enfrentarse a la mirada de decepción de sus padres, pero con quien se encuentra es con Lola.

—Tus padres están que se suben por las paredes, Jotadé. He tenido que convencerlos de que me dejaran venir a mí.

—Diles que no hace falta que vengan, que yo los llamaré por teléfono y que saldré en unos días.

—¿Eso es verdad?

—No pueden retenerme mucho tiempo.

Lola lo mira con lástima. Se siente culpable porque sabe que robó ese dinero para entregárselo a ella.

—Ahora ya sé de dónde sacaste el...

—Shhh —la corta antes de que diga algo comprometido—. Aquí hay demasiada gente escuchando, Lola. Recuerda lo que te dije.

—¿No quieres que...?

—Lo único que quiero —vuelve a interrumpirla— es que hagas exactamente lo que hablamos. Cualquier cosa que digas solo me perjudicará. Yo estaré bien, así que olvídate de todo lo demás, ¿entendido?

Lola asiente, resignada.

—¿Cómo se lo ha tomado Joel?

—No será fácil controlarlo después de esto.

—Lo siento.

—Y yo. ¿Necesitas algo?

—Solo que calmes las aguas ahí fuera y que intentes que no te afecte. ¿Tú has sabido algo del payo?

—Nada. —Niega con la cabeza—. Supongo que asomará la patita cuando se le acabe el parné, pero no te preocupes, que no me va a volver a liar.

—Procura que mi padre no se entere de que te ha hecho la trece catorce.

—¿Por qué lo dices? —se extraña.

—Cosas mías...

El funcionario los avisa para que se vayan despidiendo.

—¿Qué va a pasar ahora, Jotadé?

—Dentro de unos meses habrá un juicio en el que me inhabilitarán, supongo. Que me echarán del cuerpo de una patada en el culo, vamos.

—¿Y a qué te vas a dedicar? Tú solo sabes ser poli.

—Igual aprendo a tocar la guitarra y monto un tablao flamenco. Los gitanos llevamos el ritmo en la sangre.

—Veo que te mueres de hambre —responde Lola con una sonrisa triste.

Después de pedirse mutuamente que se cuiden, Jotadé regresa a su celda. Al entrar, se encuentra con el compañero que le habían prometido los funcionarios. Es español, de unos treinta y pocos años y tiene los brazos y el cuello cubiertos de tinta. No son tatuajes de calle sino de salón, de los caros. Ha puesto las cosas de Jotadé en la litera de arriba para instalarse en la de abajo.

—¿Qué te crees que estás haciendo?

Ambos se miran, midiéndose. La altanería con que el recién llegado observa al gitano es la de la típica persona muy poco acostumbrada a que se le discuta algo.

—Me quedo en la litera de abajo —responde.

—Yo he llegado antes.

—¿Sabes quién soy?

—Seguro que me lo dices tú...

—Me llamo Marcos Garza. Supongo que habrás oído hablar de mi familia.

Jotadé se mantiene impasible, confiando en que Marcos no note que sabe incluso más que él de su familia; lleva días investigando a su padre, Hilario Garza, el sospechoso de ordenar los crímenes de la M-30.

19

Reencontrarse con su pasado tras asistir al entierro de la hija del comisario ha afectado a Iván Moreno mucho más de lo que esperaba. No se puede decir que sea completamente feliz en el pueblo, pero sí que ha hallado la estabilidad que necesitaba para su vida. Sin embargo, ver a sus antiguos compañeros en una investigación tan importante y mediática como la de los asesinatos de la M-30 le ha hecho recordar la adrenalina que sentía cuando estaba en activo.

—Eso no será un porro...

Iván se vuelve para ver a la abuela Carmen mirándolo desde la puerta del patio con una mezcla de susto y censura.

—Es tabaco normal, Carmen.

—Pues no parece un cigarrillo de los de toda la vida —replica con suspicacia.

—Porque es tabaco de liar. Pero no lleva nada, tranquila.

—Aun así. Con la cantidad de información que tenéis los jóvenes hoy en día, no entiendo cómo todavía seguís fumando.

—¿Para qué cuidarse si después puede presentarse un miserable que destripe a alguien sobre un puente cuando pasas conduciendo tan tranquilo por debajo, o que te obligue a...?

Iván deja la pregunta en el aire. Carmen lo mira apenada y se sienta a su lado. Ambos observan el cielo en silencio. La escasa contaminación lumínica hace que las estrellas se vean tan cerca que parece que para tocarlas bastaría con alargar la mano.

—Aprovecha, que esto no lo tienen en la ciudad —dice ella.

—¿Crees que hay algo ahí arriba? —pregunta pudoroso por hablar de algo en lo que nunca ha creído.

—No tengo la más remota idea, Iván —responde ella con sinceridad—. Por un lado, es menos doloroso pensar que sí, que no todo se acaba aquí y que nuestros seres queridos nos cuidan y nos esperan ahí arriba. Pero, por otro, creo que solo somos pasto de los gusanos.

—Mi abuela siempre decía que las personas viven con nosotros mientras sigamos recordándolas.

—Tu abuela era una mujer sabia.

Se escucha un ruido en el interior y Carmen pone los ojos en blanco.

—Lo que cuesta que se duerman estas dos fieras.

—Ya voy yo.

—Tranquilo... —lo frena—, tú termínate el porro.

—Que no es...

—¿Te crees que me he caído de un guindo? —lo interrumpe y añade mientras se pierde hacia el interior—: Eso huele igual que lo que se fuman los hijos del carnicero en la trastienda, que nos tienen a todas las clientas mareadas.

Iván sonríe y vuelve a mirar al cielo, tratando de encontrar una señal que le indique qué hacer con su vida.

Por la mañana, cuando vuelve hacia casa después del ejercicio diario, Iván ve que se ha formado un revuelo en la puerta del bar de la plaza.

—¿Qué pasa?

—El Matías —responde uno de los vecinos—, que se ha vuelto loco.

Iván se abre paso entre los curiosos y ve que, en el interior del bar, un hombre de alrededor de sesenta años, con aspecto de agricultor, sujeta al alcalde por la espalda y le pone un cuchillo jamonero en el cuello.

—¡Como se acerque alguien, le rebano el pescuezo!

—Haz algo —le ruega el dueño del local al verlo entrar—, que lo degolla aquí mismo y me busca la ruina.

—Matías... —Iván se aproxima mientras le muestra las manos—. ¿Se puede saber qué narices le haces a don Manuel?

—Quítale el «don», que este sinvergüenza no se lo merece. ¡Y no te acerques más, cojones!

—Está bien, cálmate. —Se detiene—. Pero necesito saber qué ha pasado.

—¡Díselo tú! —le ordena al alcalde a la vez que aprieta el cuchillo contra su cuello—. ¡Dile por qué mereces irte al otro barrio!

—Matías cree que le he perjudicado a la hora de aprobar el trazado de la nueva carretera —dice don Manuel aterrado.

—¡El muy sinvergüenza me quiere expropiar los cultivos con tal de no meterse en la finca de los Montero! ¡¿Cuánto te han pagado?!

—¡Nada!

—¡Me cago en todo lo que se menea! —La fuerza con la que presiona Matías provoca que una gota de sangre ruede por el cuello del alcalde—. ¡Como no digas la verdad, juro por Dios y por todos los santos que adelanto la matanza!

El alcalde se resiste a confesar nada y los vecinos empiezan a creer que de veras se va a producir el primer magnicidio de la historia de Villafranca de los Barros.

—Está bien, Matías, te creo —dice Iván—. Te juro que te ayudaré a demostrar que lo que dices tiene sentido.

—A mí no intentes enredarme, muchacho.

—No lo hago. Yo también llevo notando desde hace tiempo que las decisiones que se toman en este ayuntamiento no son todo lo claras que deberían.

—¡Yo no me he llevado un duro de las arcas municipales en mi vida! —protesta el alcalde.

—Eso no lo pongo en duda, don Manuel —responde Iván—, pero tampoco que cobra mordidas de, entre otros, los Montero, los Gámez y de Lucio, que siempre se queda con el mejor puesto del mercadillo y se le calienta la boca cuando empina el codo más de la cuenta.

Un murmullo de desaprobación corre entre los vecinos, que se barruntan que las acusaciones contra el alcalde son verdaderas.

—¿Es eso cierto, don Manuel? —interviene uno de ellos—. Porque mire que mi mujer y yo echamos la instancia todos los años y nos tenemos que conformar con un rincón de la plaza.

—¡Claro que es cierto, Adolfo! —insiste Matías—. ¡Y lo mismo hace con las lindes, con la adjudicación de ayudas y con todo de lo que pueda rascar un euro!

—Te doy mi palabra de que lo demostraré —dice Iván convincente—. Pero para eso tienes que soltarlo, Matías.

—Se saldrá con la suya como lleva haciendo toda su vida —contesta cegado de rabia.

—Esta vez no, te lo aseguro. Ya nos has abierto los ojos y no lo dejaremos pasar. Pero, si le haces algo, el que terminará entre rejas eres tú, y quienes más lo sufrirán serán tu mujer y tus hijos. Baja el cuchillo.

Matías duda unos instantes más, pero al fin lo baja y suelta al alcalde, que se separa apresurado y lo señala furioso mientras se limpia con un pañuelo la sangre del cuello.

—¡Detenedlo!

Pero nadie mueve un dedo, se limitan a mirarlo con aire inquisitivo. Don Manuel se da cuenta de que, en apenas un momento, ha perdido el respeto y el miedo que le llevan teniendo desde hace años en el pueblo.

—¡Quitad de en medio, joder!

Aparta de malas maneras a los vecinos y sale del bar.

—Confío en tu palabra, muchacho —dice Matías.

Iván asiente y los vecinos vuelven a sus quehaceres, como si allí no hubiera pasado nada.

20

A pesar de las ganas que tiene de partirle la cara a su nuevo compañero de celda para así recuperar su litera, Jotadé decide que lo más inteligente es tragar y no meterse en líos durante el tiempo que le toque pasar encerrado. Marcos Garza es el típico camorrista que no le duraría un asalto, pero prefiere conservar la calma, y más teniendo en cuenta que pertenece a una de las familias que manejan el cotarro en la calle. Cuando se despierta, se lo encuentra mirándolo con cara de pocos amigos.

—¿Qué coño miras?

—¿Tú eres poli?

—Las noticias vuelan.

—No me gustan los polis.

—A mí tampoco, no te creas. ¿Te apartas?

Marcos obedece y Jotadé va a mear sintiendo en la nuca la mirada de su compañero de celda. Una de las primeras reglas dentro de la cárcel es no darle la espalda a quien pueda tener motivos para matarte, pero no cree que ya se haya enterado de que estaba investigando a su familia mientras todavía era policía. Al volverse, de nuevo le corta el paso.

—Si te he dejado ocupar la litera de abajo cuando la había cogido yo antes —dice Jotadé conservando la calma— es porque no quiero problemas. Pero, si me los das, no voy a seguir agachando la cabeza y seguramente termines tragándote los dientes, ¿te ha quedado claro?

Marcos Garza lo atraviesa con la mirada, pero ese poli no parece ser de los que se achantan así como así y, en el fondo, a él tampoco le conviene meterse en peleas cuando está tan cerca de recuperar la libertad. Tras unos segundos de tensión, se echa a un lado. Jotadé se viste y aguarda a que abran las celdas para ir a desayunar.

En el comedor, vuelve a ser el centro de atención; hay presos que lo ignoran y otros que con gusto le clavarían en los riñones lo primero que encontrasen, pero ninguno le tiende una mano, ni siquiera los gitanos. Cuando pasa cerca de la mesa ocupada por los de su etnia, se hace el silencio. Amador, de metro ochenta, ciento cincuenta kilos, pelo rizado y con una cara tatuada en el brazo que, debido a la tirantez de la piel, recuerda más a Plácido Domingo interpretando *Otello* que a Camarón de la Isla, se levanta y se interpone en su camino.

—¿No te sientas con los tuyos, primo?

Jotadé pasea la mirada entre todos los ocupantes de la mesa; de los seis gitanos, cuatro no llegan a los veinte años y, a pesar de sus melenas y de lucir tatuajes como si los regalasen al salir al patio, le recuerdan a su hijo. Siente un escalofrío al pensar que, durante los días que él estará en la cárcel, a Lola le será complicado evitar que Joel se desvíe y termine ocupando el lugar de alguno de ellos. Los otros dos que quedan, uno de treinta y tantos, con aspecto de bonachón, y el mayor de alrededor de cincuenta, con pinta de estar de vuelta de todo, siguen desayunando mientras observan a Jotadé con curiosidad. De su reacción depende el trato que va a recibir de ahora en adelante. Al fin, decide aceptar la invitación y ocupa el único sitio libre de la mesa.

—Que aproveche —dice sentándose.

Tras unos instantes de silencio, el mayor pone voz a la pregunta que a todos les ronda la cabeza.

—¿Cómo se le ocurre a un gitano meterse a poli? ¿Te caíste de cabeza de crío?

Todos estallan en carcajadas. Jotadé acepta la broma de buen grado.

—Algo así debió de pasar, sí.

—¿Has enchironado a alguno de los nuestros?

La pregunta del grandullón no es tan amable como la de su compañero y Jotadé sabe que debe medir bien su respuesta.

—He metido en chirona a payos, a negros, a chinos, a moros, a payoponis... y también a gitanos, sí.

—Eres un traidor a tu raza... —le escupe con odio.

—Mi trabajo era detener delincuentes y me la sudaba de dónde vinieran.

La tranquilidad con la que Jotadé continúa desayunando hace que Amador se lo piense bien antes de hacerle algo. La tensión aumenta cuando los dos funcionarios que le hicieron el registro al ingresar llegan al comedor y lo miran con desprecio.

—¿Alguien puede decirme algo de aquel guardia, el alto? Todos miran hacia allí.

—Es el Sebas —responde uno de los jóvenes—, un cabrón con pintas. No conviene acercarse a él.

—El problema es cuando él es quien se acerca... —masculla Jotadé.

El funcionario llega hasta la mesa que ocupa Jotadé. Los demás internos perciben sus ganas de gresca y no se escucha un alma en el comedor.

—Veo que ya has conocido a las demás ratas, Cortés.

—Conocí a la mayor de ellas nada más llegar al talego: me metió un par de dedos en el culo y seguro que esa noche se la cascó recordándolo.

Las risas de los presos hacen crispar el gesto a Sebas. Los compañeros del guardia se preparan por si hiciera falta intervenir.

—Conmigo no te hagas el listo, gitano.

—¿Me deja desayunar tranquilo, jefe?

—¡Se acabó el puto desayuno! —Golpea la mesa con su porra—. ¡Todos los de esta mesa se quedan hoy sin patio!

—¿Qué tienen que ver ellos con nuestra historia de amor?

—Vete a tu celda —dice amenazante—. Te juro por Dios que, si vuelves a abrir la boca, te meto en aislamiento.

Jotadé se levanta y se dispone a marcharse con su bandeja, pero el funcionario le pone la zancadilla y se cae de bruces al suelo.

—Arriba.

Jotadé obedece, se limpia la ropa y lo reta mirándolo a los ojos, lo que provoca que Sebas le golpee en la pierna con su porra.

—Recoge la mierda que has tirado. Esto no es una de las chabolas donde vives.

Jotadé recoge la bandeja y, al levantarse, se la estampa en la cara con todas sus fuerzas. Los demás presos lo jalean, excitados al ver que alguien por fin le hace frente al funcionario. En apenas un instante, sus compañeros entran en tromba, reducen a Jotadé a golpes y le aplastan la cabeza contra el suelo.

21

Tal y como todos preveían, retirar el fentanilo de las calles provoca altercados y protestas. Y, a pesar de que hasta los propios adictos saben que los camellos que se lo niegan en realidad les están salvando la vida, muchos acuden a otras zonas a buscarlo, aunque para ello tengan que atravesar todo Madrid y ponerse en manos de bandas con muchos menos escrúpulos que sus proveedores habituales.

—No sé por qué hostias no se me ha consultado una decisión así —dice Tony muy molesto.

Hilario mira a su hijo mayor, harto de sus salidas de tono. Paula, también presente en la reunión familiar, es más lista que su hermano y sabe que a su padre no conviene discutirle las decisiones.

—¿Cómo dices?

—No es buena idea dejar de vender justo en este momento —responde rebajando el tono—. Nos van a comer el terreno.

—Nadie te ha preguntado si te parece buena o mala idea, Tony.

—Yo soy quien da la cara en las calles.

—Entonces obedece mis órdenes. No quiero que se siga vendiendo esa mierda en nuestro territorio.

—¿Por qué?

—¡Porque lo digo yo! —zanja con dureza—. Volvemos a lo de antes y se acabó. Además, ¿no te dije que te quitases de la circulación una temporada después del destrozo que hiciste en la M-30?

—La policía ha estado preguntando, pero no han conseguido nada y ya están a otra cosa.

Hilario busca la confirmación de su hija con la mirada.

—Todo está tranquilo, papá... Al menos hasta que Tony vuelva a sacar los pies del tiesto —añade incisiva.

Hilario da por zanjado ese asunto y decide cambiar de tercio.

—¿Algún problema en las partidas?

—Jiménez, el del mercado, ya nos debe treinta mil euros. Lleva cuatro noches seguidas perdiendo.

—Y el muy imbécil no se da cuenta de que el póquer no es lo suyo, ¿no?

—Eso parece.

—Te presentas en su frutería y le dices que, o paga hoy mismo, o la deuda irá aumentando un cinco por ciento cada dos días.

—Hecho —dice Tony.

—Cuidadito con lo que haces —le advierte Hilario—. Que sienta la presión está bien, pero que pueda seguir trabajando; a tu madre le gusta el género que vende.

Tony asiente y sale. A solas, Paula mira a su padre con curiosidad; sigue siendo el hombre más duro que ha conocido en su vida, pero de un tiempo a esta parte nota algo distinto en él.

—¿Va todo bien, papá?

—¿Por qué lo preguntas?

—Tienes cara de cansancio. Quizá deberías volver a tomarte las pastillas para dormir.

—Las medicinas me dejan atontado.

—¿Hace cuánto no te haces análisis?

—No me marees tú también, que bastante tengo con tu madre, Paula —dice con hartazgo para enseguida pasar a otro tema—: ¿Cómo van los alquileres?

—Se nos ha vuelto a quedar vacío el local grande de la calle Jorge Juan.

—Joder... ¿No se suponía que los pijos esos habían llegado para quedarse una buena temporada?

—Se ve que las obras de arte no son tan buen negocio...

—Son buen negocio si se roban. Dáselo a la inmobiliaria cuanto antes. Cada día vacío es un dinero tirado a la basura.

—¡¡Ahhgg!!

El frutero ve caer al suelo del almacén al que lo han llevado el trozo de cartílago que le ha arrancado Mauro con unas tenazas. Se sujeta lo que le queda de oreja con la mano, a través de cuyos dedos mana un reguero de sangre que le empapa la camisa. Frente a él, fascinados por el espectáculo, están Tony y Juárez.

—Pagaré, lo juro —dice atemorizado.

—¿Cuándo? —pregunta Tony—. Ya nos debes treinta mil euros.

—He tenido una mala racha, pero en unos días...

Mauro lo interrumpe pellizcándole de nuevo la oreja con las tenazas. El frutero grita y patalea cuando ve caer otro trozo ensangrentado al suelo.

—En unos días no nos vale, pinche cabrón —interviene Juárez.

—Si te crees que somos el Banco de España —dice Tony—, estás muy equivocado. Desde hoy, cada dos días de retraso, tu deuda aumentará un cinco por ciento.

El frutero mira al hijo de Hilario agobiado por el repentino incremento de una deuda a la que ya le resultaba imposible hacer frente.

—Eso es mucho dinero, Tony.

—Es lo que tiene ser un ludópata de mierda. Páganos ahora mismo y se acabaron tus problemas.

—No tengo efectivo, lo juro. He tenido que pagar la mercancía para poder abrir el negocio esta mañana.

—¿Qué me dices de tu carro? —pregunta Juárez—. En mi país conducía una *pickup* como esa.

—La necesito para ir a Mercamadrid todas las noches.

—Pues te coges un Uber. Las llaves.

El frutero duda. Mauro le vuelve a amenazar con las tenazas.

—¿No has oído? ¡Danos las llaves!

—Está bien, pero entonces queda saldada la deuda.

—Una mierda va a valer ese coche treinta mil —contesta Tony—. Te restamos diez y conservas las orejas. ¿No es un buen trato?

El frutero comprende que no tiene escapatoria y les tiende las llaves de su coche. Juárez se hace con ellas.

—Dentro de dos días volveremos. Si no tienes lo nuestro con los intereses de demora, cuando acabemos con tus orejas empezaremos por los ojos, que es la especialidad de Mauro.

Los tres se ríen y salen del almacén. Una vez que se queda solo, el frutero se derrumba y llora sobre el charco de sangre.

22

Después de ocuparse de la vigilancia de los chicos en la hora del almuerzo, Lucía pasea por el amplio jardín que rodea el centro de menores. Aunque sigue cumpliendo condena, hacía tiempo que no se sentía tan libre. Los cuatro guardias que vigilan el perímetro no le quitan ojo de encima, pero no es precisamente porque teman que vaya a fugarse. Nada más instalarse, después de recorrer las instalaciones con la directora, conoció a algunos menores más y a varios de los educadores que trabajan allí como externos. Desde entonces no ha cruzado con ellos más que unas pocas palabras, pero le parecen buena gente y, sobre todo, normales; un tipo de personas con las que no solía relacionarse últimamente. Antes de regresar a su habitación volvió a insistir en conocer el motivo de su traslado, pero Marisa le pidió que se relajara y aclimatara hasta que alguien le diera una explicación. Sigue extrañada por un cambio tan insólito, aunque lo cierto es que su calidad de vida ha mejorado de manera sustancial, así que ha decidido aceptar el consejo de la directora y esperar.

Al llegar a la parte trasera del edificio, descubre un pequeño bosque de pinos, y en un claro, sentada en un viejo banco de piedra, está Andrea, de espaldas a ella. Se acerca despacio y se detiene a unos pasos, procurando no sobresaltarla.

—Hola...

Andrea se da la vuelta y, al verla, sonríe con inocencia.

—Al final has decidido quedarte.

—Me gusta este lugar... —dice con un tono de voz lo más amable y cercano posible—. ¿Cómo es que no estás en las clases de recuperación?

—Porque lo que les enseñan a mis compañeros lo aprendí yo antes de los diez años y no me gusta perder el tiempo.

—Se adelanta a la observación de Lucía—. Si suspendí es porque ni siquiera me presenté, que te quede claro.

Tras esas palabras, Lucía confirma la primera impresión que tuvo al conocerla: esa chica no tiene nada que ver con el resto de los internos; es educada, tiene clase y seguramente es cierto que todo lo que les enseñan allí a los chicos de su edad ella lo aprendió hace tiempo en algún colegio privado.

—¿Puedo? —pregunta señalando el banco.

Andrea se encoge de hombros. Lucía se sienta a su lado e inspira hondo.

—Hacía mucho que no olía algo así.

—Huele a pinos. Hay ambientadores muy logrados por menos de cinco euros.

—Lo tendré en cuenta. —Sonríe—. Qué calor hace.

Se quita la sudadera y, al hacerlo, se le sube ligeramente la camiseta que lleva debajo, dejando al descubierto sus profundas cicatrices, que no pasan desapercibidas para la chica. Aunque intenta contener su curiosidad, al final sucumbe.

—¿Te has metido en una licuadora o qué?

—Tuve un accidente de coche. —Lucía mira los cortes que Andrea tiene en los brazos. Algunos han cicatrizado hace años, pero otros son más recientes—. ¿Y tú?

—Yo soy torpe saltando las vallas de los internados...

Lucía tiene claro que, cuando alguien se hace ese tipo de incisiones —tanto verticales como horizontales—, no es simplemente para llamar la atención. Pero se limita a asentir y a mirar a su alrededor.

—¿Sabes lo que era este lugar antes de convertirse en un centro de menores?

—Algunos dicen que aquí quemaban brujas en la Inquisición —responde Andrea.

—No creo que el edificio sea tan antiguo como para eso, pero cualquiera sabe. He encontrado un libro en la biblioteca que dice que aquí vivieron unos marqueses a principios del siglo pasado.

—Si esto está en el culo del mundo.

—Y más hace cien años. Seguramente desde Madrid podrían tardar dos o tres días a caballo.

—Yo antes montaba a caballo.

—¿Te gustaba?

A Andrea se le ilumina momentáneamente la cara, pero, a pesar de que Lucía intuye que se trata de un buen recuerdo, la chica no se permite relajarse.

—No demasiado.

—Con la cantidad de chalés que hay por esta zona, seguro que tenemos un picadero cerca. Podríamos pedirle a Marisa que organice una excursión.

—¿Y después nos vamos al búrguer y a una piscina de bolas? —pregunta sarcástica.

—Pues a mí me parece un plan estupendo. Hace mucho que no me como una buena hamburguesa.

—Yo preferiría un pescado a la brasa en alguna playa de Ibiza.

—Nunca he estado en Ibiza.

—No hace falta que lo jures. Tienes pinta de no tener ni para el ferri.

Lucía acepta la pulla sonriente.

—Supongo que, detrás de esa seguridad que intentas mostrar, también habrá momentos complicados. Si quieres hablar de algo, estoy para eso.

Andrea endurece el gesto.

—Aquí hay muchos pringados que necesitan la ayuda de una loquera como tú, pero yo no. No me gusta que me hurguen en el cerebro.

La chica se levanta y se aleja sin decir nada más. A solas, Lucía suspira: su primer acercamiento no ha salido precisamente como ella esperaba.

23

Cuando Jotadé escucha pasos acercándose por el pasillo y la llave entrando en la cerradura de la celda de aislamiento en la que lleva encerrado desde hace cuarenta y ocho horas, sabe lo que toca. Se abre la puerta y entran tres funcionarios, entre los que se encuentra Sebas, al que el golpe con la bandeja le ha dejado media cara hinchada y amoratada.

—Pues ya somos cuatro para jugar una partidita de mus... —dice Jotadé incorporándose—. ¿Quién ha traído la baraja?

—Tú te lo has buscado, Cortés —murmura uno de los funcionarios.

—Haced lo que tengáis que hacer.

El bofetón que le propina Sebas le parte el labio y lo lanza contra la pared. Jotadé se limpia la sangre con la manga de la camisa, sin hacer amago de devolver el golpe.

—Pues ya estamos en paz, ¿no?

—No hemos hecho más que empezar... —responde Sebas.

Los tres funcionarios se le echan encima y, aunque Jotadé consigue conectar un par de puñetazos, lo reducen en el suelo y lo muelen a patadas. Cuando se van a marchar, Jotadé los mira sonriente.

—¿Eso es todo?

—¿Te has quedado con ganas de más? —pregunta Sebas entre irritado y sorprendido.

—Viendo lo flojos que sois, lo mismo mañana te doy otro bandejazo y te igualo la cara, payo de mierda.

El funcionario vuelve sobre sus pasos y le propina una patada en la cabeza que lo sume en una profunda oscuridad.

—Joder, primo...

Varios días después de la paliza, cuando por fin lo sacan del módulo de aislamiento, Jotadé llega a la zona del patio ocupada por los gitanos y se sienta con esfuerzo en las gradas de piedra del campo de futbito, ardientes a causa del sol. Tiene la cara hinchada grotescamente y se sujeta el costado con una mano. A pesar de que todavía allí nadie se fía de él, esa paliza ha hecho que empiecen a mirarlo con otros ojos.

—Deberías denunciarlos —dice uno de los gitanos más jóvenes.

—Yo no soy un chivato. Pero descuida, que me he quedado con sus caras.

Jotadé ve, en el otro lado del patio, a Sebas y a su compañero mirándolo. Se esfuerza por sonreírles y los saluda, provocador.

—Tú sí que tienes cojones, gitano —se asombra Amador.

—Es este puto calor, que me nubla la sesera. Casi se estaba mejor en el agujero... ¿Alguien me convida a un cigarro?

—¿Con hierba o sin hierba? —le pregunta otro de los jóvenes.

—De momento sin, pero no te digo yo que más adelante te pida un poco de verde, que me ayuda a sobar.

El chico le da un cigarro y Jotadé se lo enciende mientras observa a Marcos Garza, que, en el otro extremo del patio, charla con un grupo de payos, varios de ellos con tatuajes nazis.

—¿Alguno conoce a aquel tío, al largo?

—Es Marcos Garza, hijo del Hilario —responde el gitano más mayor—. Cumplí condena con el padre hace años en Almería. Mala gente.

—Eso he oído, pero yo por quien pregunto es por el hijo.

—Tiene más vicio que una garrota —interviene Amador—. Le da a la hierba, a la coca y, si hay, también al caballo. ¿Por qué te interesa tanto?

—Porque lo tengo de compañero de celda. Nada más llegar, me quitó la litera.

—¿Te dejaste?

—Uno tiene que saber en qué guerras se mete.

Un funcionario se asoma a la puerta de entrada del patio.

—¡Cortés! ¡Tienes visita!

—Cabrones —masculla la oficial Verónica Arganza cuando ve a través del cristal de la cabina el destrozo en la cara de Jotadé—. ¿Han sido otros presos o los funcionarios?

—Para que los demás presos no me hagan bastante más que esto, he tenido que dejar que los funcionarios me acaricien un poquito el lomo.

—Podían haberte matado, Jotadé.

—Estoy bien, tranqui. Aunque te parezca mentira, esta paliza me ha servido como protección. Ahora los internos se han olvidado de que era poli y me han convertido en uno de los suyos... ¿Qué haces aquí, Vero?

—Sigo muy mosqueada contigo, que lo sepas, pero no pienso dejarte colgado.

—No me esperaba menos... —Jotadé esboza una sonrisa de agradecimiento—. ¿Cómo están las cosas ahí afuera?

—Melero y yo hemos tenido que callarles la boca a unos cuantos imbéciles que se han venido arriba desde que tú no estás en la comisaría.

—No os metáis en líos, no merece la pena. ¿Habéis avanzado algo con lo de los crímenes de la M-30?

—Todo el mundo tiene claro que ha sido cosa de la banda de Hilario Garza, pero no hay manera de demostrarlo, así que estamos en un callejón sin salida. El comisario está como loco porque además no dejan de entrarnos casos y la mitad de la plantilla todavía no ha vuelto de vacaciones. Lo último, el asesinato de un matrimonio y sus dos hijos menores.

Jotadé duda sobre si contarle que comparte celda con Marcos Garza, pero sabe que solo sería otro motivo de preocupación para su compañera y decide ocultárselo.

—Si no es por esto, Garza caerá tarde o temprano por cualquier otra cosa, estoy seguro.

—Ojalá... —Verónica cambia de tema—: Espero que no te enfades, pero ayer fui a visitar a tus padres.

—¿Cómo iba a enfadarme? Supongo que no está siendo fácil para ellos.

—Para tu tranquilidad, debo decirte que son personas muy fuertes.

—Han tragado demasiada mierda como para venirse abajo por algo así.

—Me pidieron que te convenciera de que los dejases venir a verte, pero, con el careto que tienes, mejor que se queden en casa.

—Mejor, sí.

Vero lo mira con tristeza, pero de pronto se acuerda de algo y se le ilumina la cara.

—Ah, casi lo olvido. Tengo una noticia que te va a encantar.

—¿Cuál?

—Lucía Navarro. La sacaron hace unos días de la cárcel para llevarla a un centro de menores.

—¿Y eso?

—Entre que Alcalá Meco está masificado, que no se ha metido en problemas desde que ingresó y que hay alguna interna que quiere buscarle las cosquillas, se la han quitado de en medio. Pero es evidente que, si termina de cumplir su condena allí, le será mucho más llevadero.

—Pues me alegro por ella...

—Y yo...

Ocupan el tiempo que les queda de visita charlando sobre el caso que el exequipo de Jotadé está investigando. Se trata de un matrimonio que, al llegar de vacaciones de Sudáfrica, fue asesinado junto con sus dos hijos pequeños. Todo indica que tiene algo que ver con ese viaje.

—Lo mismo hasta nos mandan a Sudáfrica, ¿te lo puedes creer?

—Me cago en mi mala sombra —se lamenta Jotadé—. Mira que tengo yo ganas de salir de España alguna vez.

—¿Nunca has...? —se sorprende Verónica.

—Una vez estuve a punto de ir a Portugal de vacaciones, pero al final me quedé en Carabanchel, que es más de mi rollo.

—Cuando salgas de aquí —responde divertida—, nos vamos tú y yo a Roma de fin de semana. Es un pecado que alguien tan flipado como tú con *Gladiator* no haya visto en persona el Coliseo.

—A eso me apunto. Así monto en avión y mato dos pájaros de un tiro.

Verónica se ríe llevándose la mano a la cabeza, sin poder creerse que tampoco haya volado nunca. Aunque lleva días intentando hacerse a la idea, sabe que echará mucho de menos a Jotadé como compañero.

24

Desde el incidente con Matías en el bar de la plaza, el alcalde de Villafranca de los Barros cada vez se dejaba ver menos, hasta que llegó un día en que no se presentó en el ayuntamiento. Al tercer día de ausencia, Julia, su secretaria personal, una mujer en la cincuentena reconocible a kilómetros de distancia por su afición a los pañuelos más extravagantes de las mejores marcas, se presentó en el chalé que el regidor adquirió hace unos años a las afueras del pueblo, pero nadie le abrió la puerta. De ahí, fue directamente a hablar con Iván.

—¿Tenía las persianas bajadas? —le pregunta él temiéndose que Matías hubiese vuelto a terminar lo que empezó.

—No lo sé, la casa apenas se ve desde el exterior. Lo único que sé es que me hinché de llamar al telefonillo y nada. Y al teléfono tampoco contesta. ¿Crees que le ha pasado algo?

—Lo más seguro es que se haya largado unos días hasta que escampe, tranquila.

En cuanto Julia regresa al ayuntamiento, Iván se acerca por la casa de don Manuel y se asoma entre los setos de un lateral. Algunas persianas están echadas y otras no, pero no se ve movimiento en el interior. Se fija en que es una casa de campo rehabilitada y rodeada por una parcela de tres mil metros cuadrados con piscina, frutales, pista de tenis y hasta un invernadero. Demasiado para un alcalde de pueblo que, según le gusta contar a todo el que lo escucha, procede de una familia humilde.

—A mí don Manuel me da mucha lástima desde que enviudó —le dice la abuela Carmen mientras prepara la comida—, y encima él y su mujer, que en paz descanse, no tuvieron hijos. Está más solo que la una.

—Creía que vivía con una hermana suya.

—Tú, para ser policía, no te enteras de la misa la mitad. Su hermana también se murió hace unos meses. Solo le queda otro hermano, pero vive en el extranjero, donde Cristo perdió el gorro.

—Pues vaya...

—Es un buen hombre. Yo lo veo un poquito chapado a la antigua, pero no como a alguien corrupto.

—A nadie se le nota hasta que salta todo por los aires, Carmen. Me he pasado por su casa y no hay rastro de él. Seguramente ha hecho la maleta y se ha largado lo más lejos posible, igual donde su hermano.

—¿Qué es un *corruto*?

Carmen e Iván se vuelven y descubren a Alba y a James mirándolos con curiosidad desde la puerta.

—¿Cuántas veces os tengo que decir que escuchar a escondidas está muy feo? —les reprocha Carmen.

—A no ser que seas espía —responde James cargado de razón—. Porque mi tocayo, cada vez que aparece en una película, feo precisamente nunca dices que es.

—¿De qué tocayo hablas tú ahora? —pregunta perdida.

—De James Bond —contesta Alba.

Iván ahoga una carcajada mientras la abuela Carmen les perdona a los tres la vida con la mirada.

—Dejad de decir tonterías y poned la mesa, venga, que al final se nos junta la comida con la merienda.

—Un corrupto —les explica Iván a los niños mientras les entrega los cubiertos y los platos— es alguien que se queda con lo que no es suyo.

—¿Como un ladrón?

—Más o menos, pero estos se aprovechan de ocupar un cargo público para llevarse el dinero.

—Pues yo entraría en su casa por la noche y me llevaría todo lo que ellos han robado antes... —sentencia James.

Iván mira al niño pensativo, como si fuera un pozo de sabiduría.

En cuanto comprueba que no hay alarmas ni cámaras de vigilancia, Iván se pone unos guantes de silicona y salta la valla de la casa del alcalde. Si de veras se ha largado, se ha olvidado al perro, porque este sale de la caseta que hay junto al garaje atado por una correa de apenas un par de metros de largo y le ladra. No es un ladrido amenazante, sino de súplica. Iván se fija en que el cuenco de agua está a un lado dado la vuelta, seguramente vacío desde hace días.

—¿Tienes sed, bonito?

Coge el cuenco y lo llena en un grifo del garaje, donde permanece aparcado el 4x4 del alcalde. En cuanto le acerca el agua, el perro mete el hocico y bebe con avidez. Iván se dirige hacia la puerta principal y, al girar el pomo, cede con un chasquido.

—¡Don Manuel, soy Iván Moreno!, ¡¿está usted en casa?!

No obtiene respuesta. Empieza a temerse lo peor cuando ve que, sobre la mesita de la entrada, junto a las llaves del coche y de la casa, hay un teléfono móvil, ya sin batería.

—¡Don Manuel, voy a entrar, ¿de acuerdo?!

El salón está lleno de fotografías del alcalde y su familia, trofeos de caza y muebles que han conocido tiempos mejores. Sobre una mesa de caoba, una botella de whisky vacía y un vaso. Al dirigirse a la cocina ve una luz que sale por debajo de la puerta cerrada del sótano.

—¡¿Alcalde?!

Baja las escaleras y, en medio de una bodega bien surtida, Iván encuentra la confirmación de las acusaciones de Matías sobre la supuesta corrupción del alcalde: don Manuel está sentado en una silla, descalzo de un solo pie y con media cabeza decorando la pared del fondo. La escopeta de caza con la que se ha suicidado ha salido despedida debido al retroceso y está incrustada en la puerta de la cava de vinos.

—Joder...

25

Jotadé y Marcos Garza apenas cruzan una palabra durante el tiempo que pasan juntos en la celda; Marcos se dedica a escuchar música con sus cascos y Jotadé a leer, aunque la
falta de costumbre hace que tarde una eternidad en pasar de
página. Los que más le gustan son los libros que transcurren
en otros países y, cuanto más lejos y más exóticos sean, mejor.
Aunque no haya estado en ninguno de los lugares que nombran, leer sobre ellos le ayuda a sentir que los conoce tanto
como la calle donde nació. Recuerda que el único profesor al
que prestó relativa atención de niño, un gitano que había
roto todas las barreras para estudiar en la universidad, le decía que uno podía visitar los confines del mundo sumergiéndose en las páginas de una buena novela. Entonces no le hizo
caso, y ahora, con treinta y cinco años y su vida echada a
perder, se arrepiente de ello. Una patada desde abajo en el
colchón de su litera hace que regrese abruptamente de los
bosques de Noruega. Se asoma con cara de mala hostia.
—¿Estás sordo o qué? —le pregunta Marcos Garza—.
Te buscan.
Jotadé mira hacia la entrada y ve por el ventanuco de la
puerta de metal que, en efecto, allí está uno de los gitanos
jóvenes. Baja de un salto de la litera y se acerca.
—¿Qué quieres?
—Los gitanos tenemos que cuidarnos entre nosotros,
primo.
Le entrega un libro a través del ventanuco y se marcha.
Jotadé no comprende a qué viene aquello, pero, al abrirlo,
descubre en su interior un teléfono móvil, papel de fumar y
una bolsita con marihuana.

—¿Papa?

Jotadé habla por el móvil atento a que ningún funcionario se asome a la celda y lo pille con las manos en la masa.

—¿Juan de Dios? —pregunta Paco al otro lado de la línea, desconcertado.

—No tengo mucho tiempo.

Jotadé escucha a su padre llamar a su madre, que no tarda en llegar y hacerse con el teléfono.

—Hijo mío. ¿Ya te han soltado?

—Todavía no.

—¿Entonces cómo puedes llamarnos a estas horas? ¿Es que te han hecho algo?

—Estoy perfectamente. Me han prestado un móvil, pero no podemos enrollarnos demasiado. Siento no haber podido llamaros antes, pero me consta que Lola y la oficial Arganza os han puesto al tanto de todo.

—Juan de Dios —Paco vuelve a coger el teléfono—, ¿es verdad que robaste ese dinero como dicen?

—Es largo de explicar —responde incómodo—, y ahora no tengo tiempo. ¿Cómo estáis vosotros?

—Preocupados por ti, hijo. ¿Cómo quieres que estemos? ¿Qué va a pasar con tu trabajo?

—La cosa no pinta bien, pero ahora olvidaos de eso. Solo necesito que os tranquilicéis y que sigáis con vuestra vida.

—¿Cuándo podremos ir a verte? —pregunta doña Flora.

—Es mejor que os quedéis en casa, mama. Yo en unos días saldré e iré a daros todas las explicaciones que hagan falta.

—¿Quieres que te mandemos comida o dinero?

—Tengo todo lo que necesito. Ahora debo dejaros. Cuidaos mucho, ¿vale?

—Tú también, Juan de Dios. Aléjate de las pendencias, por favor.

—Ya sabéis que no me gustan las peleas... Os llamaré pronto.

Jotadé cuelga fastidiado. Cuando decidió coger el dinero de esa fábrica abandonada, ya sabía que podría afectar a todos los que estaban a su alrededor, pero reconocer el desengaño en la voz de sus padres le duele más de lo que esperaba. Al volver a su litera, se encuentra con la mirada de Marcos Garza.

—¿Me dejas llamar?

—¿Quieres que te la chupe también? Porque ya es lo único que te falta por pedirme.

—Pon tú el precio. El dinero no es problema.

—Dos cartones de tabaco.

—Hecho.

Una vez que se estrechan la mano, le tiende el teléfono. Marcos lo coge y se retira para llamar. Durante siete minutos, Jotadé lo escucha hablar con su hermano Tony sobre abogados, recursos y fechas de obtención del tercer grado, lo mismo de lo que hablarían el noventa por ciento de los internos si tuvieran un móvil a mano. Después de esconder el teléfono, Jotadé se lía un porro y, tras darle unas caladas, le pasa la chusta a Garza sin que él tenga que pedirle que lo invite.

A la mañana siguiente, cuando los internos se preparan para ir a desayunar, Jotadé se acerca a la celda que comparten el grandullón Amador y uno de los gitanos jóvenes y deja sobre la litera el libro con el teléfono en su interior. Encima de él, uno de los dos cartones de tabaco que le ha sacado a Garza.

—Aquí tenéis lo vuestro con intereses.

—No te hemos pedido nada.

—No me gusta estar en deuda con nadie. Además, prefiero que los funcionarios no encuentren el teléfono cuando registren mi celda, y no creo que tarden demasiado.

26

Por fin, después de algunos días de incertidumbre, Lucía recibe la llamada de un mando de Instituciones Penitenciarias para informarla sobre su situación particular, aunque el motivo que esgrime para ordenar su traslado la deja aún más desconcertada; según comenta, los funcionarios han tenido constancia de que un grupo de internas estaba organizando un atentado contra ella y han decidido alejarla del peligro enviándola a ese centro de menores.

—Hace poco tuve un encontronazo con una compañera, pero ya está todo solucionado —comenta confundida.

—A nosotros nos consta que hay un peligro real.

—Aunque así fuera... ¿por qué no me trasladan a otra cárcel?

—Si es lo que quieres, por mí no hay problema —responde crispado por tener que dar tantas explicaciones—. Pero en el centro al que te hemos enviado necesitan ayuda y todos salís ganando. Dejo la decisión en tus manos.

Lucía sigue sin verlo claro, aunque lo cierto es que no podría estar en un lugar mejor. Aparte de vivir en un régimen de semilibertad —únicamente sin permiso para abandonar las instalaciones del centro—, tiene una habitación para ella sola de la que puede entrar y salir cuando le plazca, y dispone de una biblioteca mucho mejor nutrida que la de la cárcel. Además, no logra quitarse de la cabeza a Andrea; desde que se encontraron en el jardín, la chica la ha evitado, pero Lucía está convencida de que existe alguna manera de ayudarla.

Aprovecha que está sola en el despacho de la directora para hacer una llamada y tuerce el gesto al ver que nadie contesta al otro lado. Deja un mensaje en el buzón de voz:

—No sé dónde te metes, Jotadé, pero necesito hablar contigo y siempre me salta tu contestador. Me han traído a un centro de menores llamado Princesa Leonor. Intenta enterarte de qué está pasando y ven a verme, por favor. Un beso y cuídate.

Al salir al pasillo, se tropieza con Germán, un hombre en la cincuentena, de aspecto simpático aunque desastrado, que trabaja como educador en el centro desde hace varios años.

—Lucía, ¿verdad?

—Sí...

—Germán. Nos presentaron el otro día, no sé si te acuerdas.

—Claro.

La saluda con dos besos que ella no esperaba.

—Hoy se jubila Maite, la cocinera. Vamos.

Lucía no tiene oportunidad de librarse, ya que él la agarra del brazo y la conduce hacia la sala de profesores, donde coinciden con el resto de la plantilla. Aparte de la directora y de Germán, son cinco educadores más —tres hombres y dos mujeres— de entre treinta y sesenta años. También están presentes la cocinera objeto de la celebración, que, ya algo achispada, asegura que no volverá a coger una sartén en lo que le queda de vida, y tres de sus ayudantes. Por la amabilidad con que la tratan los demás, Lucía comprende que, salvo Marisa, ninguno está al tanto de su historia. Javier, un chico atractivo de unos treinta años del que ya escuchó hablar a Andrea cuando la expulsó de clase, se acerca a ella con un par de copas en la mano.

—¿Una copita de cava?

—No bebo, gracias.

—Aunque sea para mojarte los labios, que tenemos que brindar por Maite.

Lucía acepta, y, después de los brindis y de las buenas palabras de sus compañeros hacia la homenajeada, se da cuenta de que Javier la mira con deseo. No son pocas las miradas cargadas de morbo que en los últimos dos años le han dedicado funcionarios y abogados, pero solo venían motivadas por lo que sabían sobre sus gustos sexuales.

—¿Cómo es que te quedas aquí?

—¿Perdón?

—En el centro —aclara él—. ¿Cómo es que te quedas aquí a dormir? Me han dicho que ocupas una de las habitaciones del piso de arriba.

—Soy de fuera de Madrid y así me ahorro el alquiler.

—Te vas a volver loca encerrada en este lugar.

—Creo que lo soportaré.

—Si algún día estás muy agobiada, avísame y vamos a dar una vuelta. En el pueblo hay un restaurante bastante aceptable.

—Lo tendré en cuenta. —Decide cambiar de tema y lo mira con interés—. Oye, ¿qué te pasó el otro día con Andrea?

—Con Andrea casi todos los días pasa algo —responde con hartazgo—. La mayoría de los chicos aquí son problemáticos, pero ella se lleva la palma.

—Es sarcástica, aunque a mí me parece inofensiva.

En ese momento, se escucha un alboroto en el exterior.

—Ya decía yo que estábamos muy tranquilos... —suspira la directora.

Todos salen corriendo. Cuando llegan a la zona de las habitaciones, se encuentran a Andrea moliendo a golpes a otra chica de su edad mientras el resto de los chavales mira sin hacer nada. Aunque la otra ya está sometida y dos de los vigilantes intentan separarla, Andrea sigue golpeándola, fuera de sí. No tiene nada que ver con la interna tranquila y educada que había conocido Lucía.

—¡Estate quieta, Andrea! ¡¿Quieres matarla?!

—¡Soltadme! —grita ella desquiciada.

Todavía lanza un par de puñetazos más hasta que se la llevan a rastras.

—¡Venga, dispersaos! —ordena la directora a los demás chicos—. Anda que habéis hecho algo por separarlas.

Los chavales se encogen de hombros, como si la cosa no fuera con ellos, y van saliendo. Javier mira a Lucía con cara de circunstancias.

—Conque inofensiva, ¿eh?

Ella no sabe qué responder, impresionada por el grado de violencia que ha mostrado la chica.

27

Cuando se cruzan en el comedor o en el patio, Jotadé y Marcos Garza se ignoran, como si no supieran de la existencia el uno del otro, pero dentro de la celda, con el paso de los días, las tensiones entre ellos se han suavizado, e incluso a ratos intercambian algo más que amenazas.

—Vamos, no me jodas. —Marcos le pasa el porro después de darle una calada—. El Cadillac es un coche de puretas. Eso lo tienen cuatro viejos en Estados Unidos y para de contar.

—No tienes ni pajolera idea de lo que dices, chaval. Ha sido, es y seguirá siendo la mejor marca de coches que se ha fabricado jamás.

—¿Mejor que Ferrari, Porsche o Mercedes?

—Cien veces mejor. —Le devuelve el canuto—. Ese tipo de bugas lo tiene hasta un defensa suplente del Leganés, pero un Cadillac es algo exclusivo. La gente te mira de otra manera.

—Como a un viejo.

—Cuando salgas, te llevo a dar una vuelta y lo entenderás.

—No sé yo si va a quedar bien que un Garza se vaya de paseo con un madero...

—Yo ya no soy madero.

Las bromas se acaban de repente.

—Así que has pasado de ser policía a ladrón, ¿no?

—No soy el primero, pero a mí me han pillado. Y ya tardaban. Desde que me licencié llevo escuchando que un gitano no podía ser poli. Solo les doy la razón.

—Es que es raro de cojones.

—Ya ves... ¿Y tú? Estás por tráfico y asociación ilícita, ¿no?

—Has hecho los deberes.

—Si hubieras estado por asesinato, no dormiría tan tranquilo.

Marcos sonríe y apaga el canuto.

—Yo que tú no me relajaría.

El hijo mediano de Hilario Garza se pone los cascos y se tumba en su camastro, dando por finalizada la conversación. Jotadé coge su libro, aunque no consigue concentrarse y termina dejándolo a un lado.

Al entrar en la sala de visitas, Jotadé percibe el olor mezcla de alcohol y sudor de su abogado incluso con el cristal de por medio.

Nada más enterarse de su detención, un letrado gitano se presentó en la comisaría y se ofreció para representarle gratis. Le expuso sin pudor que su estrategia de defensa consistiría en argumentar que su detención era un simple ataque racista a su comunidad.

—Hay una grabación que demuestra que robé ese dinero —dijo Jotadé.

—La grabación es lo de menos —respondió el abogado—. Aquí lo que importa es que por ser gitano tienes más presión que el resto de los policías. Es la sociedad la que te empuja a delinquir.

Jotadé lo mandó directamente a la mierda y decidió contratar a un payo borracho y capullo, pero que sabía aprovecharse como nadie de todos los resquicios legales. Lo había sufrido en sus propias carnes en más de una ocasión, y, por su culpa, varios delincuentes que había atrapado no llegaron a pisar la cárcel.

—El juez está dispuesto a dejarte hoy mismo en libertad si devuelves el dinero robado, Juan de Dios —le dice el abogado a través del teléfono.

—Ya declaré que me lo gasté en alcohol y droga.

—¿Todo?

—Yo, cuando me corro una juerga, no me ando con tonterías.

—Si no le das lo que quiere, se cabreará.

—Me la suda. Lo único que me importa es saber cuándo saldré de aquí.

—Ya he pedido tu puesta en libertad, pero la falta de colaboración lo pone difícil. Tendrás que esperar un poco más.

—Pues esperaremos.

El abogado se fija en las marcas de la cara de su cliente. Aunque las heridas ya se han cerrado y la hinchazón va remitiendo con el paso de los días, sigue teniendo un aspecto lamentable.

—¿Quieres que hagamos algo con eso?

—¿Con qué?

—Con la paliza que te han dado.

—A mí nadie me ha dado una paliza.

—Que has tropezado y te has caído por las escaleras, ya veo —afirma con incredulidad.

—¿Necesitas algo más?

—Pues ya que lo preguntas, necesito saber quién se hará cargo de mis honorarios. Entre los recursos y los escritos al juzgado, va un pico.

—Descuida, que cuando salga del talego te pagaré lo suficiente para que no te falte la priva en tu vida.

Jotadé cuelga el teléfono y abandona la sala de visitas. El abogado recoge sus papeles contrariado, con ganas de renunciar a la defensa de ese grano en el culo que le ha salido. Pero, aunque todo indica que terminarán inhabilitándolo, sabe que Cortés conserva muchos amigos tanto dentro de la policía como en la calle, y no parece muy inteligente tenerlo de enemigo.

28

Las pesadillas de Hilario Garza empiezan a pasarle factura. Desde que vio a su familia ahorcada en el castaño del jardín, ha tenido dos sueños más que le han encogido el estómago. En el primero de ellos, algunas de sus víctimas inmovilizaban y desmembraban vivas a su mujer y a su hija; y, en el segundo, la víctima era él. Corría despavorido por un bosque perseguido por dos hombres con sus perros; cuando al fin lo alcanzaban y los animales lo cosían a dentelladas en el suelo, se daba cuenta de que eran sus hijos varones.

—¿Qué pasa? —preguntaba angustiado—. ¿Por qué me hacéis esto?

—¿Es que crees que no te lo mereces, papá? —preguntaba a su vez Marcos con frialdad.

—¡Os lo he dado todo!

—Nos has dado miseria.

Acto seguido, Tony le rajaba el vientre de lado a lado como había hecho con los dos del puente de la M-30 y los perros se peleaban por devorarle las tripas.

Nada más despertar, Hilario coge el coche y se planta en Urgencias. Después de hacerle todo tipo de pruebas que no revelan ninguna enfermedad más allá de unos índices algo altos de triglicéridos y colesterol, y debido a su estado de nervios, lo atiende una psiquiatra de guardia.

—¿A qué se dedica usted?

—Tengo negocios.

—Supongo que también mucho estrés.

—Eso no es nuevo, pero sí las pesadillas.

—Yo solo puedo recetarle algún relajante que le ayude a conciliar el sueño, señor Garza, pero, para llegar al origen de esas pesadillas, debería seguir un tratamiento psicológico.

A Hilario no le hace falta visitar a un loquero para saber que las pesadillas son consecuencia del estilo de vida que ha llevado desde joven, pero sigue sin comprender por qué aparecen justo en este momento ni si se trata de algún aviso que quiera darle su subconsciente. Tampoco piensa seguir ningún tratamiento; una de sus series favoritas durante sus noches de insomnio es *Los Soprano*, donde el protagonista, Tony Soprano, visita a una psicóloga para tratar su problema de ansiedad, y eso le acaba causando más problemas que soluciones, entre ellos un atentado, pues sus socios piensan que podría estar revelando secretos del negocio a una desconocida. Aunque aquello no es más que una serie ambientada en el Nueva Jersey de principios de siglo, su vida también correría peligro si alguien percibe una mínima debilidad en él.

—¿Dónde te habías metido, papá? —Paula le aborda inquisitiva cuando lo ve bajarse del coche—. Mamá me ha llamado atacada a las seis de la mañana porque te has largado sin decirle nada a nadie.

—Tu madre es una exagerada, hija. Solo necesitaba dar un paseo.

—Será mejor que subas a verla.

—¿Solucionaste lo del alquiler del local?

—Esta mañana firmamos arras con unos inversores de bolsa.

—Espero que estén más atinados que los marchantes de arte...

Después de insistirle en que suba a ver a su madre con una buena excusa para haber desaparecido de esa manera, Paula regresa a su apartamento en plena milla de oro de Madrid.

—Buenos días, señorita Blázquez. —El portero le abre la puerta y se fija en los *leggings* y la camiseta que se puso al recibir la llamada de su madre en pleno ataque de nervios—. ¿Viene de hacer deporte tan temprano?

—Más o menos...

Tanto en el vecindario como en la presidencia de la inmobiliaria que gestiona los alquileres de las propiedades familiares, Paula utiliza el apellido materno; apellidarse Garza llama demasiado la atención, así que procura desvincularse todo lo posible. No comparte la forma de vida del resto de la familia, aunque en el fondo sepa que el dinero que le permite vivir tan cómodamente está manchado de sangre.

Al entrar en casa, se encuentra a su novio desayunando. Llevan saliendo diez meses y ya duerme allí varias noches cada semana. Aunque ella no se atreve a asegurar que está enamorada, lo que siente se le acerca bastante. Manel es arquitecto, guapo y muy atento: el sueño de cualquier mujer, y más de una a la que, por su origen y procedencia, le correspondería otro tipo de hombre.

—¿Todo bien? —pregunta él besándola con cariño.

—Mi padre se va haciendo mayor, nada más.

—Como todos... ¿Cuándo me lo vas a presentar?

—No empieces, cielo —responde evasiva—. Lo mejor es que mantengamos a las familias lejos de nosotros.

—No pueden ser tan malos...

A veces, Paula tiene ganas de confesarle que la G con que firma no es de Gutiérrez, sino de Garza, pero sabe lo que eso supondría y no está preparada. Lo que le ha contado es que su padre es un empresario con el que se lleva mal desde que era niña, que su madre es un ama de casa solo preocupada en irse de compras y que sus dos hermanos son tiburones al servicio de los negocios paternos. Aunque en realidad una familia así no la querría nadie, Paula la cambiaría por la suya sin pestañear. Él percibe su incomodidad y afloja.

—Está bien. Pero el día que nos casemos tendrás que presentármelos.

—¿Casarnos? —pregunta disimulando su sorpresa.

—¿Por qué no? Ya llevamos casi un año juntos.

—Cuando llevemos dos me lo pides de rodillas y ya veré qué te contesto.

—Hecho.

Paula lo rodea con sus brazos y lo besa.

—Tengo reunión a primera hora —protesta él, imaginándose lo que viene a continuación.

—Di que había mucho atasco.

Manel se resigna y se deja arrastrar a la habitación.

29

Por mucho que la familia de Marcos Garza maneje el cotarro fuera de la cárcel, su adicción hace que se pase el día buscando una dosis, y eso le obliga a arriesgarse más de lo necesario cerrando tratos con quien no debe o pidiendo prestado a internos con quienes no conviene tener deudas. Después de dos semanas compartiendo celda con Jotadé, no se puede afirmar que se hayan convertido en amigos, pero ambos han empezado a descubrir cosas buenas en el otro. Marcos entra en la celda apresurado y va a sentarse en el váter.

—Si tienes un apretón, vete al baño común, joder —dice Jotadé levantando la mirada de su libro—. Después no hay quien pare aquí.

—Vigila que no venga nadie.

Jotadé ve que Marcos abre un pequeño estuche, en cuyo interior hay un envoltorio con una gran cantidad de heroína, una cuchara y una jeringuilla. Se prepara un chute sin perder un segundo.

—¿De dónde has sacado eso?

—¡¿Quieres vigilar la puta puerta?!

Jotadé se baja de la litera y sale al pasillo para asegurarse de que ningún funcionario lo sorprenda drogándose. Al cabo de diez minutos, vuelve a entrar en la celda y se encuentra a Marcos tumbado en la litera, totalmente colocado. A su lado, abierto de par en par, el estuche con la droga, la cucharilla y la jeringuilla.

—Estás agilipollao, payo.

Un par de horas después, cuando se le pasa el colocón y vuelve en sí, Marcos lo sorprende sentado en la silla, mirándolo inquisitivo.

—¿Qué miras?

—¿De dónde has sacado el caballo que te has metido?

—¿A ti qué coño te importa?

—Una mierda me importa, pero me sorprende comprobar lo imbécil que eres, Marcos.

—¿A qué viene eso? —Se incorpora mosqueado.

—¿No me has dicho esta mañana que el abogado de tu viejo ha presentado un recurso para que el fin de semana te vayas a dormir a casa?

—¿Y qué?

—Que el recurso te lo van a meter por el culo si te pillan con esa cantidad de droga encima, anormal.

—¿Dónde está? —Marcos busca inquieto el estuche, como si se diera cuenta por primera vez del riesgo que corre.

Antes de que Jotadé pueda contestar, se escucha un alboroto en el exterior. Enseguida entran Sebas y su compañero en la celda. La mirada de desprecio que le dedica el funcionario a Jotadé indica que, a pesar de la paliza que le dio, no considera que haya pagado su deuda por golpearle con la bandeja en la cara delante del resto de los internos.

—Inspección —informa el compañero—. Esperad en el pasillo.

Marcos entra en pánico y busca la ayuda de Jotadé con la mirada.

—No sé qué pretendéis encontrar —dice este—. Ya nos hicisteis una inspección la semana pasada y os fuiste con las manos vacías

—¡¿No habéis oído?! —insiste Sebas golpeando la litera con su porra—. ¡Salid de una puta vez!

Jotadé y Marcos salen al pasillo y aguardan mientras los dos funcionarios ponen la celda patas arriba. Un tercer funcionario los vigila en el exterior.

—¿Crees que lo encontrarán? —pregunta Marcos en voz baja.

Jotadé lo mira de reojo. Puede ver su corazón palpitando debajo de la camiseta, totalmente desbocado, como si se le hubiese salido del pecho.

—Ya puedes cruzar los dedos.

—¡Silencio! —dice el funcionario.

Tienen que esperar un buen rato hasta que Sebas y su compañero vuelven a salir. Sus caras de satisfacción no auguran nada bueno.

—Se ve que estamos de suerte. Mirad el tesoro que hemos encontrado.

Marcos cierra un instante los ojos, temiendo que su estancia allí se prolongue unos meses más, pero al volver a abrirlos descubre que lo que muestra el funcionario es el calcetín donde Jotadé guarda su marihuana.

—Eso lo habéis metido vosotros —asegura Jotadé.

—Nosotros no nos dedicamos a hacer esas cosas. ¿De quién es?

Ninguno de los dos internos responde.

—¿No habéis oído la pregunta? —vuelve a intervenir Sebas—. ¡Decid ahora mismo de quién es o juro por Dios que os llevo a los dos por delante!

—Es mío.

Los dos funcionarios miran descolocados a Jotadé. Lo que pretendía Sebas era que se chivase de Marcos y que con ello se cavase su propia tumba, pero no se imaginaba ni por asomo que aquello fuese suyo. Todo el mundo allí está al tanto de la fuerte adicción a las drogas del hijo de Hilario Garza. El carcelero, profundamente molesto, lo enfrenta, a escasos centímetros de su cara.

—¿Qué has dicho?

—Que esa maría es mía. ¿Aparte de gilipollas también eres sordo?

A Sebas le hierve la sangre por el desprecio, pero enseguida sonríe; volver a tenerlo a su disposición en una celda de aislamiento es una estupenda noticia.

—Tú lo has querido, gitano...

Mientras los funcionarios se lo llevan, Jotadé le guiña un ojo a Marcos Garza, que no comprende cómo ha podido esconder tan bien la heroína para que no la hayan encontrado. Sea lo que sea lo que haya hecho con el estuche, está en deuda con él.

30

Por más que presionan a Andrea para saber qué motivó la paliza a su compañera, ella se cierra en banda. La familia de la agredida ha solicitado que, tras su paso por el hospital, Isabel Cuesta no regrese al Princesa Leonor, ya que asegura estar aterrorizada por un ataque que, según afirma, sucedió sin ninguna provocación previa.

—Deberíamos trasladar a Andrea de cara al curso que empieza —afirma Javier.

Los demás educadores asienten conformes, incluida Marisa, la directora. En los días que lleva en el centro, Lucía se ha limitado a ayudar en lo que le piden, como vigilar el jardín o el comedor, y a estar pendiente de las habitaciones por la noche, pero ha procurado involucrarse lo menos posible en la labor de unos profesionales que, obviamente, tienen mucha más experiencia que ella en el trato con adolescentes conflictivos. Sin embargo, en esta ocasión no puede quedarse callada.

—Eso sería librarse del problema, y aquí estamos para intentar solucionarlos.

Todos la miran con desaprobación. Lucía nota que su intervención ha molestado hasta a Javier, que ha mostrado un claro interés por ella desde el primer día y ha insistido en invitarla a tomar algo en el exterior.

—Hay problemas que tienen difícil solución, Lucía. Y Andrea es uno de ellos.

—Entonces se lo encasquetamos a otro centro hasta que vuelva a hacer algo parecido y también se la quiten de encima, ¿no?

—¿Tienes una idea mejor? —pregunta, ya a todas luces molesto.

—Sí, intentar ayudarla para que pueda reinsertarse en la sociedad cuando cumpla la mayoría de edad.

—Eso suena de maravilla, Lucía —interviene la directora—, pero no es la realidad que vivimos. Este es un centro de baja seguridad, como has podido comprobar. Los chicos y chicas que están internados tienen una oportunidad de salir adelante, pero Andrea es diferente y necesita un tipo de tratamiento mucho más personalizado que aquí no nos podemos permitir.

—Deja que yo me ocupe de ella, Marisa. Todavía es una cría. Quizá lo único que necesita es que alguien la escuche.

—Con todos mis respetos —interviene Germán condescendiente—, no creo que tengas la preparación suficiente, ni la experiencia en la vida, para encargarte de un caso así.

—Con todos mis respetos, Germán, no tienes ni idea de mi experiencia en la vida.

—¿Estás segura de esto, Lucía? —le pregunta Marisa mientras caminan las dos solas por uno de los pasillos del centro.

—Completamente.

Llegan hasta una puerta en la que hay un cartel que dice ARCHIVO y la directora le tiende unas llaves, pero, aunque Lucía las agarra, la otra no termina de soltarlas.

—Al igual que Germán, yo también pienso que no tienes experiencia suficiente, pero allá tú. Ahí dentro encontrarás lo poco que tenemos sobre Andrea.

—Espero que sea más que lo que hay en su ficha, porque su expediente aparece prácticamente en blanco.

—Protección al menor. Después cierra bien y deja las llaves en mi despacho, por favor.

Marisa le entrega el llavero y se marcha. Lucía abre la puerta y acciona el viejo interruptor de la luz. Los dos tubos fluorescentes crepitan durante unos instantes hasta que al fin alumbran la estancia. Se trata de una habitación sin ventanas en la que hay una mesa y varias sillas en el centro. Tres de las paredes están cubiertas por archivadores con los historiales de los internos que han pasado por allí desde que la casa de los marqueses se convirtió en hogar para jóvenes conflictivos, mientras que en la cuarta se ven estanterías con cajas de cartón podridas a causa de la humedad. Lucía comprueba que en la mayoría de los archivadores no hay fechas, ni ninguna otra pista que pueda conducirla al expediente de Andrea Herrera, pero esta vez tiene suerte y apenas tarda cuarenta y cinco minutos en localizarlo. Se sienta con la carpeta y se dispone a leer, aunque su decepción es mayúscula cuando en el interior solo encuentra unas actas manuscritas que relatan los incidentes que ha protagonizado a lo largo de los años junto con un sinfín de informes médicos que detallan sus diferentes ingresos. Poco con lo que completar el expediente que leyó en el ordenador de Marisa.

—Mierda...

Lo único que consigue sacar en claro es que el carácter de Andrea es muy voluble y alterna periodos de tranquilidad con, como ya sabía, tentativas de suicidio. Memoriza todos los datos y visita a la chica en el cuarto al que la han trasladado tras la paliza a su compañera. Aunque es tan amplio como todas las habitaciones de aquella mansión, no tiene más que una cama y un escritorio con su silla. Andrea levanta la mirada de su libro de Historia y sonríe como si nada hubiera pasado, tan serena y educada como siempre.

—Ya era hora. ¿Sabes cuándo me van a dejar salir de este cuarto? Con el calor que hace, tenerme aquí encerrada es inhumano.

—¿No crees que te lo mereces después de lo que ha pasado, Andrea?

—¿Y tú qué crees que ha pasado? —pregunta neutra.

—Que le has dado una paliza a una compañera y ha terminado en el hospital.

—Esas son las consecuencias, pero quizá se lo había ganado.

—Cuéntame qué te hizo para que yo pueda juzgarlo.

Andrea duda sobre si contárselo, pero, tras unos segundos, decide no hacerlo y se fija en el pelo de Lucía.

—¿Por qué lo llevas tan corto?

Después de su detención, Lucía decidió raparse la cabeza para no preocuparse por eso durante los años que tuviera que pasar en prisión y pronto se acostumbró a repetir la operación cada dos o tres semanas.

—Me resulta más cómodo.

—Tienes una cara bonita, aunque la mandíbula es demasiado cuadrada. Con el pelo largo, se te suavizarían un poco las facciones.

—Lo tendré en cuenta, Andrea, pero no he venido a intercambiar consejos de belleza contigo.

—Esa zorra me faltó al respeto. —Endurece su expresión—. No voy a decir nada más. Quedará entre ella y yo.

—Está bien, no insistiré, pero para ayudarte a salir de aquí necesito que me des algo más.

—¿Algo como qué?

—Cuéntame cosas de ti, de cómo era tu vida antes de ingresar por primera vez, de lo que te gustaría hacer en el futuro...

—Ya te dije que no me gusta que me hurguen en el cerebro.

—Piénsatelo, ¿de acuerdo?

—Tengo mucho que estudiar.

Andrea vuelve a centrarse en la lectura y Lucía sale. Una vez sola, la chica mira hacia la puerta, sin tener claro si debe confiar en ella.

31

Cuando, después de volver a pasar por aislamiento, a Jotadé lo devuelven a su módulo con nuevas marcas en la cara, se encuentra a otro tipo como compañero de celda. Se trata de un hombre de alrededor de cincuenta y cinco años con pinta de inversor de Bolsa; tiene el pelo perfectamente cortado, la barba bien arreglada, la piel hidratada, las uñas de manicura y el susto metido en el cuerpo.

—¿Tú quién eres?

—Cayetano Larrañaga, encantado —responde él tendiéndole la mano con educación.

—Vamos, no me jodas. —Jotadé la ignora y se tumba directamente en la litera de abajo—. Yo que tú decía otro nombre, porque aquí lo menos que te van a hacer llamándote así es ponerte mirando hacia Baqueira Beret.

El hombre se sienta en la silla, totalmente desubicado. Mira a su alrededor empequeñecido, sintiendo que alguien como él no debería estar allí. Jotadé lo observa con lástima; a todo el mundo le cuesta adaptarse a un lugar como ese, pero cierta clase de personas jamás lo consigue, y Cayetano Larrañaga tiene toda la pinta de ser una de ellas, de las que amanecen una mañana cualquiera colgadas de los barrotes con las sábanas atadas alrededor del cuello.

—¿Sabes algo del tío que estaba antes en esta celda? Uno lleno de tatuajes.

—Le han concedido la libertad esta mañana. ¿Es usted Jotadé?

—¿Cómo lo sabes?

—Porque cuando me lo he cruzado me ha dicho que ocupara la litera de arriba, que la de abajo era de usted.

—Deja de llamarme de usted o la primera paliza aquí te la doy yo.

—Perdón.

En el exterior de la celda se escucha una discusión entre dos presos acerca de una supuesta deuda de juego. El resto de los internos jalea a los dos hombres, animándolos a pelear. Jotadé se da cuenta de que Cayetano está a punto de echarse a llorar ante la presión que empieza a sentir y se ablanda.

—Eso de las palizas y las violaciones en las duchas es más de las películas, payo. Si no te metes con nadie, lo más que van a hacerte aquí es quitarte el postre y gorronearte tabaco.

—Yo no fumo.

—Eso que te ahorras. ¿Cuándo has entrado?

—Llevo unos días aislado en otro módulo, pero aquí, mezclado con los demás presos, desde esta mañana.

—Me imagino que no te han trincado por homicidio...

—No, por favor. Lo mío ha sido un error.

—Como lo mío, no te jode. ¿Cuánto has mangado?

—Según la fiscalía, nueve millones de euros —responde con cara de circunstancias.

—Me cago en todo. —Jotadé se incorpora, impresionado—. ¿Qué eres, político?

—Banquero.

—Por mierdasecas como tú estoy yo aquí metido.

—¿Atracaste un banco?

—Los bancos sois los que atracáis al personal, entérate. ¿Sabes algo de hipotecas?

—Lo sé todo, ¿por qué?

—Porque a mi ex le han hecho el lío con la rehipoteca de su casa.

—Si me manda el contrato, yo podría revisarlo a ver qué se puede hacer. Leyendo bien la letra pequeña, se suelen encontrar resquicios legales que benefician al cliente.

—¿Qué quieres a cambio? —pregunta Jotadé desconfiado.

—Un poco de protección no me vendría mal.

—Ayuda a la Lola y yo te ayudo a ti a salir de aquí con el ojete cerrado.

—¿No decías que lo de las violaciones es más mito que otra cosa?

—Tú verás si quieres arriesgarte. —Le tiende la mano—. ¿Tenemos un trato?

—Faltaría más —responde Larrañaga estrechándosela.

La convivencia con Cayetano es para Jotadé mucho más cómoda que la que tenía con Marcos. Siempre le han repateado los hombres como él, pero debe reconocer que, en solo unos días a su lado, aprende de economía, de geografía, de política e incluso de filosofía. Cayetano, por su parte, también conoce otro mundo muy alejado del suyo y hasta se fuma un porro de marihuana. Envalentonado por los efectos de la droga, se enfrenta a Sebas, que le propina dos porrazos y lo mete en una celda de aislamiento. Al regresar, lejos de hacerlo acongojado, Jotadé se da cuenta de que su compañero de celda ha sufrido una transformación y se siente un tipo duro por primera vez, aunque en su vida anterior no se hubiese dejado intimidar por tiburones financieros a la hora de negociar contratos por valor de muchos millones de euros.

—No te vengas muy arriba, payo, que aquí todavía te queda una temporada —le aconseja Jotadé.

En cuanto a la rehipoteca de la casa de Lola, Cayetano le asegura que, tras analizar el contrato que ha firmado, la tienen bien cogida y no puede hacer nada, pero a cambio le da algunos consejos que podrían aliviarle la carga.

—Ese dinero que robaste de una fábrica abandonada —le comenta una noche— era para dárselo a tu ex, ¿verdad?

Jotadé se incorpora de un salto y le coge de la pechera con violencia.

—¿De dónde cojones te has sacado eso?

—Tranquilo, Jotadé. Solo es una suposición. Pero, en el improbable caso de que fuera así, ella podría sacarle algún beneficio.

—¿De qué hablas?

—De inversiones que le servirán para justificar el origen del dinero si alguien pregunta, y con las que además conseguiría aumentar su patrimonio.

Jotadé lo suelta.

—Explícame eso.

Dos días después, Jotadé por fin recibe buenas noticias: debido a las presiones de su abogado, el juez no ha tenido más remedio que decretar su puesta en libertad hasta el día del juicio. Antes de salir, se acerca a hablar con los gitanos.

—Nosotros no somos las niñeras de ningún payo —se revuelve Amador.

—Si lo ayudáis a mantenerse de una pieza, él os ayudará a vosotros.

—¿Cómo?

—Tiene seso para los números y se conoce bien los tejemanejes de los bancos. Seguro que os enseña cómo invertir las tres mierdas que tengáis fuera.

Desde ese mismo momento, Cayetano Larrañaga, banquero de políticos, deportistas de élite y empresarios, se convierte en asesor financiero de la mitad de las familias del barrio de Pan Bendito.

32

A Paula no le cuesta fingir que su felicidad, como la de toda la familia, se debe a la puesta en libertad del mediano de los Garza, pero la verdad es que, desde que su novio habló de matrimonio, no ha podido borrarse la sonrisa de la cara. Mientras mira a su hermano Marcos disfrutar, como si viniera de un campo de concentración, de la paella que ha hecho su madre en su honor, se ve vestida de blanco camino del altar, donde la espera Manel con un precioso chaqué, aunque él siempre haya dicho que eso está obsoleto y que, llegado el caso, se casaría en Ibiza con ropa informal. Se imagina que la iglesia está decorada con orquídeas, hortensias, gerberas y peonías, y un coro rociero aguarda en un pequeño balcón junto al altar. La fantasía solo se nubla cuando se vuelve hacia los asistentes y ve la iglesia dividida en dos: a la derecha, los invitados del novio, gente con clase que mira con cara de susto a los invitados de la izquierda, los de la novia, con más años de condena que todo el módulo III de la cárcel de Estremera.

—Hermanita, ¿a qué viene esa cara? ¿Es que no te alegras de verme?

Marcos, exultante, coge a Paula de la cintura y la levanta en volandas, como cuando eran críos. En una mano lleva un botellín de cerveza a medio beber.

—¡Claro que me alegro! —responde sincera cuando vuelve a dejarla en el suelo—. Lo que no me gusta tanto es que vayas tan fuerte nada más salir —dice por la botella—. Ya sabes a dónde lleva eso.

—No seas aguafiestas, Paula. Solo es una cerveza. Te aseguro que no haré nada por lo que puedan devolverme a ese agujero.

Marcos le da un beso y se marcha a seguir celebrando. Paula suspira mientras lo ve alejarse.

—No conviene mezclar a las familias... —dice para sí.

Después de comer, se dirige hacia el centro de Madrid. En cuanto termina de cerrar los flecos del contrato con los nuevos inquilinos del local que había quedado vacío, recibe la llamada de Guillermo, un abogado que suele ganarse un sobresueldo traficando con toda clase de información. Quedan a tomar algo en una de las múltiples terrazas que brotan en la Castellana con el buen tiempo. Ella se pide un refresco y él un gin-tonic de la ginebra más cara que encuentra en la carta.

—¿Qué tienes? —pregunta Paula.

—Algo muy bueno; tanto que vale quince mil solo para que abra la boca.

—No puedo darte quince mil euros sin saber de qué se trata, Guillermo. Ya hemos hecho negocios antes y soy de fiar.

El abogado duda, pero al fin, tras darle un largo trago a su bebida y apurar la tónica que ha quedado en la botella, cede.

—¿Conoces la notaría del edificio de la esquina?

—Alguna vez he firmado algo allí, ¿por qué?

—El notario se llama Federico Sanfiz. Se jubila el mes que viene y se larga a vivir a Lanzarote.

—Me alegro por él. ¿Dónde está el negocio?

—Me he enterado de que va algo apurado y tiene prisa por venderlo todo; tanta que, si le pones sobre la mesa una oferta de millón y medio de euros hoy mismo, te quedas con el piso.

—No parece un chollo.

—La notaría tiene cerca de cuatrocientos metros cuadrados y una terraza que te cagas. Tal y como está, con paciencia, se podrían sacar dos kilos... Pero aún no te he contado lo mejor.

—¿A qué esperas?

—Cuando la compró él, hace treinta y tantos años, eran cuatro viviendas que decidió juntar. Si vuelves a hacer la divi-

134

sión, algo para lo que tendrías permiso, e inviertes en rehabilitación, le sacarías fácilmente unos ochocientos mil a cada piso. Y ocho por cuatro es mucha pasta. Haz números.

—Esta no es una decisión que pueda tomarse en dos minutos, Guillermo.

—Yo tengo cita con él a las siete. Tienes dos horas.

Paula llama a su padre para hablarle de la oportunidad que ha surgido y este dice que confía en su instinto. A pesar de que debería sentirse tranquila y valorada, ese tipo de cosas lo que hacen es crearle más inseguridad. Después llama a un contacto en el Registro de la Propiedad para que consulte si los permisos de obra serían factibles y, mientras espera la confirmación, se acerca a la inmobiliaria del barrio. El comercial le dice que pisos de cien metros, en esa calle, recién rehabilitados y con terraza, no hay, y que si los hubiera volarían.

—¿Y cuánto podrían pedir por uno de ellos?

—Entre ochocientos y un millón.

En cuanto recibe la garantía de la viabilidad de la obra, vuelve a sentarse en la mesa de la cafetería, donde Guillermo ya va por su tercer cubata, y cierra con él una comisión de cuarenta mil euros si el negocio sale adelante.

—Es la hostia, ¿eh?

Paula pasea la mirada por la notaría y no le cuesta descubrir cómo estaban divididos los cuatro pisos originales. Si de verdad el notario está dispuesto a vendérselo por un millón y medio, es una oportunidad única. Antes de entrar en su despacho, pide ir al servicio y pasa por una sala con acceso a la terraza. En el exterior, dos empleadas fuman un cigarro. Las saluda con un gesto y se asoma al balcón. Justo enfrente hay un hotel. No es muy grande, pero tiene encanto. El portero abre la puerta trasera de un taxi que acaba de parar en la entrada y del interior sale un hombre. A Paula se le congela la sangre al ver de quién se trata.

Atraviesa la notaría sin detenerse ante Guillermo, que le pregunta adónde va y la persigue hasta las escaleras diciéndole que el notario los está esperando en su despacho. Paula sale a la calle y entra en el hotel.

—¿Puedo ayudarla en algo, señorita? —pregunta el portero.

—Acaba de entrar un hombre moreno, de unos treinta años... ¿Dónde ha ido?

—No sabría decirle...

Paula busca en la cafetería, pero allí solo hay una pareja de extranjeros que consultan un mapa de Madrid. Al volver al hall, se da cuenta que el portero ha informado a la recepcionista y ambos guardan silencio y la observan con incomodidad.

—Pregunto por un huésped llamado Manel Caballero.

—No tenemos a nadie alojado aquí con ese nombre, señorita.

—Lo acabo de ver entrar.

La recepcionista calla, apurada. Al comprender que no va a sacar nada en claro, Paula se marcha con un pellizco en el corazón.

33

Lo último que Jotadé se esperaba era una fiesta de bienvenida, pero, cuando llega a casa de sus padres, lo está esperando toda su familia y medio vecindario. Paco y Flora lo reciben con los brazos abiertos, y, aunque él temía enfrentarse a la decepción en sus miradas, le alivia percibir, simplemente, desconcierto por lo sucedido.

—Son cosas que pasan —los tranquiliza—. Me muevo entre tanta mierda que lo difícil es no mancharse.

—¿De qué vas a vivir, Juan de Dios?

—Ya veremos, mama. Ahora hay que olvidarse y disfrutar del presente.

Su hermana Lorena lo abraza con cariño, evitando juzgarlo, algo que no hace su hijo Joel. El chico mira con dureza a su padre y se marcha sin saludarlo; toda la vida ha tenido que aguantar las críticas y las burlas por ser hijo de un poli, pero se ha dado cuenta de que es peor serlo de un ladrón.

—No se lo tengas en cuenta —le dice Lola—. Se le pasará.

Jotadé asiente comprensivo y saluda al resto de los invitados a la fiesta. Han instalado una barbacoa en el patio y asan chuletas, alitas de pollo, chorizos y morcillas como para alimentar a un regimiento. Mientras que algunos lo reciben defraudados por que haya cumplido los presagios de muchos payos que aseguraban que un gitano difícilmente puede ser honrado, otros lo tratan como a un héroe, como si aquello de convertirse en policía hubiese sido una simple chaladura de adolescente y ahora ya hubiera vuelto al redil.

—Me tenías preocupado, sobrino —le dice su tío Curro, el mismo que le regaló una Smith & Wesson de calibre 40 al cumplir dieciséis años—. Te llegan a hacer comisario y a mí me das un sofoco.

—Para ser comisario hay que tener estudios y tragaderas, tío —responde divertido—. Y yo no gasto ni una cosa ni la otra.

Aunque trata de integrarse y de beber con todos, a Jotadé en el fondo le cuesta disimular la vergüenza que siente por el motivo de la celebración. Cuando los invitados se arrancan a cantar y a bailar como si aquello fuese una boda, Jotadé se escabulle hacia su antigua habitación. Se tumba en la cama y mira el mismo techo que miraba cuando decidió que, al hacerse mayor, estaría en el lado de los buenos. Pero la vida no siempre discurre por donde nos habíamos imaginado de adolescentes.

Se fija en un viejo zapatero y se levanta para moverlo. En la pared, oculto tras un par de ladrillos sueltos, encuentra una caja de metal. Sonríe nostálgico y la abre sobre la cama. En su interior hay varias revistas porno, un taco de cromos de fútbol atado con una goma podrida, un par de fotos de Jotadé con su hermano Rafael —fallecido unos años antes debido a una sobredosis—, un paquete de tabaco y una bolsita con marihuana. Unos toques en la puerta le hacen volver de sus recuerdos.

—¿Se puede? —pregunta Lola desde el umbral.

—Pasa... Solo estaba recordando los viejos tiempos.

—Ya veo. Mi hermano también se la pelaba como un mono con las mismas revistas.

—¿Quién no? —Jotadé escruta el interior de la bolsita de marihuana—. ¿Esto estará bueno?

—Déjame ver...

Lola abre la bolsa y huele su interior.

—No huele a nada.

—Normal. Es de cuando tenía la edad de Joel.

Ambos se sonríen con tristeza.

—¿Crees que volverá a respetarme después de esto?

—Lo haría si supiera que robaste ese dinero para dárnoslo a nosotros, Jotadé. Quizá podríamos contarle una versión suavizada.

—Esa pasta está manchada, Lola —responde él con seriedad—. Nadie más que tú y yo podemos saberlo, ¿estamos?

Lola asiente.

—¿Dónde la tienes?

—En la taquilla del súper, como me dijiste.

—Quiero que mañana mismo vayas al banco.

—¿No decías que no podía ingresarlo?

—Y no puedes, pero debes hablar con este tipo. —Saca un papel de la cartera—. Es un banquero que te dirá qué hacer con él.

—¿Es de fiar?

—Es socio de alguien que me debe la vida —asiente—, y ya está avisado de que vas a ir. Te acompañaría, pero no quiero que te vean conmigo entrando en un banco. Podría hacerlo saltar todo por los aires. Y en cuanto a Joel...

—¿Por qué no vas a hablar con él? —lo interrumpe Lola—. Seguro que está en el parque de al lado de casa. Suele ir allí cuando se siente malamente.

—¿Qué pasa, socio?

Joel, sentado a solas en un banco del parque, le da una calada a un porro, retando a su padre con la mirada. En otro momento, Jotadé le hubiera cruzado la cara de un guantazo, pero ahora, cuando su relación pende de un hilo, sabe que debe tener un poco de mano izquierda.

—Tú no te cortes... —le dice por el porro.

—¿Te cortas tú?

Jotadé lo mira con dureza. Joel comprende que tampoco le conviene tensar tanto la cuerda y descapulla el porro contra el respaldo del banco.

—Supongo que no debe de ser fácil digerir lo que he hecho —dice Jotadé sentándose a su lado.

—¿Por qué mangaste esa guita?

—Podría poner como excusa lo mal pagado que estoy arriesgando la vida por perseguir a unos tipos que casi nunca terminan en chirona, pero la verdad es que se me fue la pelota, Joel. Vi ese dinero allí y, entre que se lo quedase algún político corrupto o quedármelo yo, ya sabes.

—Nunca pensé que fueses un chorizo, papa.

—Yo tampoco. Ha sido un error por el que estaré pagando toda la vida.

—¿Te van a echar de la poli?

—Eso creo.

—¿Y qué vas a hacer?

—De momento, prepararme para el juicio. Después, ya veremos. Pero, porque yo la haya cagado, no tienes por qué cagarla tú también, Joel. Al contrario, lo que tenemos que hacer es aprender de todo esto.

—¿Cuánto te llevaste?

—Una mierda.

—Eres un pringao.

—No hace falta que me lo jures. Y en cuanto a los porros...

—No me gusta fumar, tranqui. —Saca de su bolsillo la chusta del porro y la tira al suelo—. Este me lo ha dado el Jimmy, pero me deja agilipollao.

—¿Más todavía?

Joel acepta la chanza y se pelean de broma. Jotadé le pasa a su hijo el brazo por los hombros y ambos se levantan del banco y se dirigen hacia el Cadillac, que está aparcado en la entrada del parque.

—Oye —dice Joel—, ahora que no eres de la pestañí, no te pondrás tan brasas con lo de que no puedo conducir el Cadillac.

—¿Qué sabes tú de conducir?

—Dame las llaves y lo verás.

—Ni lo sueñes, chaval. Lo mismo, cuando cumplas dieciséis, te compro uno de esos bugas que se pueden llevar sin carné.

—¿Tú quieres que me den de hostias en el barrio?

—Sí, la verdad es que eso es muy de payos... —concede Jotadé—. Lo mismo una moto guapa, pero a ver antes las notas.

34

Los dos guardias civiles que recibieron el aviso no se creyeron que Iván encontrase el cadáver de don Manuel mientras le devolvía unos libros que este le había prestado —y que Moreno se ocupó de coger de la estantería y colocar sobre la mesa de la cocina—, pero finalmente dieron por buena la excusa. Lo importante en ese caso era descubrir qué motivó que el apreciado alcalde de Villafranca de los Barros terminara volándose la tapa de los sesos con una escopeta de caza.

—Que lo han pillado con el carrito del helado —dijo Iván—. ¿No os habéis enterado de lo que pasó con Matías en el bar de la plaza?

—Algo hemos oído, sí.

—Don Manuel estaba pringado hasta las orejas y todo saltó por los aires. Apuesto a que se bebió la botella de whisky que hay vacía en el salón pensando en el lío en que se había metido y, cuando ya estaba como una cuba, cogió la escopeta y decidió acabar con todo.

—¿De verdad creéis que había trincado algo? —preguntó el más joven dubitativo.

—Mira a tu alrededor —respondió Iván—. Solo en la bodega hay más pasta en vino de lo que cuesta tu casa. De todas maneras, ya lo averiguará el juez cuando revise sus cuentas. Esto no es cosa ni vuestra ni mía.

Transcurridos unos días del suceso que puso patas arriba los cimientos de toda la provincia, la abuela Carmen sigue impresionada por que el alcalde se quitase la vida de esa manera. Después de pasarse por la iglesia para decir una oración por su alma, regresa a casa y mira pensativa a Iván mientras hace la comida.

—¿Y ahora qué va a pasar?

—Que cerrarán el caso y adiós muy buenas, supongo.

—Digo con el ayuntamiento. Nos hemos quedado sin alcalde.

—No sé si es momento para pensar en eso, Carmen.

—¿Por qué no? A mí don Manuel me parecía un buen hombre, al margen de que hubiese robado o no, pero lo cierto es que ya no está y necesitamos convocar pronto unas elecciones para que alguien ocupe su puesto. ¿Y quién mejor que tú?

—Las elecciones a la alcaldía no se convocan en cada pueblo de manera independiente, sino en toda España a la vez. Hasta entonces, a don Manuel lo sustituirá un concejal de su partido.

—¿Y cuándo está previsto que haya nuevas elecciones?

—Creo que aún faltan meses.

—Mejor —afirma positiva—. Así tenemos tiempo para preparar una campaña como Dios manda y que te lleves el bastón de mando de calle.

—A ver si ese bastón me va a quedar grande, Carmen. Ya te he dicho muchas veces que no valgo para la política.

—Y yo te he respondido otras tantas que en el pueblo no necesitamos un político, sino alguien honrado y con buenas ideas que les deje un futuro mejor a Albita y a James.

Iván duda. La abuela aguarda su respuesta, a la expectativa.

—No vas a parar hasta que acepte presentarme, ¿no? —pregunta al fin.

—No.

—Aunque cediese, nadie nos asegura que saldré elegido.

—Eso déjalo en mi mano —replica ella satisfecha—. Ya tengo convencido a medio mercado.

—Menuda directora de campaña me ha caído...

—¿Sabes a quién deberías poner de concejala de Cultura? A la Pepi, que lee un libro a la semana, pinta divinamente y además estudió Derecho hace cuarenta años.

—No te embales, haz el favor...

35

El teléfono de Paula Garza suena insistentemente sobre la mesa, aunque ella no hace amago de contestar. Solo aparta la mirada de la puerta para comprobar que ya son siete las llamadas que le ha hecho Guillermo para preguntarle por qué ha salido corriendo de la notaría y ha arruinado un negocio tan próspero para ambos. Pero ella no logra quitarse de la cabeza la imagen de Manel entrando en ese hotel. Ha pensado en todas las explicaciones posibles; sin embargo, ninguna tiene más sentido que la que se teme. Como suele decir su padre, las cosas casi siempre son lo que parecen.

Cuando al fin escucha la cerradura de la puerta, intenta relajar la tensión de su rostro y fuerza la sonrisa más falsa que ha esbozado en su vida, en el fondo esperando que todo sea producto de sus inseguridades.

—Hola...

—Hola... —Manel se sorprende al verla en casa y le da un pico mientras se quita la chaqueta—. ¿Qué haces aquí?

—¿Qué tiene de raro? Aquí es donde vivo. El que está de okupa eres tú.

—Ya, pero tú a estas horas no sueles estar en casa. Eres una adicta al trabajo.

—Va siendo hora de cambiar eso, ¿no crees?

—¿A qué te refieres?

—A que me gustaría disfrutar un poco más de la vida. Deberíamos viajar, salir más..., dejar de escondernos. Puede que incluso haya llegado el momento de formar una familia.

—Creía que ya habíamos acordado esperar un poco para eso —responde Manel con cautela.

—¿Tú me quieres?

—Ya sabes que sí.

—¿Entonces a qué coño vamos a esperar?

A Manel le sorprende su salida de tono y por primera vez desde que ha llegado se fija en su rictus.

—¿Va todo bien, Paula?

—Sí, perdona —trata de calmarse—. Es que hoy he tenido un problema con un cliente y llevo de mala leche todo el día. Solo necesito olvidarme de todo.

Manel rodea la silla en la que ella está sentada y procede a darle un masaje en los hombros. En cualquier otro momento, Paula lo agradecería, pero ahora teme llevarse una nueva puñalada por la espalda y se retira. Prefiere mirarlo a los ojos.

—¿Por qué no hacemos la cena y abrimos una botella de vino?

—Me encantaría —responde él—, pero mejor esperamos al fin de semana. Estoy reventado y quiero acostarme pronto.

—¿Has tenido mucho tute? —pregunta en tono neutro.

—Un poquito.

—Nunca me cuentas nada de tu trabajo. Hoy, por ejemplo, ¿qué has hecho durante todo el día?

—Nada interesante. Por la mañana he tenido un par de reuniones sobre la promoción de Alcobendas y después he ido a comer con los propietarios del chalé de Las Rozas, que se han empeñado en rehacer el plano de la obra en el último momento. Quieren que quite los pilares de la planta baja. No te imaginas lo que me ha costado convencerlos de que el piso de arriba se tiene que sujetar con algo.

—¿Y después de comer?

Manel tarda una milésima de segundo más de la cuenta en contestar.

—He tenido más reuniones.

—¿Qué clase de reuniones?

—¿A qué viene este interrogatorio, Paula?

—Tú no sabes lo que es un interrogatorio, cariño —responde ella forzando una ambigua sonrisa para levantarse a continuación.

—¿Vas a algún lado?

—Si te vas a acostar pronto, yo voy a cenar con mis padres. Hablamos mañana.

Paula le da un beso en la comisura de los labios y sale. Manel la mira receloso, sintiendo que no todo va como debería.

36

—Por fin...

Lucía se abraza a Jotadé como un náufrago a un salvavidas, profundamente aliviada por verlo de una pieza; tras tantos días sin saber de él, empezaba a pensar que le había sucedido algo serio. Su preocupación aumentó cuando llamó a la comisaría y tampoco pudo contactar con nadie que la informase de lo que estaba pasando, incluso notó que sus antiguos compañeros evitaban hablar con ella. No es que eso fuese nuevo, le lleva ocurriendo desde que se supo lo que había hecho y se convirtió en la policía más odiada del cuerpo, pero aquel silencio tan denso le resultó sospechoso. Recuerda las noches en vela temiéndose lo peor y se separa de él para mirarlo con reproche.

—¿Dónde te habías metido, Jotadé? —pregunta inquisitiva—. ¿A ti te parece normal no dar señales de vida en todo este tiempo? Te he dejado un montón de mensajes en el contestador.

—Lo sé, casi me petas el móvil. Pero han pasado cosas en estas últimas semanas.

—¿Qué cosas?

—Ahora te lo cuento todo. Antes dime cómo estás tú.

—Salgamos...

Lucía sale con Jotadé del edificio principal y lo conduce hacia el bosquecillo de pinos. Ambos se sientan en el mismo banco de piedra en el que encontró aquella primera vez a Andrea. Él mira a su alrededor y silba, impresionado.

—La hostia. Si esto es como una clínica de adelgazamiento de los famosos. Estás más a gusto que en brazos, compañera.

—Sí, pero no entiendo qué hago en este lugar. Me vinieron a buscar a la cárcel dos policías y me dejaron aquí sin darme ninguna explicación hasta varios días después, cuando hablé con un jefazo de Instituciones Penitenciarias que me dijo una tontería sobre que mi vida corría peligro.

—Igual se refería a la tal Aurora Cremonte.

—Esa pobre era una medio novia de Jimeno y ya aclaré las cosas con ella. Y, que yo sepa, no tengo más enemigas.

—Eso es lo que tú te crees. Lo jodido de los enemigos es que a veces no dan la cara hasta el final y eres la última en enterarte.

—Tu tía Rosario estaba siempre pendiente de mí y tampoco se había enterado de nada.

—Pero vamos a ver... ¿Tú aquí estás mejor que en el trullo o no?

—¿Tú qué crees? Si tengo habitación con tele y baño para mí sola.

—Pues ya está. Para eso los gitanos somos más prácticos: si nos cae un regalo del cielo, lo trincamos sin preguntar, que nunca sabes lo que puede durar. Además, supongo que en un lugar como este podrás poner en práctica lo que has estudiado. Seguro que está lleno de pequeños delincuentes a los que poner firmes.

—Eso es verdad. De hecho, he conocido a una chica de la que me gustaría ocuparme.

—¿Quién es?

—Se llama Andrea. Al contrario que la mayoría de los chicos de aquí, se ve que se ha educado en los mejores colegios.

—Seguramente sea una pija a la que cazaron pasando maría. Cuando se case y tenga dos o tres cayetanitos, contará su visita al lado chungo en las barbacoas de la urbanización y se partirá el ojete con sus amigas.

—No es tan sencillo, Jotadé. En esa chica hay algo mucho más oscuro que un poco de rebeldía. Ahora mismo está recluida en una habitación porque le dio una paliza a otra compañera que casi la mata.

—¿Qué dice su historial?

—No vienen más que sus entradas y salidas de diferentes centros y un par de ingresos por intento de suicidio. Si quiero ayudarla, necesito saber qué le pasó para acabar aquí, pero ella se cierra en banda. Y, por lo poco que la he tratado, dudo mucho que consiga sacárselo.

—Dejá que intente enterarme de algo. Tengo un amigo en el GRUME que me debe un par de favores. ¿Andrea qué más?

—Andrea Herrera Cifuentes.

Él lo apunta en el móvil.

—Gracias, Jotadé. Y ya que estamos, también necesito que te enteres de qué narices está pasando conmigo. Quizá el comisario pueda hacer un par de llamadas y preguntar si eso de la amenaza es verdad o solo una excusa.

—Eso ya va a ser un pelín más difícil, Lucía.

—¿Por qué?

—Aparte de porque el comisario todavía no está para nada después de perder a su hija..., porque yo ya no soy policía.

—¿De qué estás hablando? —pregunta desconcertada.

Jotadé le cuenta con todo lujo de detalles lo sucedido las últimas semanas. Ella lo escucha con la boca abierta, sin poder creerse lo que ha pasado. Cuando, después de veinte minutos, termina de hablar, a su amiga solo le sale abrazarlo. Al igual que él hizo en su día, ella le promete apoyo incondicional en cuanto necesite.

37

Jotadé se levanta temprano y va a ver a su contacto en el GRUME, pero lo que antes era curiosidad por un policía tan pintoresco se ha convertido en rechazo; ahora es un simple gitano con antecedentes penales que además ha traicionado la confianza de sus compañeros.

—Será mejor que te marches, Jotadé. Ahora aquí no eres bienvenido —le dice su contacto tras llevárselo a un aparte.

—Necesito que me hagas un favor. Por los viejos tiempos.

—Si me pillan...

—Si no te pillaron cuando la cagaste en la Academia —Jotadé le corta— fue gracias a mí. Eso que no se te olvide.

Después de todo el día constatando que su vida no va a ser fácil de ahora en adelante, llega a casa y se encuentra a Lola esperándolo en el descansillo. Lleva un vestido negro que le sienta como un guante y, aunque no se ha maquillado en exceso, sí ha procurado ocultar las ojeras de dormir poco y de preocuparse demasiado. A su lado, en las escaleras, hay varias bolsas del supermercado donde trabaja llenas de comida. Aunque siempre es un placer compartir un rato con la madre de su hijo, la expresión de Jotadé indica que no se siente del todo cómodo al verla allí.

—¿A qué has venido, Lola?

—Joel se ha quedado a dormir en casa de un compañero de clase y he pensado que podría preparar algo de cena.

—Ya tengo cena.

—He comprado conejo para hacerlo al ajillo. Pero, si prefieres una pizza recalentada, me voy por donde he venido.

Jotadé no puede resistirse a algo así y, tras sonreír, abre la puerta.

—Pasa, anda. Aunque no sé yo si voy a tener cacerolas decentes.

—Me las apañaré.

Jotadé descorcha una botella de vino sin dejar de observar a Lola, que pela y corta los ajos de espaldas a él. Por más años que pasen, sigue gustándole tanto como el día que la conoció. Sonríe al recordar aquella primera vez, cuando, recién salido de la Academia, tuvo que hacer un seguimiento que lo llevó hasta el supermercado donde ella acababa de entrar a trabajar. El objetivo era la madre de un sospechoso de estafa informática, una mujer de ochenta años que ejercía de intermediaria con los clientes de su hijo, y la misión del agente Cortés era pegarse a ella mientras hacía la compra. Se ocultó detrás de una pila de manzanas mientras la señora aguardaba su turno en la pescadería.

—¿Te la vas a llevar?

Jotadé miró a la chica que le hablaba. Aunque estaba concentrado en su labor, sintió una sacudida al descubrir esos ojos negros, esa piel de color aceituna, ese pelo azabache recogido en una coleta y lo bien que le sentaba el uniforme.

—¿Qué?

—Que, si no vas a comprar, no manosees el género.

Él no pareció entenderla y ella resopló y le quitó una manzana de las manos para devolverla a la pila. Después, lo miró con curiosidad.

—Tú eres de la pestañí, ¿no?

—¿Tanto se me nota? —preguntó Jotadé confundido.

—Todos en el culto hablan del gitano descerebrado que se ha hecho policía.

—Yo no estoy descerebrado —respondió él tratando de mantener la dignidad—. Es un curro como otro cualquiera

Ella le devolvió una mirada de incredulidad y se fijó en la señora, a la que ya atendía el pescadero.

—¿Qué ha hecho para que la sigas?

—¿Quién te ha dicho que estoy aquí por ella?

—A comprar fruta no creo que hayas venido.

Jotadé se dio cuenta de que no lograría engañarla y se acercó para hablarle con privacidad. Eso hizo que percibiese aquel olor dulzón tan característico en Lola, del que ya se haría adicto para el resto de su vida.

—Es una sospechosa.

—¿Sospechosa de qué?

—Eso es confidencial... ¿A qué hueles?

—Llevo cargando cajas de fruta desde las siete de la mañana —respondió ella a la defensiva—. Me gustaría ver a qué olerías tú.

—No saques las uñas tan pronto, gitana.

—Mira, no estoy para perder el tiempo. Si no vas a comprar, te pido que salgas de la tienda. Este no es sitio para andar jugando a policías y ladrones.

—Ni que el súper fuera tuyo, guapa. Eres una simple reponedora.

Ella lo miró profundamente molesta, se dio la vuelta y, ante la mirada de espanto de Jotadé, fue decidida a advertirle a la señora de que tenía a un policía pisándole los talones. En cuanto la señora se giró para mirarlo, el joven agente Cortés volvió a esconderse detrás de las manzanas.

—Será hijaputa.

Después de aquel primer encuentro, Jotadé la esperó a la salida del supermercado para reprocharle lo que había hecho, pero Lola argumentó que aquella señora era una cliente habitual que trataba con respeto a las —lo recalcó— «simples reponedoras».

El carácter de la muchacha irritó y cautivó a Jotadé a partes iguales. Se enteró de dónde vivía y, después de forzar varios encuentros en su barrio que acabaron como el rosario de la aurora, se presentó en casa de sus padres. Cuando Lola llegó de trabajar y lo vio sentado en el sofá, le hirvió la sangre.

—¿Qué haces aquí?

—He venido a pedirte de novia, y a tus padres les parece bien.

—¿Tú eres imbécil? —lo enfrentó indignada—. Yo no soy una gitana a la que nadie tenga que entregar, ¿te enteras?

Si quiero un novio, y desde ya te digo que no, elegiré al que me dé la real gana.

—Te advertí de que tenía mucho genio, muchacho —dijo el padre, resignado.

La madre se llevó a Lola a la cocina y, tras pedirle que se tranquilizase, le preguntó por qué no quería darle una oportunidad a ese gitano tan guapo.

—¿Tú sabes la avería que tiene que tener en la azotea para hacerse policía, mama? —preguntó ella a su vez, cargada de razón.

—Prefiero eso a que sea un malaje como el resto de los mozos que te rondan.

Tras varias semanas de insistencia, Lola accedió a ir con Jotadé a merendar. Aquella primera vez acudió con sus dos hermanos pequeños y con cuatro primas, pero, a medida que se sucedían las citas, llevaba menos acompañantes. A la quinta, pudieron quedarse un rato a solas.

—Si tú me dejas, te voy a cuidar como nadie, gitana.

—No necesito que me cuides, sino que me respetes. ¿Qué pensarías si siguiera trabajando después de casada?

—¿Te gusta tu trabajo en el súper?

—Lo que me gusta es ganar lo suficiente para que ni mi padre ni mi marido tengan que mantenerme.

Él aseguró que respetaría su decisión y, tras unos meses de noviazgo, se casaron. Al principio todo fue de maravilla, pero una vez que Jotadé entró en Homicidios, cuando Joel solo era un bebé, empezó a involucrarse en exceso en los casos que investigaba; tanto que al final su trabajo se hizo incompatible con su matrimonio.

38

—Está bien —dice Andrea desde la cama cuando Lucía entra en su habitación—. He pensado que, si vamos a jugar a los psicólogos, te recibiré aquí tumbada, como si estuviera en un diván.

—Si así estás más cómoda, por mí no hay problema.

Lucía se sienta junto al escritorio y la mira en silencio.

—¿No vas a tomar notas ni a grabar la sesión?

—Quiero que entiendas que esto no es una sesión convencional, Andrea. Yo todavía ni siquiera soy oficialmente psicóloga, pero, después de lo que pasó con tu compañera, algunos piensan que deberíamos enviarte a un centro de mayor seguridad.

—¿Y tú?

—Yo creo que todos merecemos una segunda oportunidad. Marisa me ha pedido que le demuestre que puedes seguir aquí, pero para eso necesito que colabores conmigo.

—De acuerdo... ¿Qué es exactamente lo que quieres saber?

—Háblame un poco de ti, de tu familia, de lo que hacías en la época en la que montabas a caballo...

Andrea intenta mostrarse impasible, pero a Lucía no se le escapa cómo se muerde el interior de la mejilla, y le sobra experiencia como policía para advertir su incomodidad.

—Me temo que vamos a terminar muy pronto, porque hay poco que contar.

—Mejor para ti, entonces. Tengo la impresión de que eres de una familia acomodada.

—No vengo de una familia de yonquis que esconden droga en los pañales de sus hijos, si te refieres a eso.

—¿Te llevabas bien con tus padres?

—A mi padre prácticamente no lo veía, porque siempre estaba de viaje de negocios. Y mi madre —Lucía nota cierto temblor en su voz— se pasaba el día bebiendo y tomando pastillas, con un batallón de criadas que le hacían la casa, la comida y cuidaban de mi hermano y de mí.

—No sabía que tienes un hermano.

—Miguel. Es dos años más pequeño.

—Cuéntame qué solías hacer cuando vivías con ellos.

Andrea le relata el día a día de una chica perteneciente a una familia acaudalada: chófer, colegio privado, clases de hípica, cursos de idiomas en el extranjero, tardes de compras en las mejores tiendas y vacaciones en los lugares más exclusivos.

—Eras afortunada. La mayoría solo puede soñar con vivir rodeada de tantos lujos.

—El dinero no lo es todo.

—¿A ti qué era lo que te faltaba?

—¿Tú qué crees?

—Nunca te faltó nada material, pero sí cariño y atención de tus padres.

—¿Eso lo aprendiste el primer día de clase? —pregunta incisiva.

—O sea, que he acertado.

—No es demasiado difícil, pero mi vida tampoco era un drama, no te equivoques. Tenía exactamente la misma relación con mis padres que la mayor parte de mis amigas. No me iba tan mal.

—Hasta que la cosa se torció... ¿Qué pasó para que, después de tenerlo todo, acabases en un lugar como este?

Ahora sí, a Andrea se le nubla el semblante. Es incapaz de disimular cuánto le afectan sus recuerdos y se levanta de la cama.

—Ya seguiremos en otro momento. Ahora tengo que estudiar.

—¿Quieres que te ayude con algo? —Lucía acepta resignada el final tan brusco de la sesión.

—No hace falta, gracias.

Andrea se sitúa junto a Lucía, esperando que le deje el sitio libre. Cuando esta se levanta, la chica ocupa su lugar y abre un libro, dispuesta a ponerse a estudiar sin hacer el menor comentario. Lucía comprende que lo mejor es marcharse y, tras mascullar una despedida que no obtiene respuesta, sale de la habitación.

Después de hacer guardia en el patio, al llegar a la sala de profesores, Lucía encuentra sobre la mesa un sobre acolchado a su nombre.

—¿Y esto?

—Lo ha traído un mensajero hace un rato —contesta una de sus compañeras para enseguida volver a la corrección de exámenes, espantada por las cosas que lee.

Como adivina de qué se trata, no lo abre hasta llegar a su habitación y sentarse en el escritorio. En la cubierta del informe policial hay un pósit pegado con la inconfundible letra de Jotadé: «Tenías razón, prima. En menuda joyita te has ido a fijar». Saca el informe y comienza a leer.

Tal y como se imaginaba y le ha confirmado la propia Andrea, la chica pertenece a una familia acomodada de una de las zonas más exclusivas de Madrid. Hija de un constructor y de un ama de casa, en la ficha consta un hermano menor llamado Miguel. Aparte de alguna multa por hacer botellón o por conducir una motocicleta sin casco ni carné en Ibiza, no se había metido en ningún problema serio... hasta la noche del 13 de febrero de 2022, pocos días después de su decimotercer cumpleaños.

Según el informe policial, aquella noche el servicio tenía el día libre y la madre, Mónica C. B., de cuarenta y dos años, se había quedado al cuidado de sus dos hijos. A eso de las once, llegó al domicilio familiar el marido y padre de los menores, Álvaro H. Al entrar en el salón, encontró una escena dantesca: sobre el sofá estaba el cadáver de su esposa bañado en sangre. Intentó reanimarla, pero ya llevaba rato fallecida. Subió corriendo al primer piso y comprobó que ninguno de sus hijos estaba en sus respectivas habitaciones. Escuchó un ruido en el cuarto de los juegos y al abrir la puerta vio a los dos hermanos jugando a los videojuegos. Sintió un profundo alivio al comprobar que estaban ilesos, a pesar de que la mayor tenía algunas manchas de sangre en su pijama.

—¿Qué ha pasado, Andrea? —preguntó aturdido, abrazando a sus hijos—. ¿Quién le ha hecho eso a mamá?

—Era una carga, papá —respondió la niña sin mostrar ninguna emoción, y menos aún arrepentimiento—. Siempre estaba borracha. Estaremos mejor sin ella.

39

Jotadé rebaña el plato con un trozo de pan hasta dejarlo como recién salido del lavavajillas. Lola sonríe para sí; siempre le ha encantado verle comer como si fuera la última vez que pudiera hacerlo.

—Estaba cojonudo, Lola. No sabes cuánto echaba de menos tus guisos.

—¿Es lo único que echas de menos de mí?

Jotadé la mira a los ojos. Por su cabeza pasa decirle que no, que también echa de menos su olor, ver una película junto a ella y escucharla roncar cuando no llevan ni la mitad, perderse juntos por Madrid y descubrir nuevos lugares de tapeo o hacerle el amor por la noche y despertar a su lado a la mañana siguiente. Pero ninguna de esas palabras salen de su boca; aunque la tentación es fuerte, más aún lo es pensar que, en ese momento de su vida, lo más seguro para ella y para Joel es mantenerse lejos de él. A Lola le extraña que no se haya lanzado a besarla y decide recorrer los centímetros que los separan, pero, cuando sus labios están a punto de tocarse, Jotadé se retira.

—Espera, Lola. No creo que esto sea buena idea.

—¿De qué hablas, Jotadé?

—De que ahora mismo no tengo ni cabeza ni tiempo para líos. Lo mejor es que te vuelvas a casa.

—Estás de coña, ¿no? Llevas intentando acostarte conmigo desde que nos separamos sin importarte una mierda si yo tenía pareja. ¿O es que solo te ponía eso, conseguir que le pusiera los cuernos a Pablo?

Al ver que Jotadé no responde, ella se da cuenta del error que ha cometido y se levanta.

—Soy gilipollas —masculla avergonzada.

—Espera, Lola...

Pero Lola no lo escucha. Coge su bolso y sale a toda prisa, tratando de contener la rabia y la decepción que siente en ese momento.

Media hora después, Jotadé sigue sentado frente a los restos de la comida. Ha abierto una botella de whisky y ya se ha bebido la mitad. Rechazar a la mujer a la que sigue amando es una de las cosas más difíciles que ha tenido que hacer en su vida, pero está convencido de que es lo correcto; antes, su placa de policía servía como protección para los suyos, pero ahora muchos querrán vengarse de él, y no sería extraño que lo hicieran a través de las personas que más quiere.

Piensa en mandarle un mensaje explicándoselo, pero, tras escribirlo y borrarlo media docena de veces, lo descarta. En cuanto vuelve a dejar el teléfono sobre la mesa, suena el timbre de la puerta. Se levanta y va hacia la entrada tratando de no hacer ruido. Se asoma por la mirilla y ve a cinco tipos con aspecto de matones: aparte de los tatuajes carcelarios y de las gafas de sol (que todos ellos llevan puestas aunque ya sea de noche), no se preocupan demasiado en ocultar las armas debajo de sus chaquetas. Vuelven a llamar con insistencia, hasta que el timbre empieza a renquear.

—¡Ya va, joder!

Sabe que cuando alguien vaya a por él no se presentará en su casa llamando a la puerta, pero aun así coge su pistola particular del cajón del aparador, se la guarda en la cintura y abre.

—Si vendéis enciclopedias, no estoy interesado.

—Muy gracioso —responde el que está al mando—. ¿Eres Juan de Dios Cortés?

—Supongo que lo habréis mirado en el buzón antes de subir.

—No te importa que pasemos, ¿no?

Los cinco se cuelan hasta el salón sin que Jotadé pueda impedirlo. Después de repasar el piso por si hubiera algún peligro oculto, el cabecilla se quita las gafas y lo mira de arriba abajo.

—¿Sabes quién soy?

Jotadé se fija en él con detenimiento. Un tatuaje en el antebrazo con el apellido de su familia le saca de dudas.

—Tony Garza... ¿Cómo está tu hermano Marcos?

—Colocado, como siempre. Nos ha contado lo que hiciste por él en el talego y mi padre quiere agradecértelo.

—Que me mande una botella de vino por Navidad.

—Prefiere dártela en persona.

Tony le pide con un gesto que levante los brazos. Jotadé lo hace y Juárez y Mauro lo registran y encuentran su pistola. Después de guardársela, Tony lo invita a que los acompañe. Jotadé sabe que no serviría de nada resistirse y, tras apurar de un trago el vaso de whisky que había dejado sobre la mesa, se dirige hacia la puerta.

III

40

Paula lleva varios días sin saber a qué atenerse. Las pocas veces que ha coincidido con Manel desde que lo sorprendió entrando en un hotel ha estado a punto de preguntarle directamente si le está siendo infiel, pero teme su respuesta. Si le dijera que no, seguramente no le creería, y, en caso de reconocerlo, no tiene claro cómo reaccionará. Cuando sale del trabajo procura irse de compras o simplemente a pasear hasta que oscurece; lo que sea con tal de retrasar el regreso a casa y encontrarse con la radiante sonrisa de su novio. Pero hoy, sin saber por qué, sus pasos la han llevado hasta su antiguo barrio, al gimnasio en el que ha pasado buena parte de su adolescencia.

Recorre el local con la mirada y sonríe con nostalgia al ver que no ha cambiado nada. En los últimos años han proliferado centros de boxeo a los que ejecutivos, estudiantes y mujeres de todas las edades acuden para eliminar estrés golpeando los sacos al ritmo de alguna canción de moda. Pero este es un club de verdad, con olor a linimento, paredes desconchadas y sacos reparados con cinta adhesiva. Sobre el ring hay dos chavales machacándose a golpes.

—¡No os debéis dinero! —dice Álex, de cuarenta años, fuerte y con la nariz destrozada tras muchas horas sobre cuadriláteros como ese—. Jugad, amagad, marcad..., ¡pero no os zurréis como dos pandilleros!

Uno de los chicos logra combinar un gancho al hígado y un croché a la mandíbula que acaban con el rival de espaldas sobre la lona.

—Joder... —dice el entrenador mosqueado—. Ayúdalo a levantarse y hacéis cincuenta series de directos cada uno, a ver si aprendéis a escuchar.

Al volverse sin hacer caso de las protestas de los chavales, ve a Paula. Se acerca a ella con cara de sorpresa.

—Paula Garza... No esperaba verte por aquí.

—¿Cómo estás, Álex?

—Esperando que me des una explicación de por qué me dejaste colgado de la noche a la mañana.

—Conocí a otro —responde con frialdad.

—Lo sé. Un pijo al que he estado muchas veces a punto de dar de hostias.

—Quizá no tengas que contenerte más... ¿Has quedado para cenar?

El camarero sirve el vino y Paula lo cata con pericia, aguantando con resignación la sonrisa con que la mira su ex. La relación entre ambos fue desigual; Álex siempre la consideró como su futura esposa y madre de sus hijos, mientras que Paula solo lo veía como alguien con quien experimentar. Si ella no fuera la única hija de Hilario Garza, habría sido un juego peligroso.

—Está bien, gracias.

El camarero llena las dos copas, deja la botella sobre la mesa y se marcha. Paula endurece el gesto al ver que Álex disfruta enormemente con la situación.

—¿Te diviertes?

—Así que el pijo te ha puesto los cuernos, ¿eh?

—Quizá.

—Algo debes tener para tragarte el orgullo y venir a hablar conmigo, Paula. ¿Llegó a casa oliendo a pachuli o qué?

—Lo vi entrando en un hotel.

—Puede que fuera a reunirse con alguien que se alojaba allí.

—No me pareció que fuese de esa clase de hoteles. Además, si llega a ser eso, hubiera esperado en la cafetería, pero subió a una habitación.

—La Paula Garza que yo conocía hubiera ido puerta por puerta hasta que lo encontrase y lo sacase de las orejas. Te estás ablandando.

—¿Vas a ayudarme o no?

—Eso depende. ¿Qué necesitas exactamente de mí?

—Que le sigas y descubras si de verdad tiene un lío.

—¿Me ves cara de detective privado?

—Te lo pido como favor personal, Álex. Quiero llevar este asunto con la máxima discreción y en ti puedo confiar.

—El problema es que, aunque a ti te parezca una mierda, yo tengo un trabajo. Y no puedo pasarme el día persiguiendo a un puto arquitecto.

—Tómate unos días de vacaciones. El dinero no es problema, ya lo sabes. —Paula saca un abultado sobre del bolso y lo deja sobre la mesa—. ¿Cinco mil euros es suficiente? Si en un par de semanas no tienes nada, volvemos a hablar.

Álex duda unos instantes mirando el sobre, pero finalmente lo coge y se lo guarda.

—¿Qué tengo que hacer si confirmo tus sospechas?

—Solo avisarme para fijar un nuevo precio.

Álex asiente comprendiendo que, en el caso de que sea cierto que el tal Manel la está engañando, va a conocer la peor cara de Paula Garza.

41

El prolongado abrazo que le da Marcos Garza a Jotadé en presencia de su padre, de su hermano Tony, de Omar, de Mauro, de Juárez y de Ángel hace que el expolicía se incomode y se separe de él.

—Deja de magrearme, coño, que se van a creer que tú y yo compartimos algo más que celda en el talego.

—Te debo la vida, Jotadé. De no ser por ti, yo todavía seguiría encerrado en esa pocilga.

—Olvídate.

—Todavía no me has contado dónde escondiste el estuche.

—Detrás del cagadero... de la celda de al lado.

—¡Con razón al día siguiente se llevaron al Pulpillo a aislamiento! —ríe Marcos.

—Que se joda —responde Jotadé—, por violador.

Hilario se abre paso hasta Jotadé y lo mira de arriba abajo. El buen rollo se transforma en expectación.

—Así que tú eres el famoso policía gitano. Tiene cojones. Tus ancestros deben de estar revolviéndose en sus tumbas.

Jotadé se mantiene inexpresivo mientras todos a su alrededor se ríen por el comentario. Hilario enseguida vuelve a endurecer el gesto.

—Supongo que sabes quién soy.

—Hilario Garza. Le conozco como gitano porque hizo salir por patas al tío Jara, y como policía porque desde hace un tiempo todos los ojos están puestos sobre usted por la avería de la M-30 en la que destriparon a dos camellos y murió la hija pequeña de mi excomisario.

El silencio a su alrededor se prolonga unos interminables segundos. Con el rabillo del ojo, Jotadé percibe movimiento a su espalda, pero Hilario pide con un gesto a Juárez y a Omar que, de momento, no hagan nada.

—Ni yo ni los míos tuvimos nada que ver.

—Pruebas, no se encontró ni una —responde Jotadé en tono neutro.

Hilario vuelve a observarlo con curiosidad, estudiando cada una de sus reacciones.

—Marcos nos ha contado que le salvaste el culo en la cárcel. ¿Por qué?

—Porque tenía mucho más que perder que yo.

—No me creo que seas una hermanita de la caridad, gitano —interviene Tony con agresividad.

—Nadie ha dicho que lo sea —contesta Marcos—. De hecho, es un loco hijo de puta que ha pasado más tiempo en aislamiento y se ha llevado más palizas de los funcionarios que nadie. Lo que pasa es que ahí se portó.

—Aún no me queda claro por qué —insiste el patriarca sin apartar la mirada de Jotadé.

—Usted mejor que nadie sabe que en la cárcel no viene mal que te deban favores. Y si te los debe un Garza, mejor.

—Empezamos a entendernos. ¿Qué quieres?

—Nada. Aquí fuera sé cuidarme solito.

—No te pases de listo, gitano —dice Hilario amenazante—. Pon un precio.

—Si a Marcos lo llegan a trincar —dice Jotadé tras meditar unos segundos su respuesta—, no habría salido hasta dentro de seis meses. Mi sueldo como poli en ese tiempo serían unos diez mil euros, así que ese me parece un precio justo.

Hilario lo mira con suficiencia, como si su respuesta le hubiera defraudado en lo más profundo.

—Pagadle y quitadlo de mi vista —dice antes de marcharse.

La llegada de septiembre no suaviza las temperaturas de las noches madrileñas. Quizá sea por eso o porque Jotadé teme que el encuentro con Hilario Garza no se vaya a quedar ahí, pero no logra pegar ojo en toda la noche. Cuando todavía no son las ocho de la mañana, la casa ya se le cae encima. Conduce hasta la calle de su ex y aparca el Cadillac bajo su ventana. Solo tiene que esperar unos minutos para ver entrar en la cocina a Lola y a Joel discutiendo, como siempre. Ella, harta de todo, pone de malas maneras unas tostadas frente a su hijo y sale al balcón a fumar. Mientras enciende el cigarrillo, la llama tiembla en sus manos y le alumbra la cara. A pesar de la distancia, Jotadé puede distinguir que la decepción se ha apoderado de su gesto, seguramente por el abandono del payo, primero, y por su propio rechazo después. Cuando Lola apaga el cigarrillo y vuelve al interior, Jotadé arranca el coche y se marcha con el corazón en un puño. Le hubiera gustado subir a desayunar con ellos y decirles que todo está bien, pero estaría mintiendo. Pasa toda la mañana conduciendo. Antes, le relajaba subirse en el Cadillac y no pensar en nada, pero ahora no soporta estar a solas consigo mismo.

—¿Qué haces aquí, Jotadé? —pregunta sorprendida Lorena al abrir la puerta.

—¿No puedo visitar a mi hermana y a mis sobrinos?

—Por poder, puedes, pero es raro. ¿Has comido?

Jotadé come con su hermana y con sus sobrinos Yaneli, Ismael y Corayma, de quince, trece y diez años respectivamente. Perder a un padre suele afectar mucho a críos de esa edad, y más cuando se trata de una muerte violenta, pero, después de que la policía retirase los sesos del Manu de los buzones del portal donde viven, tanto los chicos como Lorena empezaron a dormir sin miedo.

—Deberías echarte un novio —dice Jotadé cuando sus sobrinos ya se han bajado a jugar a la calle, mientras sirve un par de chupitos del pacharán que destila ilegalmente un vecino en la azotea del edificio y que reparte entre el resto para que no se vayan de la lengua.

—No pienso aguantar a otro hombre en mi vida. Y menos gitano.

—Búscate a un payo.

—Esos son peores. Fíjate en el de la Lola, que la ha dejado sola y desplumada.

Jotadé le da un trago al pacharán.

—¿Cómo van las cosas por el mercadillo?

—Los chinos nos están arruinando. El otro día hablé con los papas y lo mismo aceptamos una oferta por el puesto. No es demasiado, pero a ellos les valdrá para jubilarse. El papa ya no se tiene en pie más de media hora seguida y el reuma a la mama la deja baldada. Y yo sola no puedo con todo, Jotadé.

—¿Y de qué vas a vivir si os quitáis el negocio?

—La Lola me ha dicho que buscan gente en el súper. El horario es una mierda, pero me las apañaré.

—Ya veremos. De momento, esto te ayudará a tirar p'alante...

Jotadé le tiende el fajo de billetes que le dio Hilario la noche anterior. Lorena lo mira, desconcertada.

—¿De dónde has sacado eso?

—No lo he afanado, tranquila. Alguien me ha pagado un favor.

—¿Qué clase de favor?

—Déjate de preguntas y guárdatelo, Lorena.

—No quiero que te metas en más líos, Jotadé.

—Eso no hay Dios que lo evite, hermana. —Fuerza una sonrisa—. Cuídate...

Jotadé la besa en la frente, deja el dinero sobre la mesa y sale ante la preocupada mirada de Lorena.

42

Los circos de hoy en día no son como los de antes. No es que a Iván Moreno le parezca mal que se haya dejado de explotar a los animales, pero no es lo mismo ver a un domador jugándose la vida en una jaula con cinco leones que a una exconcursante de *Operación Triunfo* cantando y bailando con ocho acróbatas disfrazados de felinos. A Alba y a James, sin embargo, les encanta esta modalidad, sobre todo las coreografías en las que se mezclan músicos con trapecistas, equilibristas y lanzafuegos.

—A Indira quien le gustaba era Teresita Rabal —dice la abuela Carmen nostálgica.

—No le pega —responde Iván.

—Menos le pegaba su grupo favorito, que se nos escapó a su padre y a mí una madrugada para hacer autoestop hasta Plasencia y ver la casa donde había nacido el cantante.

—¿De quién hablas, Carmen? —pregunta intrigado.

—De Robe Iniesta, el de Extremoduro.

—Estás de coña —dice mirándola con incredulidad.

—Uy, de coña. Si se sabía toditas las canciones. Cuando tú la veías ponerse los cascos y se volvía loca a limpiar, ¿qué crees que escuchaba?

—¿Extremoduro?

—Hasta el aburrimiento. La canción que más le gustaba era la del «So payaso».

Iván estalla en carcajadas y cabecea para sí; Indira no deja de sorprenderle ni después de tanto tiempo.

—Necesito una cerveza... ¿Te traigo una?

—Sí, por favor. Niños, ¿queréis algo?

—¿Hay perrunillas? —pregunta Alba.

—Hija, qué obsesión tienes con las perrunillas. ¿No te apetece comer alguna otra cosa?

—Una de torreznos, por favor —interviene James.

—Otro que tal baila. Tráeles un refresco —le dice a Iván—, una bolsa de patatas para los dos y van que chutan.

Iván se marcha hacia la zona de la cafetería, donde algunos padres, madres y abuelos han tenido la misma idea y aguardan la cola mientras dos adolescentes con muy poca pericia sirven los pedidos.

—Buenas tardes, alcalde —le dice una señora que se coloca en la fila, justo detrás de él.

Iván se gira, aturdido.

—Disculpe, ¿cómo me ha llamado?

—Sí, ya sé que todavía ni se han celebrado las elecciones, pero somos amigas de Carmen y nos ha contado las cosas que va a hacer cuando salga elegido.

—¿Ah, sí? ¿Y qué cosas son esas?

—Para empezar, recuperar la caldereta municipal en las fiestas de la Virgen de la Coronada, que la aguafiestas de Indira la denunció a Sanidad y se formó tanto lío que don Manuel decidió quitarla.

—Y que no caiga en saco roto lo de poner una Casa de la Cultura como Dios manda, para hacer cursos y actividades —interviene un señor de la fila.

—También debería arreglar la carretera de acceso al pueblo —se suma una tercera—, que está llena de baches y llega una a casa más cansada que en carreta.

—Y un parque en condiciones para los niños —dice una mujer más joven—, que mis hijos se tiran el día entero jugando en el descampado.

—Y ya puestos—añade su marido—, potenciar la cantera del equipo de fútbol, que estamos dejando que todo el talento se lo lleve el Badajoz.

—Poco a poco, señores... —Iván los frena—. Creo que me toca.

Iván va a hacer su pedido tratando de no atender a la discusión que se ha formado entre los electores. Cuando ya lo tiene todo en su poder, fuerza una sonrisa y vuelve al espectáculo. La abuela Carmen nota que algo va mal cuando, después de repartir las bebidas, la fulmina con la mirada.

—¿Qué?

—¿Se puede saber qué narices pretendes haciendo promesas electorales a los vecinos, Carmen?

—¿De qué promesas hablas? —pregunta ella a su vez, inocente.

—De una caldereta, un parque para los niños, una carretera nueva, una Casa de la Cultura, una cantera que ni la del Madrid...

—Exagerados... —Ella le quita importancia—. A la gente parece que le ha hecho la boca un fraile de tanto como piden, pero después, cuando seas alcalde, harás lo mejor para el pueblo con el presupuesto que te toque.

—Empiezo a pensar que deberías presentarte tú a las elecciones.

—¿Yo? Qué tontería. Para eso hace falta labia.

—Otra cosa no tienes, pero de labia vas sobrada.

—Eso tú y estos dos curiosos —dice por Alba y por James—. Niños, ¿no teníais una pregunta para Iván?

—¿Qué pasa si alguien tiene pecados pero se muere justo cuando va de camino a confesarse a la iglesia? —pregunta James—. ¿Sube al cielo o se va al infierno?

Iván busca la ayuda de la abuela Carmen con la mirada, pero esta se encoge de hombros.

—Hoy no se resuelven dudas de muertes ni de religión —responde Iván—. Si queréis preguntar algo, que sea sencillito.

—¿Por qué la caca es marrón? —pregunta Alba.

Iván empieza a verse superado tanto en su faceta como padre de dos preadolescentes como en la de aspirante a alcalde de Villafranca de los Barros. La abuela Carmen nota su agobio y le da un par de palmaditas en la pierna, animándolo.

—Deberías empezar a acostumbrarte a las preguntas incómodas de cara a los plenos municipales, hijo.

43

Jotadé no ha nacido para estar desocupado. Solo lleva unas semanas fuera de la Policía y ya se sube por las paredes. Intenta hacer vida de payo desayunando zumo de naranja, café y pan con tomate mientras lee el periódico en la terraza de una cafetería cerca de su casa, pero, aunque es lo que siempre ha dicho que haría al jubilarse, siente que ese no es su sitio. Durante su paso por la cárcel se aficionó a la lectura, así que decide acercarse a una librería. No recuerda haber entrado nunca en una tan grande y alucina mirando la cantidad de estands que anuncian las novedades. Tropieza con una mesa y un libro muy grueso ambientado en la antigua Roma cae a sus pies. Lo recoge cuando una chica joven se sitúa a su lado y se hace con otro ejemplar.

—¡La Virgen! —exclama Jotadé—. ¿Veintitrés pavos por un libro? ¿Lleva un mapa del tesoro dentro o qué?

—Las novedades es lo que tienen —responde la chica con amabilidad—. Pero, si lo piensas bien, vienen a ser tres copas, cuatro paquetes de tabaco o un menú en cualquier sitio más o menos apañado. Y un libro de estos te puede durar semanas.

—O meses, eso es verdad.

—De todas maneras, si te lo vas a llevar, deberías comprarte también los dos anteriores. Ese es el tercero de una trilogía.

—Qué espabilado el payo... —Deja el libro en el montón—. Lo que quiere es que nos gastemos sesenta y nueve pavos de una tacada.

—También puedes esperar a que salgan en bolsillo o leerlos en digital. Es más barato, pero te hará falta el cacharro.

—Igual lo miro, sí. Gracias.

Jotadé la despide devolviéndole la sonrisa y sigue mirando libros. Al levantar la cabeza, ve que un guardia jurado no le quita ojo. Aunque supone que no será demasiado habitual ver a un gitano curioseando entre las novedades de novela histórica y en el fondo él también sospecharía, le toca las narices que le tomen por un delincuente nada más verlo.

—¿Pasa algo, fiera?

El guardia jurado le perdona la vida con la mirada y sigue haciendo la ronda. Media hora después, Jotadé sale de la librería con un thriller en bolsillo sobre un asesino en serie suelto por Madrid, un manual sobre huertos urbanos para regalárselo a su padre y un libro sobre la historia del flamenco para su madre.

Pasear por el mercadillo es para Jotadé como hacerlo por la iglesia en la boda de una prima; todos los que allí tienen un puesto de venta, aunque con diferentes grados de consanguinidad, son familia suya. De joven, cuando la resaca se lo permitía, solía arrimar el hombro los fines de semana para ganarse unos euros, pero hacía años que no pisaba ese lugar que se encuentra en un punto intermedio entre lo cutre y lo entrañable. Después de atravesar la zona de las fruterías, de los encurtidos y de los utensilios de cocina, llega a los puestos de textil. Uno de los más grandes, en el que destaca un cartel escrito a mano donde dice 3X2 EN CALZETINES Y BRAGITAS, es el que atienden sus padres y Lorena. Aunque a Paco le duelen los ojos al ver las faltas de ortografía, sabe que es un marketing dirigido directamente a la corteza cerebral de los payos, que miran con condescendencia los carteles y la oferta les cala hondo.

—¿Qué haces aquí, Juan de Dios? —pregunta Paco extrañado al verlo.

—He venido por si necesitáis que os eche una mano.

—Eso nunca está de más, hijo —dice su madre antes de besarlo en la mejilla—. Así puedo descansar un ratito las piernas.

—Vosotros sentaos, que ya nos encargamos mi hermana y yo. —Se vuelve hacia Lorena—. ¿Qué hay que hacer?

—Vender, Jotadé. ¿Todavía te acuerdas?

—Esto es como montar en bicicleta... —Se dirige a una señora que curiosea entre la ropa interior masculina—: Señora, eso manoséelo mejor cuando lo lleve puesto su marido. Fíjese en la oferta que tenemos. No la encuentra mejor en todo el mercadillo.

—¿Cuál es? —pregunta la señora.

Jotadé consulta con la mirada a Lorena, pero ella niega con la cabeza, como diciendo que justo en eso no hay oferta.

—Están a tres euros cada uno —responde tras mirar la etiqueta—, pero, por ser usted, se lleva cuatro calzoncillos por once euritos de nada. Ni los chinos, vamos.

—¿No puedes rebajármelos un poco más?

—Señora, que se lleva calidad suprema casi de gratis. Y con los calzoncillos no se juega, que protegen lo más sagrado.

—Venga. —La señora se deja convencer.

—Y también le voy a poner unos calcetines que acabamos de traer de Italia y que están a tres por el precio de dos, para que no se nos constipe el jefe al andar descalzo.

—Menudo pico tiene el ayudante que te has buscado, niña —le dice la señora a Lorena.

—A mí me lo va a decir...

—Ya le cobra el tío Paco —dice Jotadé por su padre—, que tiene una mente privilegiada para los tomates y para las cuentas.

Lorena se parte de risa. Jotadé atiende a dos chavalas jóvenes.

—Niñas, ¿habéis visto el chollo que tenemos en los tangas? Aquí nos vienen las payas de la Moraleja a llevárselos a pares, con eso digo todo.

Durante el resto de la mañana, Jotadé se siente en paz trabajando con su familia, como si hubiese retrocedido veinte años, cuando su hermano Rafael todavía no se había metido el chute que acabó con su vida y a él ni se le pasaba por la cabeza hacerse policía. Todo parece estar en orden..., pero no se fija en que, observándolo desde la distancia, están Mauro, Ángel, Juárez y Omar, los matones que siempre acompañan a Tony Garza.

44

Desde que supo que Andrea había acuchillado mortalmente a su madre, Lucía no se ha vuelto a acercar a ella. No es por miedo o por rechazo, sino porque no sabe cómo afrontarlo; siente por esa chica una simpatía que le pone los pelos de punta y teme que se trate de una especie de conexión entre asesinas.

Después de leer detenidamente el informe que le envió Jotadé, Lucía se las apañó para colarse en el despacho de Marisa y hacer una búsqueda en internet que enseguida dio resultados:

UNA ADOLESCENTE MATA A SU MADRE
EN UNA URBANIZACIÓN DE LUJO DE MADRID

Andrea H. C., de trece años, se hallaba en la vivienda familiar acompañada de la víctima, Mónica C. B., de cuarenta y dos años, y de su hermano, de once. Según ha trascendido, la joven y su madre iniciaron una discusión que terminó en el trágico suceso alrededor de las nueve de la noche del pasado domingo. Fue el marido de la víctima y padre de los dos menores quien encontró el cadáver en el salón y avisó a emergencias, pero los médicos que acudieron al domicilio solo pudieron certificar el fallecimiento de la mujer. Según declaraciones de los vecinos a este periódico, la relación entre madre e hija era tensa en los últimos tiempos, aunque no constaban denuncias por agresiones previas. La menor ha sido puesta bajo tutela de los Servicios Sociales de la Comunidad de Madrid y es presumible que el juez ordene su traslado a un Centro de Ejecución de Medidas Judiciales, donde será internada en régimen cerrado hasta que se aclaren las circunstancias del crimen.

Lucía siguió buceando por internet, leyendo noticias que aportaban pocos datos más, hasta que dio con otra que llamó su atención:

La menor acusada de matar a su madre declara ante el juez que lo hizo porque tanto ella como su hermano pequeño sufrían abandono debido a la adicción al alcohol y a las pastillas de su progenitora.

El padre de la adolescente, el empresario Álvaro H., ha confirmado que la víctima atravesaba una mala racha, pero ha desmentido categóricamente que a sus hijos les faltase algún tipo de atención. Por su parte, el juez ya ha tomado declaración al hermano menor de la acusada, Miguel H. C., único testigo presencial del crimen, pero, según ha trascendido, no ha aportado datos relevantes para la investigación.

Después de leer todo lo que se publicó en aquellas fechas sobre un suceso tan terrible como inexplicable, Lucía se siente con fuerzas para continuar con el tratamiento de Andrea.

Espera sentada en el banco rodeado de pinos que hay en un extremo del jardín hasta que uno de los guardias conduce a la chica hasta el lugar. Andrea la mira con reproche, en silencio.

—Ya me encargo yo, gracias —le dice Lucía al guardia.

Una vez que este se marcha, Andrea continúa en el mismo sitio, sin abrir la boca, clavando una fría mirada en Lucía.

—Ven, siéntate a mi lado.

—Prefiero estar de pie. Llevo días esperando sentada en mi habitación sin que a nadie le interese cómo estoy.

—Si no te ha faltado de nada es porque sí que nos interesábamos, Andrea. Y ese aislamiento es consecuencia bien merecida de la paliza que le diste a tu compañera. ¿O pretendías que se olvidase de la noche a la mañana?

—No me comas la oreja, ¿vale? —responde ofuscada—. Me la suda que me castiguéis. Estoy más que acostumbrada.

—Me encantaría conocer a la verdadera Andrea y no a esta macarra malhablada, porque sé que todo es fachada.

—Tú no estás preparada para conocer a la verdadera Andrea, Lucía —dice mirándola con suficiencia.

—Prueba...

—Maté a mi madre.

La chica esperaba que esa confesión tan directa la hiciese titubear, como ha sucedido con las pocas personas a las que ha soltado semejante bomba, pero Lucía sigue observándola, sin variar su expresión.

—¿No vas a decir nada?

—Ya lo sabía. La acuchillaste la noche del 13 de febrero de hace tres años. Si pretendo ayudarte, tengo que saberlo todo. Y eso no se limita a lo que dicen los periódicos. Necesito conocer tu versión de los hechos.

—Discutimos y se me cruzaron los cables, ya está.

—¿Por qué discutisteis?

Andrea escruta a Lucía con la mirada, dudando si confiar en ella. Tras unos segundos de duda, se rinde, dispuesta a hablar.

Andrea, de trece años recién cumplidos, lee una novela tumbada en la cama de su habitación, aburrida. Su hermano Miguel, de once, entra sin llamar a la puerta.

—¿No te he dicho mil veces que no entres sin llamar, enano? —pregunta Andrea con sequedad.

—Era por si querías jugar conmigo a la consola.

—Pírate...

El chico se resigna y sale. En ese momento, a Andrea le entra un wasap:

Ha venido Luismi!

Qué dices???
Si estaba esquiando

Cero nieve. Tienes
que escaparte!

No puedo, tía,
estoy castigada...

Tú verás. También ha
venido la guarra de Sara...
Y va enseñando las tetas.

Andrea deja el teléfono sobre la cama y baja a la cocina, donde su madre prepara la cena mientras toma una copa de vino.

—¿Quién te ha levantado el castigo, Andrea?

—Ya sé que no podía salir de mi habitación, mamá, pero es que ha pasado algo y necesito ir a casa de Marta.

—Me da igual lo que haya pasado. Tú estás castigada y no vas a salir de casa. Vuelve a tu cuarto hasta que yo te suba la cena.

—Escúchame, mamá...

—No tengo nada que escuchar. Así la próxima vez te lo piensas mejor antes de faltar a clase de hípica.

—¡Escúchame, joder! —Andrea alza la voz, desquiciada.

—¿Tú quién narices te crees que eres para hablarme así? Obedece, si no quieres estar castigada también el fin de semana.

—¡Eres una zorra! —escupe fuera de sí.

—¿Cómo has dicho?

—¡Solo necesito salir una hora, joder! ¡¿Tanto te cuesta?!

—Sube a tu habitación, Andrea.

—Eres una puta amargada, mamá. Una puta amargada y una borracha. No me extraña que papá te ponga los cuernos con todo el mundo.

La madre de Andrea pierde los nervios y la abofetea.

—Ya lo has conseguido. Estás castigada indefinidamente. Y, por supuesto, olvídate de irte con tus amigas a Baqueira.

—No puedes hacerme eso. Ya he dicho que iría.

—Pues ahora dices que no vas.

Su madre le da la espalda y Andrea, totalmente enloquecida, coge el cuchillo que hay sobre la encimera. La primera cuchillada se la da en el costado.

Su madre huye hacia el salón pidiendo ayuda, pero Andrea corre tras ella y la apuñala en repetidas ocasiones hasta que Mónica cae muerta sobre el sillón. Al mirar hacia lo alto de la escalera, ve a Miguel observándola en silencio, en estado de shock.

45

En cuanto abre la puerta de casa, Jotadé comprueba que lo que sospechaba desde hace días se acaba de convertir en realidad; nunca nadie, y menos de la catadura de Hilario Garza, entregaría diez mil euros si no pensase que pronto los iba a recuperar con intereses. Sentados en los sofás y viendo la tele con una cerveza en las manos están Juárez, Omar, Mauro y Ángel.

—¿Cómo coño habéis entrado?

—Por la puerta, güey —responde Juárez antes de darle un trago a la cerveza.

—Deberías poner una cerradura buena, gitano —dice Ángel—, que hay mucho chorizo suelto.

—Seguro que en el mercadillo donde le vendes bragas a las viejas las tienen bien baratas —interviene Omar.

Los cuatro se ríen.

—Que entréis en mi casa ya me toca los huevos cosa mala, pero, si volvéis a beberos mis cervezas sin mi permiso —dice Jotadé con dureza—, os saco con lo pies por delante. ¿Ha quedado claro?

Mauro se levanta y lo enfrenta, envalentonado.

—Ten cuidadito a quién amenazas o...

Pero Jotadé lo interrumpe sacando su pistola de la cintura y metiéndosela en la boca, sin importarle si se lleva un diente por delante.

—¿O qué? ¿Quieres ver cómo tus sesos decoran mi pared? A mí me vendría que te cagas para quitar de una vez el gotelé.

—¡Suéltalo! —grita Ángel apuntándole con su arma, tembloroso.

—Está bien, calmémonos —dice Omar—. Tony ha ordenado que vengamos a buscarte, Jotadé.

—¿Buscarme para qué?

—No nos lo ha dicho. Solo nos ha pedido que te llevemos a un piso que tienen los Garza en el centro.

—Yo no quiero tener nada que ver con drogas.

—Allí no se trafica, pendejo —responde Juárez.

Jotadé duda, pero al fin saca la pistola de la boca de Mauro, que escupe sangre junto a varios trozos del diente.

—¡Me has roto un diente, cabrón!

—Así estás más guapo...

Tony mira de reojo a Jotadé cuando entra acompañado por sus cuatro compinches y, sin decir nada, vuelve a centrarse en el partido de tenis que ve en una tele de ochenta y cinco pulgadas que ocupa prácticamente toda la pared del salón. Cortés recorre el piso con la mirada y descubre, a través de la puerta abierta de una de las habitaciones, a un par de chicas que duermen abrazadas y medio desnudas. Como le habían asegurado, ese lugar no es un punto de venta de droga, sino más bien un picadero. En la pantalla, Carlos Alcaraz intenta una dejada, pero la bola se queda en la red.

—¡Me cago en la leche con las dejadas! ¡Al final este gilipollas me va a hacer perder una pasta! —exclama Tony cabreado antes de apagar la tele y levantarse para mirar a Jotadé—. ¿A ti te gusta el tenis?

—Si un gitano dice que le gusta el tenis, el resto lo echan a hostias del barrio.

—Si sigues vivo a pesar de ser policía, eso no creo que sea tan grave.

—Infunde más respeto una pistola que una raqueta... —mira a Mauro, el que acaba de perder un diente—, y entra mucho mejor en la boca.

—¿Te crees muy gracioso? —pregunta Mauro emitiendo un llamativo siseo.

—¿Tú por qué hablas así? —se extraña Tony.

—El gitano le ha roto un diente con la pipa —contesta Ángel con cara de cachondeo—. Mira, enséñaselo.

El afectado muestra la dentadura y, para su contrariedad, el resto ahoga una carcajada.

—¡Me cago en la hostia! —dice sacando la pistola, amenazante—. ¡No me toquéis los cojones, que me lío a tiros y me quedo solo, ¿eh?!

—Guarda la pistola —dice Tony—. Y descuida, que el arreglo del diente te lo paga él de su parte.

—¿De mi parte? —pregunta Jotadé.

—Mi hermano Marcos está colocado y necesitamos que lo sustituyas esta noche.

—¿Sustituirlo en qué?

—¿Crees que somos tan pendejos como para contarle nuestros planes a un pinche policía? —pregunta Juárez.

—Yo ya no soy policía —dice Jotadé para enseguida volverse hacia Tony, con determinación—. Y no me voy a meter en nada si no sé antes de qué se trata.

El hijo de Hilario Garza lo mira molesto por que se atreva a hablarle así, pero cede.

—Tenemos un chivatazo sobre un cargamento de chips de ordenador que llevan a una empresa de Tres Cantos. Y nosotros vamos a robar el camión.

—No me interesa.

—¿Prefieres vender bragas en el mercadillo?

— Tengo mejores cosas que hacer que robar camiones.

—Necesito que sustituyas a mi hermano y es lo que vas a hacer.

—¿Y si me niego?

—No te conviene negarte. —Tony esboza una ambigua sonrisa—. Ahora que sabes en lo que estamos metidos, si algo saliera mal, pensaría que has hablado con tus antiguos compañeros de la pasma. Y, si eso pasase, no solo iría a por ti. ¿Habéis averiguado lo que os pedí? —les pregunta a sus compinches mientras sigue mirando fijamente a Jotadé.

—Su exmujer trabaja en el súper del barrio —responde Mauro—. Y su hijo...

—Nombra a mi hijo y, aparte de los dientes que te quedan, te arranco la lengua —lo corta Jotadé.

—Esto es muy fácil, Jotadé. —Tony recupera la palabra—. Elige entre ganarte una pasta fácil o... —Deja la otra posibilidad en el aire.

Jotadé aprieta los dientes, sopesando sus opciones. Tras unos segundos de duda, se da cuenta de que no tiene ninguna si quiere proteger a los suyos.

—¿Chips de ordenador?

—No te imaginas el dinero que vale eso. Solo tenemos que parar el tráiler, reducir al conductor y llevárnoslo a una nave de Pinto en la que nos estarán esperando.

—¿Yo qué tengo que hacer?

—Cubrirnos el culo y después... ¿Sabes conducir un camión?

—No.

—Un gitano tan listo como tú seguro que se las apaña. No creo que sea muy diferente que conducir tu Cadillac.

—¿Cuál sería mi parte?

—Quitando los diez talegos que le debes a mi viejo y lo del diente del Mauro, te llegan unos veinte calentitos.

Jotadé duda. El del siseo le presiona.

—No sé qué tienes que pensarte. Tú no has visto tanta pasta junta en tu vida.

Jotadé los mira uno a uno. No le hace ninguna gracia meterse en algo así con ellos, pero está entre la espada y la pared.

46

Las pesadillas y los ataques de ansiedad de Hilario Garza van a más, hasta el punto de que, tragándose su orgullo, decide llamar a la psicóloga que le recomendó la psiquiatra de guardia de Urgencias. Entra con su coche en el aparcamiento de la estación de tren de Majadahonda, sube hasta el último piso y aparca junto a un Mercedes Clase C de color rojo. Enseguida se baja de él una mujer de unos treinta años vestida con vaqueros y una blusa blanca. Llama con cautela a la ventanilla del copiloto del coche de Hilario y este la baja.

—¿Señor Serrano?

—Adelante.

La mujer no las tiene todas consigo, pero, tras mirar a su alrededor, entra en el coche ocultando en su mano un bote de espray de autodefensa.

—Esto es del todo irregular, señor Serrano. Si he accedido a encontrarnos aquí es porque le ha dado mi contacto la doctora Guzmán, pero mis sesiones las llevo a cabo en mi consulta, no en un aparcamiento.

—Para mí es imprescindible la discreción, doctora Molina —responde Hilario—, y no me fío de que en su despacho no haya micrófonos. Además, no creo que necesite más de una sesión. Puede guardar el espray de pimienta.

La doctora guarda avergonzada el bote en su bolso. Hilario la mira con detenimiento; él se esperaba una especie de doctora Melfi, con gafas y un sobrio traje de chaqueta, y en realidad bien podría tener delante a una amiga de su hija.

—Todo lo que aquí hablemos...

—Será confidencial, pierda cuidado —lo interrumpe ella—. A no ser que me informe de que se dispone a cometer un delito. En cuyo caso, deberé comunicárselo a las autoridades.

Hilario saca de su cartera tres billetes y se los tiende.

—Ciento cincuenta euros, como me dijo.

—Gracias. —Los coge, incómoda—. Dígame en qué puedo ayudarle.

—Nunca he dormido bien, pero desde hace un tiempo, al insomnio se han sumado ciertas... preocupaciones.

—Le escucho.

—Sueño con que a mi familia y a mí mismo nos hacen daño.

—¿Es un peligro real?

—Digamos que mis negocios son muy apetecibles para mis rivales, y algunos de ellos podrían llegar bastante lejos al intentar arrebatármelos. Pero, en realidad, no es a ellos a quienes temo.

—¿Entonces a quién?

—No lo sé. Por eso la he llamado. Nunca me han preocupado las consecuencias de mis actos, siempre he hecho lo que he tenido que hacer, pero ahora es diferente. Me despierto empapado en sudor, muerto de miedo y de...

—... arrepentimiento, señor Garza —se adelanta.

Hilario la mira, sorprendido por que conozca su verdadera identidad.

—Como comprenderá —continúa ella al percibir su desconcierto—, no soy tan insensata de acceder a citarme con nadie en un coche si no sé de quién se trata. Y, a propósito de esto, aunque también está obligada a preservar la confidencialidad, mi secretaria sabe dónde y con quién estoy.

A Hilario no le hace ninguna gracia, pero asiente, comprensivo.

—Con respecto a los episodios que me describe, yo diría que lo que le ocurre es que tiene remordimientos —continúa la psicóloga.

—Como le he dicho, siempre he hecho lo necesario para salvaguardar los intereses de mis negocios y de mi familia.

—No lo dudo, pero supongo que sabrá lo que está bien y lo que está mal.

—En el mundo en el que yo me muevo, una línea muy difusa separa una cosa de la otra.

—No lo será tanto cuando algunos de sus actos le torturan al cerrar los ojos cada noche.

—¿Cómo hago para quitarme esa sensación? —pregunta Hilario impaciente.

—¿Usted qué cree?

—Esperaba que me lo dijera usted.

—¿Se ha planteado dejar de hacer aquello que le causa malestar?

—Eso es imposible.

—Entonces no puedo ayudarle.

—Y después dicen que el delincuente soy yo, cuando usted cobra ciento cincuenta euros por nada —responde molesto.

—Si quiere, se los devuelvo.

—Haga el favor de salir de mi coche.

La doctora Molina se baja del coche. Hilario arranca sin esperar a que cierre la puerta y se marcha de allí. Una vez sola, la psicóloga respira, soltando la tensión acumulada; aunque probablemente sea el dinero que más rápido ha ganado en su vida, esos minutos de inseguridad no se los desea a nadie.

Al llegar a casa, Hilario ve que los vecinos —un arquitecto y una exmodelo con querencia por el vodka— están tomando el aperitivo con su mujer junto a la piscina. Maldice para sí en voz baja y sale del coche con la mejor de sus sonrisas.

—Carlos, Martina... Pensaba que estabais en...

—Namibia. Hemos vuelto esta misma mañana. Le estábamos contando a Carmela que es una maravilla de viaje. Deberíais animaros.

—A Hilario es difícil sacarlo de España —responde Carmela—. Lo que más detesta en el mundo es viajar.

Hilario los escucha charlar sobre viajes y sonríe con cada broma que hacen. Por primera vez mira con envidia a otro hombre, convencido de que él sí consigue dormir por las noches. Si pudiera, también iría a Namibia o a cualquier otro lugar; cuanto más lejos, mejor. Pero lo que Carmela no comprende es que su profesión no es de las que permiten concederse viajes de placer, y, si se le ocurriera dejar los negocios en un segundo plano, aunque solo fuese por unos días, su vida no valdría una mierda.

47

Jotadé observa desde el coche de Tony a Omar y a Juárez, que, vestidos de obreros, destapan la alcantarilla de una de las calles principales de un polígono industrial y colocan vallas de obra a su alrededor. En el interior del coche, aparte de él mismo y del mayor de los Garza, están Ángel y Mauro, que, desde el asiento trasero, sigue mirando a Jotadé con inquina por haberle roto la paletilla con el cañón de su pistola.

—Si he venido para cubriros el culo —dice Jotadé con aplomo—, necesito estar seguro de que vosotros también me lo cubriréis a mí.

—¿Qué te hace pensar que no será así? —pregunta Tony.

—Aquí, el Risitas —dice por Mauro—, está esperando a la mínima para darme la puñalada.

—Eso no lo dudes —responde él con su llamativo siseo.

—Déjalo estar de una vez —le espeta Tony volviéndose hacia él—. Ya te hemos dicho que te pagará de su parte el puto diente.

—Eso no es suficiente, Tony.

—¡Yo digo cuánto es suficiente, joder! ¡Y, como sigas con esa gilipollez, te saco de una patada y te quedas sin el diente y sin pasta, ¿te queda claro?!

Mauro se muerde la lengua.

—¡¿Te he hecho una pregunta?! ¡¿Estás dentro o fuera?!

—Dentro...

—Pues no quiero volver a oírte. Céntrate en lo que estamos.

Tras unos instantes de silencio, cuando Jotadé vuelve a recuperar la poca confianza que tiene en sus nuevos amigos, observa cómo los dos de fuera muestran los permisos falsos a un par de guardias que han salido de las garitas de empresas cercanas a preguntar por el motivo de la obra.

—Repíteme el plan, Tony.

—Cuando anochezca y llegue el camión que esperamos, el conductor se encontrará con la obra y tendrá que desviarse por una calle lateral. Nosotros le bloqueamos el paso y nos llevamos el camión.

—¿Así de fácil?

—En la cabina no estarán más que el camionero y como mucho un compañero, y ninguno de los dos querrá meterse en líos.

—Ya ves que cada empresa de por aquí tiene garitas de seguridad con bicho dentro. Si ven algo raro, llamarán a la poli.

—Por eso hay que hacerlo rapidito.

A pesar de las protestas del camionero y de su acompañante, los falsos obreros que se han quedado de guardia junto al vallado en torno a la alcantarilla les hacen ver que por ahí el camión no cabe y ellos no tienen más remedio que desviarse por la calle lateral. Se adentran en una zona mucho menos concurrida en la que la mitad de las farolas están apagadas y empiezan a ser conscientes del riesgo que corren. De pronto, un coche sale una callejuela y les corta el paso.

—¡Me cago en la leche! —El conductor pega un frenazo—. ¿Dónde va ese imbécil?

Antes de que el otro pueda responder, del coche se bajan Tony y Jotadé, y por los laterales se acercan Ángel y Mauro. Los cuatro llevan pasamontañas y apuntan a los ocupantes del camión con sus pistolas.

—¡Bajaos del camión!

Ni el conductor ni su acompañante reaccionan a la orden de Ángel, y Mauro rompe la ventanilla con una barra de metal.

—¡¿No habéis oído?! ¡Bajad del puto camión!

—Está bien, pero no nos hagáis daño...

Los dos hombres bajan apresurados, con las manos en alto.

—Átalos —dice Tony lanzándole un rollo de cinta adhesiva a Mauro.

Mientras lo hace, Tony, Jotadé y Ángel comprueban que la carga es la que esperaban.

—Baja las manos —le dice Mauro al acompañante del conductor.

El hombre obedece y él deja su pistola sobre la rueda del camión para maniatarlo. El conductor la mira de reojo. Solo tendría que alargar la mano para coger el arma, pero, aunque hace varios amagos, no termina de decidirse. Cuando Tony, Jotadé y Ángel regresan de la parte trasera y pasan por su lado, el conductor al fin se hace con la pistola y los apunta con ella.

—¡Tirad las armas o juro por Dios que me lío a tiros!

Todos lo miran, sorprendidos.

—¿De dónde ha sacado este idiota la pistola? —pregunta Tony.

—Es la mía... —responde Mauro avergonzado, soportando la inquisitiva mirada de sus compinches—. La había dejado sobre la rueda para atar al otro y el muy cabrón la ha cogido.

—¡¿No me habéis oído?! —insiste el conductor—. ¡Tirad las armas!

—No sabes dónde te estás metiendo, amigo —dice Jotadé—. Dame la pipa, que lo que le pase al camión te lo pagará el seguro.

—El seguro no me paga ni la mitad. Y estoy hasta los cojones de pasarme el día en la carretera para que vengan unos chorizos como vosotros a buscarme la ruina.

—Mejor arruinado que muerto —dice Tony.

—Dejad que nos marchemos o...

Lo interrumpe un disparo que hace que la pistola con la que les apuntaba salga despedida a varios metros de distancia. Todos miran a Jotadé, sobresaltados, mientras el camionero se agarra la mano, dolorido.

—Tenemos un poco de prisa, así que no deis más por culo y tiraos al suelo. ¡Ya!

Los dos hombres obedecen a Jotadé, asustados. Mauro recupera su arma y va cargado de rabia hacia el conductor.

—Te vas a cagar, hijo de puta.

Cuando se dispone a ejecutarlo, Jotadé lo golpea con la culata de la pistola en la boca, rompiéndole el resto de los dientes que aún conservaba intactos.

—¿Qué has hecho, gitano de mierda? —se lamenta con la mano en la boca. La sangre apenas le permite vocalizar en condiciones.

—No voy a dejar que le des matarile a este desgraciado por unos putos chips de ordenador, mierdaseca...

—¡Larguémonos de una vez! —ordena Tony.

Ángel se lleva a Mauro hacia el coche de Tony a la vez que Jotadé se sube en el camión. Cuando los dos vehículos desaparecen calle abajo, el acompañante mira al conductor con censura.

—Eres gilipollas, Mariano...

48

Andrea solo tiene permiso para abandonar su encierro en compañía de Lucía; sin embargo, cuando esta va a buscarla, no la encuentra en su habitación. Baja corriendo a informar a la directora de la desaparición de la chica, pero Marisa la calma:

—No ha ido a ningún lado, está con una visita.

—¿De quién?

—De su padre. Viene a verla una vez al mes.

Lucía siente mucha curiosidad por ese encuentro y se dirige hacia la sala de profesores, desde donde puede observar el comportamiento de padre e hija cuando están juntos. La reunión se lleva a cabo en el jardín. Desde donde está, no consigue escuchar de qué hablan, pero el lenguaje corporal es revelador: aunque Andrea aparca toda su chulería en presencia de su padre, él la trata con total desapego. Después de media hora de silencios solo interrumpidos por monosílabos, padre e hija se despiden con frialdad. Mientras uno de los guardias conduce de nuevo a Andrea a su habitación, su padre se encamina hacia el coche. Lucía lo alcanza en el aparcamiento, cuando ya se ha subido en un Jaguar de alta gama.

—Señor Herrera...

Álvaro Herrera la mira desde el interior del coche.

—¿Sí?

—Me llamo Lucía y estoy tratando de ayudar a su hija Andrea. ¿Podría hablar con usted?

—Tengo algo de prisa.

—Solo serán unos minutos. Necesito preguntarle algunas cosas para saber cómo orientar su tratamiento.

—No puedo contarle nada más de lo que ya le he contado a los demás terapeutas que la han tratado antes.

—Por favor...

Álvaro no se siente muy cómodo hablando de la tragedia que sacudió a su familia hace ya tres años, pero se trata de su hija, por quien sigue albergando sentimientos, por mucho que se esfuerce en reprimirlos.

Lucía le sirve un café en un vaso de plástico de la sala de profesores, donde se encuentran ellos dos solos.

—¿Quiere azúcar, leche...?

—Así está bien, gracias. Dígame qué es lo que necesita exactamente de mí, por favor —la apremia, incómodo.

—Estoy intentando comprender qué pasó por la mente de Andrea para que aquella noche reaccionase como lo hizo.

—Siempre fue una niña caprichosa. Su madre la castigó sin ir a una fiesta en casa de una de sus amigas y sufrió un ataque de ira. Por desgracia para todos, eso se inició en la cocina, donde tenía un cuchillo al alcance de la mano.

—Una reacción un tanto extrema para una niña que, según tengo entendido, nunca antes se había mostrado violenta.

—Según tengo entendido yo, ahora mismo está castigada por darle una paliza a una compañera.

—Es cierto, pero las circunstancias aquí son diferentes.

—Me dan igual las circunstancias. Andrea no está bien de la cabeza y lo mejor es que siga encerrada.

—En cuanto cumpla la mayoría de edad, podrá salir.

—Y yo me ocuparé de ella económicamente, pero no quiero que tenga más trato del necesario ni conmigo ni con mi hijo Miguel. Si ha matado una vez, no sería extraño que volviera a hacerlo. ¿Delante de usted ha mostrado algún tipo de arrepentimiento por lo que hizo?

—Tiene en su haber varios intentos de suicidio, ¿no le parece suficiente?

—Lo que le duele es haber perdido los privilegios que tenía, nada más. Cada vez que la miro a la cara me doy cuenta de lo poco que le importamos todos.

195

A Lucía le cuesta creer que se trate de una psicópata incapaz de sentir nada por nadie, pero todo apunta en esa dirección.

—¿Cómo está Miguel?

—¿Usted qué cree? Vio cómo su hermana acuchillaba a su madre solo porque no la dejaba ir a una maldita fiesta.

—¿Sabe si él estaba presente durante la discusión o si la vio apuñalarla?

—¿A qué narices viene esto? —pregunta a la defensiva—. No entiendo qué tiene de beneficioso recrearse en aquello.

—Soy consciente de que es algo muy doloroso para usted y lo siento de corazón, pero necesito saberlo para tratar de comprender a su hija y descubrir cómo ayudarla.

—Miguel estaba en el piso de arriba jugando a la consola y bajó al escuchar los gritos de Mónica —responde intentando calmarse—. Después, Andrea lo llevó de nuevo arriba y estuvieron jugando hasta que yo llegué a casa.

—Volvamos un segundo a la discusión. Ella me ha dicho que tenía tanto interés en ir a aquella fiesta porque se enteró de que acudiría un tal Luismi. ¿Usted sabe quién es ese chico?

—Era un vecino del que Andrea se había encaprichado, pero que yo sepa no llegaron a nada. Se marchó con sus padres a Argentina poco después de aquello.

Lucía saca una carpeta y rebusca entre decenas de recortes de periódicos referentes al caso que ha ido recopilando hasta que encuentra lo que necesita.

—En las declaraciones de Andrea ante el juez, aseguró que tanto ella como su hermano se sentían desatendidos debido a la adicción de su madre al alcohol y a los medicamentos.

—Eso solo lo dijo mal aconsejada por su abogado.

—¿Existía esa adicción?

—Yo no lo llamaría adicción. Mónica estaba sufriendo una menopausia temprana y las hormonas le jugaban malas pasadas que combatía con algunos medicamentos que no siempre le sentaban bien. Pero no estaba drogada ni desatendía a nuestros hijos.

—Sin embargo —dice mostrando otro recorte—, según unos vecinos, varios días antes la vieron deambulando por el barrio en camisón y muy desorientada.

—¿Eso qué tiene que ver con todo esto? —pregunta muy molesto.

—Solo intento comprender...

—No hay nada que comprender —la corta, harto—. Mónica castigó a Andrea y ella se lo pagó acuchillándola, eso es todo. No voy a seguir removiendo un asunto que, como usted comprenderá, llevo años tratando de olvidar. Le deseo suerte en el tratamiento de mi hija, aunque no creo que logre demasiado.

Álvaro Herrera se levanta y sale de la sala de profesores. Lucía observa todos los recortes de periódico desperdigados sobre la mesa, frustrada.

49

El agente Lucas Melero entra en la comisaría con gesto serio y se dirige directamente hacia la mesa de la oficial Verónica Arganza, que trabaja concentrada en su ordenador.

—Tenemos que hablar, Vero.

—Eso digo yo —responde ella mosqueada, sin despegar la mirada de la pantalla—. Tengo que corregir mazo de informes porque un inútil, no me hagas decirte quién, rellena mal la mitad de los datos.

—Es que ha pasado una cosa...

Al mirarlo a la cara, nota que se trata de algo grave. El chico se dirige hacia la sala de reuniones sin decir nada más y la oficial va tras él.

—¿Qué pasa, Lucas? —pregunta alarmada tras entrar y cerrar la puerta.

—¿Te acuerdas de mi primo, el informático?

—¿El rarito que siempre va vestido de *Star Wars*?

—Ese. Pues resulta que le han mandado del trabajo para casa porque por lo visto anoche hubo un robo del material que utilizan para no sé qué. Creo que es porque no podían montar los ordenadores o algo parecido.

—Te explicas como un libro cerrado, Melero —dice armándose de paciencia.

—Creo que faltaban chips. Cada cacharro que utilizamos lleva mazo de ellos, que se traen de China o de no sé dónde. ¿No te acuerdas de que antes de pandemia hubo como una crisis porque...?

—No te enrolles —lo corta, seca—. ¿Qué es eso tan grave?

—Pues resulta que lo que han robado es un camión cargado de chips hasta los topes, que valen una pasta. Emboscaron al conductor y se llevaron el vehículo. Por lo visto hubo incluso tiros.

—¿Y?

—Y... que he hablado con Blas, el de Robos, y, según ha declarado el conductor del camión, uno de los atracadores era gitano.

Verónica se tensa al comprender por dónde va.

—Dios me libre de meter a todos en el mismo saco, Lucas, pero tampoco es tan raro que haya algún gitano involucrado en un robo.

—Por lo visto, si no es por él, otro de los atracadores se lleva por delante al conductor. Algo me dice que era Jotadé.

—No digas tonterías, por favor. ¿Qué pinta Jotadé robando un camión con chips de ordenador? Él seguramente no sepa ni qué es eso.

—De algo se tendrá que ganar la vida ahora que ya no es poli.

—Hala, venga, será por prejuicios...

—Admítelo, Vero, blanco y en botella.

Verónica no quiere creerlo, pero su compañero ha logrado contagiarle las suspicacias y lo mira seria.

—Sinceramente, creo que tus sospechas están muy cogidas por los pelos, Lucas. Me juego lo que sea a que ese atracador no es Jotadé.

—No perdemos nada por comprobarlo...

Verónica duda unos segundos más.

—¿Has...?

—Aquí está —se adelanta Melero, sacando un papel del bolsillo—. El camionero se llama Mariano Gómez y vive en Móstoles.

Verónica le quita el papel de las manos.

—¿Se lo contamos a Osborne? —pregunta Lucas.

—Ni de coña. Esto es entre nosotros.

Ambos salen decididos de la sala de reuniones.

—¿Han encontrado ya mi camión?

—De eso se están encargando nuestros compañeros de Robos. Nosotros somos de Homicidios.

—¿Homicidios por qué, si no ha muerto nadie?

—¿Podríamos hablar con usted en un lugar más discreto, por favor?

El camionero resopla, se levanta de la mesa del bar de barrio donde toma el aperitivo y sale con Verónica y Lucas. Se encaminan hacia un parque, lejos de oídos indiscretos.

—¿Qué es lo que quieren saber?

—Les dijo a mis compañeros que había un gitano entre los atracadores, ¿verdad? —pregunta la oficial Arganza.

—Eso dije, sí.

—Si, según su declaración, todos llevaban puesto un pasamontañas, ¿cómo puede estar tan seguro?

—Otro lo llamó «gitano de mierda». Aunque, de todos modos, el barrio está plagadito de ellos y se los huele a distancia. Se les reconoce por cómo se mueven, por cómo hablan y hasta por cómo cogen la pistola, así, de lado, como si estuvieran en el Bronx.

Verónica y Lucas cruzan sus miradas; ese hombre acaba de describir exactamente la manera de disparar de Jotadé, algo que le ha costado más de un expediente cuando el oficial encargado de la galería de tiro no tiene un buen día.

—¿Qué más puede decirnos de él?

—Yo qué sé. Debía de tener unos treinta y tantos, fibroso, estatura media... Eso sí, si le trincan, denle las gracias de mi parte. El tío me salvó la vida, aunque casi se me lleva la mano por delante.

—Explíquese, por favor.

—No es la primera vez que me roban el camión y se me fue la cabeza de la pura rabia, porque después los cabrones del seguro ponen mil pegas para pagar. El caso es que a uno de ellos le quité la pistola en un descuido y el gitano me desarmó de un tiro. Gracias a Dios, tenía puntería.

—¿Y en qué momento dice que le salvó la vida?

—El tío al que le había quitado la pistola la recogió del suelo y vino derechito hacia mí para meterme un tiro entre ceja y ceja, pero el gitano le dio un culatazo en la boca que le saltó todos los dientes. Nunca se me olvidará lo que le dijo.

—¿El qué?

—«No voy a dejar que le des matarile a este desgraciado por unos putos chips de ordenador, mierdaseca» —contesta imitándolo.

Al escuchar esto último, Verónica y Lucas vuelven a mirarse, ya convencidos de que, si no es Jotadé, es alguien que se expresa exactamente igual que su excompañero.

50

Hilario no deja de darle vueltas a la conversación que tuvo con la psicóloga en el aparcamiento de la estación de tren de Majadahonda. No se arrepiente de nada de lo que ha hecho en su vida, pero su subconsciente se empeña en llevarle·la contraria. Al bajar por un café a la cocina después de dar vueltas en la cama desde las cinco de la mañana, se encuentra con Paula.

—¿Qué haces aquí, hija?

—Hoy me tomo el día libre —responde ella mientras se sirve un vaso de zumo de naranja—. ¿De qué vale ganar tanto dinero si no podemos disfrutarlo? De hecho, deberíamos hacerlo desde ahora y para siempre.

—¿Qué narices dices, Paula? Haz el favor de no hablarme en clave, que he dormido fatal.

—Hablo de que no entiendo por qué seguimos metidos en negocios sucios si ya tenemos lo que necesitamos para vivir sin ahogos el resto de nuestra vida, papá.

—Siempre se necesita más. Nunca sabes cuándo van a llegar las vacas flacas.

—Hay suficiente para tres vidas. Y eso sin contar con que tenemos negocios legales que nos dan buenos beneficios. Deberíamos dejar todo lo demás.

—Esto no es como dejar de fumar. Si renunciamos al negocio, los que nos sustituyan querrán eliminar a toda la competencia.

—No si negociamos bien.

—¿Negociar qué?

Paula lo coge de la mano y lo lleva hacia la mesa. Una vez sentados, lo mira con firmeza. Lleva tiempo pensando en eso, antes incluso de plantearse la posibilidad de formar una familia con Manel, aunque su relación actualmente haga aguas. Y al fin ha llegado el momento de exponerlo, ahora que nota a su padre cambiado. No sabe en qué exactamente, pero ya no es el mismo hombre que unos días atrás podía ordenar un asesinato sin despeinarse.

—Un traspaso. Cada vez nos la jugamos más y correr tantos riesgos no tiene sentido. Un solo error podría acabar con nosotros, así que es hora de vendérselo todo al mejor postor.

—Como si fuera un restaurante... —replica Hilario con incredulidad.

—Más o menos. Solo hay que correr la voz de que los Garza estamos dispuestos a echarnos a un lado y esperar a recibir ofertas.

—¿Y crees que así lograrías evitar una guerra?

—Seguramente no, pero no será contra nosotros, sino entre los que quieran hacerse con las calles. Una vez que lleguemos a un acuerdo, desapareceríamos para siempre. Para nosotros sería una simple transacción comercial.

—No creo que sea tan fácil, Paula.

—Nadie ha dicho que sea fácil, pero sí es posible. Tú siempre dices que hay familias al acecho, aguardando a que cometamos un error para saltarnos encima. Pongámosles en bandeja la oportunidad de conseguir lo que quieren.

—Tu hermano Tony no estaría de acuerdo.

—Tony está loco, papá. Mira lo que hizo en el puente de la M-30. Además, si lo piensas bien, es lo mejor que podrías hacer por él; si sigue como hasta ahora, va a terminar o en la cárcel o en el cementerio. Y, al final, nos arrastrará a todos con él.

Su padre duda. Paula le aprieta la mano.

—Prométeme que lo pensarás...

—Ya veremos. —Hilario cambia de tema—. ¿Qué tienes pensado hacer hoy?

—Aprovechar uno de los últimos días de piscina y tomar el sol. ¿Te apuntas?

—Me gustaría, pero he prometido acompañar a tu madre a mirar un sofá nuevo para el salón.

—Ármate de paciencia...

Paula lo besa sonriente y sale al jardín. Hilario se queda pensativo, rumiando sus palabras; hasta hace poco ni se había planteado que podría dejar el mundo en el que se mueve desde los quince años, pero tras los últimos acontecimientos lo ve como una posibilidad real, por muy remota que sea.

—Dieciocho, diecinueve y veinte. Ahí tienes lo tuyo.

Jotadé agradece a Tony con un gesto de cabeza y se guarda los veinte mil euros en el bolsillo interior de su chaqueta.

—¿Qué vas a hacer con tanta pasta, Jotadé? —pregunta Marcos.

—Gastarme una parte en correrme una buena juerga y guardar el resto debajo del colchón.

—Si necesitas ayuda para lo primero, ya sabes...

Tony mira a su hermano con desprecio.

—Eres un puto drogata, Marcos. Ese dinero —señala con un gesto el bolsillo donde Jotadé se lo ha guardado— no debería haber salido de la familia. Pero gracias a que tú estabas colocado, se lo ha llevado él.

—A lo mejor no me apetecía robar un camión, Tony.

—A ti lo único que te apetece es meterte por la nariz o por la vena, como los yonquis del barrio de tu amigo. Eres un mierda, hermano.

—A mí me respetas o...

—¿O qué? —Tony lo enfrenta—. Yo que tú me andaba con cuidado porque aquí soy el único que mira por ti, Marcos. Hasta a mamá le vienes mejor encerrado que dando por culo en casa.

Jotadé decide intervenir, procurando rebajar la tensión.

—¿Sabes algo de Mauro?

—Que va a tirarse una temporada comiendo papillas gracias a ti.

—Si llega a disparar a ese hombre...

—Ni te preocupes —lo corta Tony—. Para que saliera bien, esto tenía que ser un golpe limpio. Un muerto lo habría complicado todo.

—¿Qué es lo siguiente?

Tony lo mira, aún con un punto de desconfianza.

—Si volvemos a necesitarte, ya te avisaremos. Ahora quítate de mi vista.

—¿Puedo echar una meada?

—Te acompaño —dice Marcos.

Ambos suben por las escaleras que comunican el sótano con la planta baja. El primero en entrar en el pequeño servicio anexo a la cocina es Marcos.

—No te muevas de aquí —dice antes de cerrar la puerta.

Jotadé asiente, sorprendido de verse solo en la cocina de los Garza. Al mirar por la ventana, descubre a Paula sentada en el borde de la piscina, con los pies a remojo y la mirada perdida. Lleva un minúsculo bikini rojo del que él no consigue apartar la mirada. Al sentirse observada, la chica se levanta y va hacia la casa con paso decidido.

—¿Tú quién eres? —pregunta al abrir la puerta que comunica la cocina con el jardín.

—Jotadé.

—¿Y qué haces aquí?

Marcos aparece por su espalda.

—Jotadé, ya puedes entrar al baño.

—Que seas amigo de mi hermano lo explica todo... —Cabecea ella—. No deberíais meteros tanta mierda.

En ese momento, comienza a sonar el teléfono de Paula. Mira la pantalla y se tensa.

—Dime, Álex... Espérame ahí.

Sin decir nada más, la chica se marcha hacia el interior. Jotadé la sigue con la mirada, disfrutando de las vistas.

—Córtate un poco, que es mi hermana —le reprocha Marcos.

—Yo a las hermanas las respeto.

—¿Vas a mear o no?

Jotadé asiente y se dirige al baño. Cuando va a cerrar la puerta, ve que el mediano de los Garza se ha quedado en el quicio.

—¿Me la vas a sacudir después?

—Date prisa —responde retirándose.

51

Cuando Manel acudió a su primera clase de yoga y conoció a su profesora, supo que terminaría acostándose con ella. Lo que sentía por Paula era verdadero, pero la sensualidad que desprendía Vanesa lo sedujo desde el principio; no era solo su cuerpo trabajado en el gimnasio, o la pantera que tenía tatuada en la espalda, cuyas garras quedaban ocultas debajo del ajustado pantalón y que él no conseguía dejar de imaginarse, sino también su desinhibición a la hora de hablar de cualquier tema y, en especial, de sexo.

—No te creas que a los retiros solo vamos a follar —le dijo mientras se tomaban algo en una de las quedadas que solía hacer con sus alumnos tras las clases—, pero, después de pasar el día entero trabajando mente y cuerpo, te terminas dejando llevar con unos y con otras.

—¿Con otras?

—¿Tú no eres bisexual?

—Creo que no.

—Pues a estas alturas de la vida, me parece un desperdicio. Nadie debería descartar la conexión con otra persona solo por los genitales que tenga.

—El problema es que yo no creo que pudiera tener ninguna conexión con un tío. Es una cuestión de piel.

—Llevo días planteándome acostarme contigo —dijo ella mirándolo de arriba abajo, divertida—, pero me temo que vas a ser muy aburrido en la cama.

—Quizá te sorprenda...

Aquella noche, Manel la llevó al mismo hotel en el que lo pilló entrando Paula tres meses después. Durante este tiempo, el arquitecto ha disfrutado más del sexo que en toda su vida, haciendo cosas que ni se había imaginado. Después de algunas semanas viéndose, en las que la confianza fue aumentando entre ellos, Vanesa accedió a incorporar a una amiga que había conocido en uno de los cursos de yoga.

—Si te apetece a ti, por mí adelante —dijo Manel animado ante la perspectiva.

—Susana es un bombón, eso puedo jurártelo... Aunque quizá después te pida que la cambiemos por un amigo.

—Pasito a pasito...

Tal y como Vanesa aseguró, su amiga es tan atractiva como ella, aunque también muy distinta en su físico y en su manera de comportarse. Susana tiene el pelo rubio, los ojos claros y una mirada inocente; es menos atlética que Vanesa y su piel es blanca y sin tatuajes visibles. Le da un sorbo a su té helado observando a Manel con una mezcla de timidez y picardía.

—No te fíes de su aspecto de mosquita muerta —dice Vanesa en la cafetería del hotel—. Cuando se suelta, es la caña.

—Esperemos entonces que se suelte...

Susana le sonríe, dispuesta a dejarse llevar.

—¿Para qué perder el tiempo? ¿Subimos?

Cuando Manel sale del baño de la habitación y las ve a ambas desnudas sobre la cama, le cuesta creerse lo afortunado que es.

—¿Te dije o no te dije que era un bombón? —pregunta Vanesa sonriente al ver que se ha quedado sin habla—. Ven con nosotras, anda.

Manel se acerca y los tres funden sus cuerpos sin pudor ni tabú. Después de más de una hora de juegos, roces y caricias, se dejan caer de espaldas en la cama, agotados por el esfuerzo.

—¿Qué te ha parecido? —le pregunta Vanesa.

—Increíble.

—¿Tanto como para que ahora tú cumplas mi fantasía?

—Ya veremos...

—¿Qué fantasía es esa? —pregunta Susana.

—Había pensado en invitar un día de estos a Miguel, el mulato que suele venir a los retiros de El Escorial.

—Yo eso no me lo pierdo

—Ya veremos... —repite Manel.

Los tres se duchan juntos, prolongando las caricias bajo el agua, hasta que se dan por satisfechos, se visten y salen del hotel. Manel para un taxi y las besa antes de subirse y marcharse en él, sin darse cuenta de que lo están vigilando desde un coche aparcado en la acera de enfrente.

En el asiento del conductor, Álex mira de reojo a Paula, cuya rabia y decepción le han cambiado la cara. En ese momento, la moderación y la sensatez que unas horas antes le había pedido a su padre desaparecen por completo: deja de ser Paula Blázquez para convertirse en Paula Garza.

—El pijo te ha salido viciosillo, ¿eh? —dice Álex con cara de circunstancias.

Ella no responde, tragándose la humillación.

—¿Qué quieres que haga?

—Que lo jodas tanto como me ha jodido él a mí.

—No sé bien cómo cuantificar eso.

—Aquí tienes todo lo que necesitas saber.

Paula saca un sobre del bolso, lo deja sobre el salpicadero, sale del coche y se marcha caminando calle abajo. Las gafas de sol impiden que quienes se cruzan con la única hija de uno de los hombres más peligrosos de la capital vean sus ojos anegados en lágrimas.

52

La vida de Iván Moreno ha dado un giro de ciento ochenta grados desde que el anterior alcalde de Villafranca de los Barros se suicidó volándose la cabeza en el sótano de su lujoso chalé. Ya no son solo los conocidos de la abuela Carmen quienes lo tratan como su sucesor, sino que el resto de los vecinos también lo dan por hecho. Mira desconcertado a sus tres compañeros en la partida de mus que juega de tarde en tarde en el bar de la plaza: el farmacéutico, un empresario local y un maestro jubilado.

—¿Es que a nadie le importa que no tenga ni puñetera idea de política municipal?

—Don Manuel tampoco sabía demasiado cuando salió elegido por primera vez y mira lo que espabiló... —responde el empresario.

—El poder todo lo corrompe —señala el maestro.

—Por eso mismo quizá sea mejor que me mantenga alejado de la tentación.

—¿Tú cuánto llevas entre nosotros? —pregunta el farmacéutico—, ¿unos tres años?

—Más o menos.

—Hemos tenido tiempo suficiente para conocerte y saber que eres honrado y buena gente, Iván.

—Y todos hemos visto lo que haces por ese chaval colombiano —se suma el tabernero.

—¿Qué tendrá que ver una cosa con la otra? El problema es que nunca he ejercido ningún cargo público.

—¿Pero tú no eras inspector de policía?

—No es lo mismo.

—Si te has enfrentado a asesinos, más fácil te será enfrentarte a las cuentas de un pueblecito como el nuestro —zanja el viejo maestro—. ¿Quieres el órdago a la chica o no quieres el órdago a la chica, demontres?

—Quiero, quiero...

Iván arroja sobre la mesa dos ases, un cuatro y un siete. Su compañero lo celebra mientras los contrincantes protestan por su mala suerte. Iván se levanta.

—Supongo que de mi carajillo os encargáis vosotros.

—Anda, lárgate..., alcalde.

Iván les sonríe y, tras despedirse del resto de los paisanos, se marcha. Antes de volver a casa decide comprobar con sus propios ojos las diferentes reclamaciones de los vecinos. Ya se había fijado decenas de veces en el estado calamitoso del descampado donde los chavales juegan, las mismas que ha protestado para sí cuando transitaba por la carretera de acceso al pueblo y los baches lo movían de un lado a otro como si estuviera dentro de una batidora, pero nunca lo había hecho con los ojos del que quizá tuviese que solucionar aquello, y ahora le puede la responsabilidad. Le gustaría hacer tantas cosas que sabe que nunca quedará satisfecho, que el de alcalde honrado es un trabajo muy ingrato. Al llegar a su calle, ve el todoterreno de la Guardia Civil aparcado en la puerta de casa y se asusta.

—¿Qué pasa? —pregunta alarmado al entrar y ver a la pareja de guardiaciviles novatos merendando con la abuela Carmen.

—Estos muchachos llevan un rato esperándote, Iván.

—Le hemos ido a buscar al bar de la plaza, pero nos han dicho que se había marchado —dice el más joven de los dos, con pinta de recién salido de la Academia.

—Estaba... —pero según lo dice se arrepiente de ir a dar explicaciones y recula— ocupado. ¿Para qué me necesitáis?

—¿Le importaría acompañarnos?

El cadáver de Matías, el agricultor que desenmascaró al anterior alcalde amenazándolo con un cuchillo jamonero delante de los vecinos y que provocó su suicidio, está junto a su

210

tractor, despanzurrado en mitad del sembrado. El tiro que le han descerrajado a muy corta distancia le ha abierto un boquete de un palmo en el estómago. A unos metros de allí, tras un perímetro vigilado por varios agentes de la Policía Local de Villafranca de los Barros, se encuentra la familia del muerto, muy afectada por algo que, según aseguran, ninguno de ellos vio venir.

—Menudo estropicio... —dice Iván mientras lo examina todo a su alrededor con ojos expertos.

—Aquí no estamos acostumbrados a estas cosas —dice uno de los civiles.

—A estas cosas nunca se acostumbra uno. Habéis dado aviso, supongo.

—El forense y el juez vienen desde Badajoz, lo que tarden. El problema es que allí también tienen jaleo por un accidente en la nacional y no pueden mandar efectivos para investigar esto. Por eso le hemos avisado a usted, porque a nosotros, honestamente, nos queda un poco grande y tememos meter la pata. Eso sí, le rogamos discreción, que, como nuestros superiores se enteren de que hemos buscado la ayuda de un policía nacional, nos cuelgan en la casa cuartel.

—La tenéis, pero dejad de tratarme de usted... ¿Sabéis si el bueno de Matías tenía más enemigos aparte del alcalde?

Un agente señala con la cabeza hacia la finca colindante, donde varios hombres trabajan el campo, aparentemente ajenos a todo:

—Con los Montero se llevaba a matar —responde el agente—. Y nunca mejor dicho.

—Habrá que hablar con ellos. Tú acompáñame —le dice a uno antes de volverse hacia el otro—. Y tú vigila que no se acerque nadie hasta que vengan a levantar el cadáver. Y no pisotees esto mucho.

Moreno camina con el guardia civil rumbo al vallado.

—Mira... —Iván señala hacia el suelo, donde una serie de huellas van y vuelven de la finca de los Montero hasta el muerto—. Retirémonos un poco, no vayamos a cargarnos las pruebas.

211

Al llegar, ya los está esperando Jesús Montero.

—Buenas tardes...

—Buenas tardes, señor Montero —dice Iván—. Supongo que ya sabe lo que ha pasado.

—No lo voy a saber, si he sido yo quien ha dado el aviso.

—¿Vio o escuchó algo?

—Escuchar, nada de nada, pero, cuando salí a la faena después de comer, vi a ese desgraciado tirado junto a su tractor y fui por si se había caído. No sería la primera vez. Cuando me lo encontré abierto en canal, volví a casa y llamé a la Benemérita.

Iván contrae el gesto; eso explica las huellas en el sembrado, una estupenda coartada para Montero.

—Sabemos que tenían ustedes problemas con las lindes. ¿Discutieron últimamente?

—Con Matías lo fácil era discutir a diario, pero no por ello voy a ir a darle con la escopeta de cartuchos.

—¿Cómo sabe que lo han matado con una escopeta de cartuchos?

—Porque soy cazador, conozco las armas y lo que son capaces de hacer.

Iván ha tratado con muchos asesinos a lo largo de su vida y no suelen hablar tan a las claras como el señor Montero. Aun así, sabe que no deberían descartarlo como sospechoso.

—¿Le importa que le echemos un ojo a sus armas?

—¿Ahora?

—Para que no se enfríen si se han disparado hace poco...

El señor Montero sonríe como lo haría alguien que no tiene nada que ocultar.

—Faltaría más.

Tal y como sospechaba Iván, ninguna de las escopetas de cartuchos que le muestra Montero parece haber sido disparada en las últimas horas. Aun así, y a pesar de las protestas del propietario, le sugiere al guardia que las confisque para enviarlas a analizar en el laboratorio y descartar definitivamente que alguna de ellas sea la causante de la muerte de Matías.

53

—Lo que debería hacer yo —dice Jotadé mientras se lía un cigarrillo junto a Lucía en el jardín del centro de menores, donde el otoño asoma tímidamente y deja una alfombra de hojas a sus pies— es pasar de líos y pegar otro palo gordo; si no me trincan, me voy al Caribe ese a ver si es tanto como dicen, y, si me trincan, me vengo aquí contigo.

—Tú eres un hombre de acción, Jotadé. Aquí dentro te aburrirías como una ostra.

—Se me ocurren varias cosas para combatir el aburrimiento. Todo depende de lo abierta que estés tú a liarte con un gitano guapo.

—¿Quieres que te recuerde el motivo por el que estoy encerrada?

—Podríamos liarnos, pero sin pistolitas...

Lucía cabecea divertida, dándolo por imposible. Seguramente Jotadé sea la única persona a la que le permite bromear con lo que sucedió durante su etapa como policía.

—Aparte de que jamás se me ocurriría liarme con mi mejor y único amigo, tampoco podría inmiscuirme en tu historia de amor con Lola.

—Eso se ha vuelto a complicar de la hostia —suspira fastidiado—. Esa gitana tiene orgullo para regalar y no quiere saber nada de mí después de que le parase los pies.

—Lo que todavía no entiendo es por qué la rechazaste, si está claro que sigues enamorado de ella.

—Si mi vida antes ya era jodida, ahora es un infierno. Prefiero mantenerlos a ella y a Joel alejados de toda esa mierda.

Lucía le aprieta la mano, comprensiva.

—¿Cómo llevas tu nueva vida lejos de la comisaría?

—Bien. Ya sabes que a mí me gusta el peligro.

—Ten cuidado, ¿vale?

Jotadé asiente.

—¿Y tú qué tal por aquí? ¿Ya le has arreglado la avería a la chiquita esa?

—Lo de Andrea no es algo que se arregle así como así... —responde negando con la cabeza—. Hace un par de semanas conocí a su padre.

—¿Y?

—Un tío con pasta al que todo esto le ha venido demasiado grande. No sé, pero hay algo en ese asunto que me resulta muy extraño.

—Leí el expediente antes de mandártelo y lo vi muy claro: a la niña se le cruzaron los cables mientras discutía con su madre, cogió un cuchillo que tenía a mano y la lio parda.

—Lo sé, pero algo más gordo que un simple castigo tuvo que pasar para que reaccionase así una niña que nunca antes había utilizado la violencia, Jotadé. Y, después de aquello, solo ha vuelto a ocurrir una vez más. Al poco de llegar yo aquí, le dio una paliza tremenda a una compañera.

—¿Qué le había hecho?

—No ha querido decírmelo. Y a la otra la han trasladado.

—Pues lo mismo ahí está la clave de todo.

—Ahí ¿dónde?

—Si alguien solo ha perdido los papeles así dos veces, es que le han sabido buscar las cosquillas. Es como cuando al de *Regreso al futuro* lo llamaban gallina, que se volvía loco. ¿Por qué fue exactamente lo de la madre?

—Porque no la dejó ir a una fiesta donde estaba el chico que le gustaba.

—O sea, por un tío. Lo mismo la compañera le levantó al novio y la tal Andrea esas cosas no las traga...

Lucía observa a tres chicos que fuman un porro en la parte trasera del gimnasio. A pesar de sentirse descubiertos, siguen a lo suyo, ignorándola aun cuando ven que se acerca a ellos.

—Tú eres Jaime, ¿no?

El líder, un chico de diecisiete años, guapo, con media melena estratégicamente despeinada y unos llamativos ojos verdes que descubre al quitarse las gafas de sol, la mira de arriba abajo con suficiencia.

—Y tú eres la comecocos, ¿no? Cada vez venís mejor equipadas.

—Me llamo Lucía. ¿Podemos hablar a solas?

—Yo a solas contigo haría de todo menos hablar...

Sus dos amigos se ríen. Lucía le aguanta la mirada y él se da cuenta de que no es alguien que se vaya a dejar intimidar por sus bravuconerías.

—¿No habéis oído? —les dice a sus amigos—. Lucía quiere hablar conmigo a solas, así que largo.

Los dos chicos se marchan obedientes. Jaime espera a que se hayan alejado lo suficiente para volver a mirarla.

—¿Qué quieres?

—Me he enterado de que te llevas bien con Andrea.

—Hemos follado un par de veces, si es lo que preguntas. Pero de ahí a llevarme bien, tampoco. No me cae mal, pero es demasiado pija para mí.

—Supongo que oíste que tuvo una pelea con otra interna llamada Isabel Cuesta.

—Yo no lo consideraría pelea. Más bien le dio una somanta.

—¿También follabas con ella, Jaime? ¿Ese fue el motivo?

—Si crees que le dio de hostias por mí, estás un poquito perdida. A mí Isabel no me ponía, pero, aunque así hubiera sido, a Andrea le habría dado igual. Ella va bastante a su bola.

—¿Por qué le pegó entonces?

—No tengo ni idea, pero sería por movidas de fuera.

—¿Cómo que por movidas de fuera?

—Isabel y Andrea se conocían de cuando estaban fuera. Por lo visto hasta montaban juntas a caballo.

A Lucía le desconcierta esa información.

—¿Sabes por qué estaba aquí Isabel?

—¿Cómo se llaman estos muebles de metal que los abres y hay mogollón de carpetas dentro?

—¿Archivadores?

—Pues te vas a la cueva de la directora, abres el archivador y lo miras.

Jaime le da una calada al porro, le echa el humo en la cara y se marcha. Lucía se queda pensativa. Cuando levanta la vista hacia el edificio, ve a Andrea mirándola inexpresiva desde la ventana de su habitación.

54

—¿Hablas en serio?

El principal rival de Hilario en el tráfico de drogas de la capital, Jacinto Valverde, mira al patriarca de los Garza sorprendido. Ahora entiende que haya pedido reunirse con él en privado, sin la presencia de ninguno de sus respectivos lugartenientes, que aguardan nerviosos en el exterior del restaurante donde Valverde cierra sus negocios, dispuestos a intervenir si surgiera algún problema.

—Solo es algo que se me ha pasado por la cabeza.

—Retirarte como si fueses un simple funcionario, ¿he entendido bien?

—No es una decisión definitiva, pero no niego que me lo he planteado. Ya estoy cansado de esta vida y quiero pasar mis últimos años tranquilo, sin tener que vigilar mis espaldas de gente como nosotros y de la Policía... ¿Qué opinas?

—Que tienes unos cojones más grandes que los del caballo de Espartero —responde entre carcajadas.

Hilario no varía su gesto. Cuando a Jacinto se le pasa el ataque de risa, vuelve a mirarlo con seriedad.

—¿Tú sabes lo que harían los Silva o los Guillén si se enterasen de esto, Hilario? Seguramente te destriparían a ti y a los tuyos y os tirarían desde el mismo puente desde el que tirasteis vosotros al futbolista y al otro.

—Por eso no lo he hablado con ellos, sino contigo.

—¿Qué es exactamente lo que quieres de mí?

—Saber si estarías interesado en hacerte con mi parte del negocio.

—Si lo quisiera, lo tomaría.

—Si no lo has hecho ya es porque no puedes, no nos engañemos. Pero yo ahora te brindo una posibilidad, te tiendo la mano para hacer las cosas bien.

—¿Quieres decir que cerrarías todos los puntos de venta, las partidas, los burdeles... y te llevarías a todos tus hombres?

—No, quiero decir que tú pasarías a ser el dueño de todo eso. Durante algunas semanas tendríamos que escenificar un cambio de poder, incluso fingir una pequeña guerra para que no haya suspicacias, pero después podrías quedarte con todo. Incluso con algunos de mis hombres.

—¿Y tú y tu familia?

—Nunca volverás a vernos.

Jacinto se revuelve en su silla; quedarse con la parte del negocio de Hilario Garza lo convertiría en el capo más importante de Madrid, en alguien inmensamente poderoso. Y no puede negar que perder de vista a ese hombre y, sobre todo, a su hijo Tony sería una estupenda noticia para todos. Intenta contener la excitación que le produce pensar en esa posibilidad.

—¿A qué precio?

—No será barato.

—Dilo de una vez. No me creo que no hayas estado calculándolo en una de esas largas noches de insomnio.

—Quince millones de euros, parte en dinero, parte en acciones y otra parte en un banco extranjero.

—Te has vuelto loco.

—Es una ganga, y lo sabes. Piénsatelo y volvemos a hablar en unos días.

Hilario le tiende la mano. Jacinto Valverde duda, pero termina estrechándosela. Mientras lo hace, Garza le mira a los ojos con frialdad y aprieta con fuerza.

—Si no quieres que la guerra sea verdadera, confío en tu discreción con respecto a esta oferta.

Jacinto se sacude de su agarre e Hilario, tras despedirse con un gesto de cabeza, abandona el reservado del restaurante.

De vuelta a casa, Garza mira pensativo por la ventanilla del coche cuando algo en el exterior llama su atención.

—Para.

—¿Aquí? —pregunta su lugarteniente desconcertado.

—Para, hostia. Tengo que hacer algo.

—Aparco y le acompaño, jefe.

—No. Después me cojo un taxi. Para de una maldita vez.

El lugarteniente no tiene otra que obedecer y detiene el coche. Hilario se baja, perdona la vida con la mirada a los conductores que protestan tocando el claxon, y se dirige hacia un local comercial.

—Buenos días... —dice una chica joven esbozando una limpia sonrisa—. ¿En qué puedo ayudarle?

—Quería informarme sobre un viaje.

—¿A qué destino?

—No lo he pensado. Es para ir con mi esposa.

—Entonces ha venido al sitio adecuado. Solo necesito que me diga su presupuesto y si buscan un destino con playa, con oferta cultural, algo rodeado de naturaleza...

—No se preocupe por el presupuesto. En cuanto a lo otro..., si tuviese de todo un poco, sería perfecto.

—¿Qué le parece la Riviera Maya? —Le tiende un folleto—. Tienen playa privada en cualquiera de los resorts de lujo con los que trabajamos, excursiones a ruinas mayas y estarán rodeados por una selva tropical...

Hilario hojea el folleto con interés. A pesar de su edad y de su altísimo poder adquisitivo, es la primera vez en su vida que planea unas vacaciones.

55

Toda la familia Cortés rodea la tumba de Rafael, fallecido por una sobredosis hace ya tanto tiempo que Jotadé tiene que fijarse en la foto que preside la ceremonia para acordarse de su hermano mayor. Aún le vienen a la memoria sus últimos días, cuando lo tuvo que sacar en brazos de un narcopiso y solo pesaba cincuenta kilos; nada que ver con la imagen que su madre decidió poner en la lápida, en la que aparece sano y rollizo, aunque con aura de perdedor. Los hombres y los niños aguardan en segunda fila mientras las mujeres —entre las que se encuentra Lola, que ni siquiera cruza una mirada con su ex— lloran frente a la tumba como si se hubiera muerto solo hace unos días. El cura recita palabras de amor, de duelo y de resurrección que todos toman al pie de la letra, y los convoca en casa de Paco y de Flora para una comilona a base de los platos preferidos del muerto, entre ellos rabo de toro estofado y potaje de garbanzos.

Mientras los asistentes inundan la tumba de Rafael con flores, Jotadé le pide a su hermana Lorena que lleve a Joel a la casa familiar, que él tiene algo que hacer antes de reunirse con los demás. Cuando todos se han marchado, coge uno de los ramos.

—Espero que no te importe, hermano.

Recorre el cementerio hasta detenerse delante de una tumba que alguien se ocupa de adecentar cada pocos días. Incrustada en la lápida está la foto de Óscar Jimeno vestido de policía el mismo día que se licenció.

—Esto es de parte de Lucía —dice depositando las flores sobre la tumba—. Que sepas que te recuerda cada día y que lo que más le jode de cumplir condena es no poder venir a verte.

Jotadé se santigua y se marcha. Cuando sale del cementerio y se va a subir en el Cadillac, ve que hay un coche que le resulta muy familiar aparcado en la acera de enfrente. Contrae el gesto y va hacia allí. Abre la puerta del copiloto y entra.

—¿Qué haces aquí, Vero?

—Te he llamado, pero no me lo coges.

—He estado ocupado.

—Eso es lo que me preocupa, Jotadé.

Él la mira, tratando de adivinar la intención de sus palabras. Aunque la oficial Arganza aún es joven y le falta calle, es una de las mejores policías que ha conocido. En algunos aspectos, le recuerda a Indira Ramos.

—¿Necesitas algo de mí?

—Solo quería saber si estás bien.

—Estoy cojonudo, ¿no me ves? Hasta creo que he engordado de tanto comer los pucheros de mi madre.

—Me han dicho que ahora vendes tangas en el mercadillo.

—¿Quién te lo ha dicho?

—Yo también tengo mis fuentes...

—No se me caen los anillos, aunque no te creas que es el trabajo de mi vida.

—¿Y cuál lo es, Jotadé? Porque está visto que ser policía, tampoco.

Él vuelve a mirarla, en esta ocasión con seriedad.

—¿Qué es lo que quieres, Vero?

—Comprobar que no estás haciendo ninguna tontería.

—Hacer tonterías es mi estado natural. ¿Te refieres a algo en concreto?

—Chips de ordenador...

—No sé de qué me hablas —contesta sin variar el gesto.

—Yo creo que sí. Solo conozco a un gitano capaz de romperle los dientes a un compinche para evitar que ejecute a un rehén y que encima lo llame «mierdaseca».

Jotadé comprende que no tiene sentido seguir disimulando.

—No sabes dónde te estás metiendo.

—Explícamelo tú. ¿Qué narices haces robando camiones por ahí?

—¿Qué tiene de extraño? Ya robé unos cuantos billetes de un almacén. Tú misma fuiste testigo. Robar y rascar, todo es empezar.

—No me lo creo, Jotadé. Tú no eres así.

—No tienes ni puta idea de cómo soy yo —replica con dureza—. Hemos currado juntos en un par de casos y nos hemos llevado bien, pero no me conoces de nada. Pertenecemos a dos mundos totalmente distintos.

—¿Vas a empezar otra vez con los de los gitanos y los payos?

—¿A qué coño crees que podría dedicarse alguien como yo después de ser expulsado de la policía, eh? ¿De verdad piensas que podría ganarme la vida vendiendo tangas y calzoncillos?

—Es más fácil robar camiones, ¿no? ¿Qué será lo siguiente, matar a alguien por encargo?

—Llegado el caso, espero que seas tú quien me detenga.

—No estoy de coña, joder. —Eleva la voz realmente afectada—. Tú tienes mucha más cabeza que todo eso, Jotadé. Debes salir de ahí ahora que estás a tiempo. Déjame ayudarte de alguna manera.

—¿Quién más sabe lo del atraco?

—Solo Lucas y yo, y podremos guardarte el secreto siempre y cuando nos prometas que lo dejarás.

—La única forma de ayudarme es que vuelvas a tu vida y reces para que nuestros caminos no se crucen.

—Yo no doy la espalda a los amigos.

—No te conviene meterte en este mundo, Verónica. Tú eres buena chica y buena policía. Aléjate de mí.

Jotadé sale del coche, se enciende un cigarrillo y se sube en el Cadillac. Al pasar conduciendo junto al coche de Verónica le dedica una mirada que pretende ser intimidatoria, pero ella no está dispuesta a dejarse amedrentar tan fácilmente, ni como policía, ni como amiga.

56

Lucía trabaja con un ordenador portátil mientras Andrea hace los deberes, sentada frente a ella en una de las mesas de estudio de la biblioteca. La chica le dedica miradas furtivas, como si le quemase algo por dentro. En varias ocasiones está a punto de abrir la boca, pero se arrepiente. Después de unos instantes de lucha interior, al fin se decide.

—Es un poco joven para ti, ¿no crees?

—¿A quién te refieres?

—A Jaime. Os vi hablando detrás del gimnasio.

—No estaba ligando con él, si es lo que insinúas.

—¿Entonces?

Lucía la observa y, al ver que es importante para ella, cierra el ordenador.

—La verdad es que fui a preguntarle sobre ti. Según me comentaron, hasta hace poco se os veía pasar el rato juntos.

—Tú lo has dicho: solo pasábamos el rato. Ni es mi amigo ni mi novio, aunque reconozco que está bueno.

—Es un chico guapo, eso no hay quien lo discuta. Pero también de los que causan problemas. Te lo dice mi instinto de... —se interrumpe antes de meter la pata y decir «policía».

—¿Instinto de...?

—De mujer adulta que ya se ha encontrado con todo tipo de hombres a lo largo de su vida. Y algunos muy raritos, te lo aseguro.

—A quien deberían prevenirle es a él, que no es más que un simple camello de barrio. Aquí la asesina soy yo.

A Lucía le resulta sorprendente que hable con tanta ligereza de la muerte de su madre. Recuerda las palabras de su padre diciéndole que Andrea no siente ningún remordimiento por lo que hizo y empieza a considerar esa posibilidad, pero enseguida le mira los brazos cubiertos de cicatrices y vuelve a tener la certeza de que hay algo más, que su actitud solo es una coraza. Ella se da cuenta y se baja las mangas del jersey.

—¿Qué le preguntaste a Jaime?

—Quería saber qué opina de ti, para que me ayudase a conocerte un poquito mejor.

—¿Y qué opina?

—Un chico como ese jamás se abriría ante alguien como yo —contesta Lucía evasiva.

—Puedes decírmelo. Creo que lo soportaré.

—Me dijo literalmente que no le caes mal y que follas bien, pero que eres demasiado pija para él.

—Gracias a Dios —responde sin poder ocultar del todo que le ha escocido—. Supongo que un macarra como ese considerará pijo a todo el que no diga «bro» en cada frase y que sepa tomarse la sopa sin sorber.

—También hablamos de Isabel, la chica a la que diste la paliza...

Ahora sí, a Andrea le muda el semblante. Lucía percibe con total claridad que no le ha hecho puñetera gracia que meta las narices en ese asunto.

—¿Qué pasó para que la tomaras así con ella?

—Nada.

—No me lo creo, Andrea. Por lo poco que te conozco, apostaría a que tuvo que hacerte algo muy grave para que reaccionases de esa manera.

—No me gusta que me toquen las narices y estaba avisada de lo que podría pasarle, pero se ve que no me tomó en serio.

—¿Con qué te tocó las narices? ¿Con algo de tu pasado? Ya me he enterado de que fuera erais amigas.

—Esa zorra no era mi amiga. Solo éramos vecinas.

—¿Lo del otro día fue por algún chico?

Andrea sabe que no dejará de insistir si no le da una explicación medianamente convincente y decide que confirmar ese punto es su mejor opción.

—Eso es. Intentó meterse en lo mío con Jaime, ¿contenta?

—Jaime me dijo que no sentía ningún tipo de atracción hacia ella —responde con incredulidad—. ¿De verdad fue por eso?

—Ya te he respondido. —Se levanta, muy molesta—. Si pretendes que nos llevemos bien, deja de cuestionar todo lo que digo.

Recoge sus apuntes y se marcha, muy enfadada. Su reacción confirma a Lucía que, como opina Jotadé, en Isabel puede estar la clave de todo.

Lucía sale de la biblioteca y, cuando sube por las escaleras, se cruza con una chica que baja corriendo, aterrorizada.

—¿Qué pasa?

Pero ella no contesta y se aleja a toda prisa. Al llegar al piso superior, ve un reguero de sangre que va desde las habitaciones hasta uno de los baños comunes. Abre la puerta con cautela.

—¿Hola?

El reguero de sangre se pierde en el interior de una de las cabinas, la única con la puerta cerrada.

—¿Hay alguien ahí?

Al pegar la oreja a la puerta, Lucía escucha un llanto amortiguado en el interior y se alarma. Va a abrir, pero está cerrada por dentro.

—¡Abre la puerta!

Lucía forcejea. Al ver que no lo consigue, retrocede.

—¡Sepárate! ¡Voy a abrir!

Le basta una patada para que la puerta se abra de par en par. En el interior, acurrucada junto al váter, está Isabel, la chica a quien Andrea dio la paliza. Tiene las manos atadas a la espalda y un esparadrapo en la boca manchado de sangre.

—Dios mío... —dice Lucía asustada—. ¿Quién te ha hecho esto? Ha sido Andrea, ¿verdad?

Isabel asiente.

—Tranquila, ya te suelto.

Al quitarle el esparadrapo de la boca, descubre con horror que a la chica le han arrancado la lengua.

Lucía se despierta sobresaltada en la biblioteca. Tras la marcha de Andrea, se había quedado traspuesta.

—Mierda...

El sueño le ha dejado mal cuerpo, pero tiene la sensación de que se trata de mucho más que una simple pesadilla. Lo toma como una especie de señal. Todavía está intentando entender qué significa cuando entra Javier.

—Por fin te encuentro, Lucía. Estaba pensando en acercarme al pueblo a tomar algo. ¿Va a ser hoy el día que por fin aceptes mi invitación?

—Te lo agradezco, pero tengo el estómago un poco revuelto y quería meterme pronto en la cama. Quizá otro día.

—Vaya por Dios. Si necesitas algo, le he pedido permiso a Marisa para quedarme unos días aquí. Me están arreglando el baño y tengo el apartamento manga por hombro.

—Esas cosas son un fastidio, sí... Oye, tú conocías a Isabel Cuesta, ¿verdad?

—Claro. La tuve de alumna desde principio de curso hasta que se marchó después de la pelea con Andrea.

—¿Sabes a qué centro la han trasladado?

—Creo que del hospital la mandaron directamente a su casa, ¿por qué?

—Por nada. Solo quería saber si se había recuperado. Perdona.

Lucía sale de la biblioteca ante la decepcionada mirada de su compañero.

57

Según la familia de Matías, los únicos enemigos que tenía el agricultor hallado muerto en su sembrado eran el patriarca de los Montero y el alcalde. Pero uno ya lleva más de un mes muerto y el otro tiene una coartada muy sólida refrendada por su familia y sus trabajadores. Además, a Iván no le dio la impresión de que fuese culpable, y su intuición no le suele fallar. Eso sin contar con que el laboratorio ha enviado un informe no coincidente sobre las escopetas de caza que le fueron confiscadas.

—Lo mismo ese pobre hombre tenía deudas de juego o de drogas... —dice la abuela Carmen cuando Iván y ella regresan del entierro.

—Matías no tenía pinta de ser adicto a nada más que al carajillo, Carmen. Y en cuanto al juego... podría ser, pero ya he preguntado por ahí y a nadie le consta que le gustase apostarse los cuartos. Y esas cosas se suelen saber.

—¿Entonces quién lo ha matado?

—No tengo ni idea.

Iván acude a hablar con los números de la Guardia Civil que se ocupan oficialmente del caso, pero están tan perdidos como él. Lo único que le pueden confirmar es que en el examen toxicológico no se ha encontrado nada que llame la atención. Como siempre que está en una encrucijada parecida, piensa en lo que haría Indira en su lugar, y está seguro de que ella retomaría la investigación desde el principio, olvidándose de ideas preconcebidas.

A pesar de que no le sobraba el dinero —Matías pagaba religiosamente el crédito que solicitó para comprar el tractor junto al que se encontró su cadáver—, en sus cuentas no había movimientos extraños que hicieran pensar en deudas de juego o de cualquier otro tipo. En cuanto al principal sospechoso, Jesús Montero, no tenía motivos para asesinar a sangre fría a su vecino de toda la vida, puesto que los quebraderos de cabeza de Matías venían por una expropiación de parte de su finca que él consideraba que le perjudicaba frente al resto, pero con quien tenía problemas era con el anterior alcalde, y no con él.

De pronto, Iván siente ese picorcillo que siempre le ha indicado que está en el camino correcto y se centra en don Manuel, pero se choca contra un muro al comprobar que el hombre no tenía familia cercana con deseos de vengarse por su suicidio. De hecho, como ya le anticipó la abuela Carmen, solo consta un hermano que vive en el extranjero y que todavía no ha tomado posesión de la herencia.

Decide volver a acercarse a la propiedad y, tras comprobar que nadie lo ve, salta la valla del jardín. Retira las cintas policiales y entra en el chalé. Está exactamente igual a como lo encontró el día que descubrió el cadáver de don Manuel, con la excepción de la riada de pisadas que dejaron los investigadores y el equipo del forense, que van desde el sótano hasta la entrada principal.

Repasa las diferentes estancias sin ver nada que llame la atención y sube al primer piso. Hay un despacho que la Guardia Civil ya ha puesto patas arriba, una habitación en la que don Manuel tenía montado un pequeño gimnasio, con una bici estática, una cinta de andar y un banco de pesas a estrenar, y un aseo en el pasillo que conduce a la habitación principal. Igual que el piso de abajo, está decorada con muebles clásicos, pero, al contrario que en el resto de la casa, allí no hay ninguna foto del alcalde y su esposa, muerta varios años antes que él. La cama de matrimonio tiene un dosel de madera y hay un aparador a un lado. Abre cajones y armarios, pero únicamente encuentra ropa perfectamente colocada.

Solo cuando abre el primer cajón de una de las mesillas de noche descubre algo que llama su atención.

—Vaya, vaya, señor alcalde... ¿Quién lo iba a decir?

En cuanto abre el segundo de los cajones, tiene la certeza de quién ha matado a Matías.

58

Cuando, después del día entero celebrando el aniversario de la muerte de Rafael con su familia, Jotadé aparca el Cadillac y se dirige hacia el portal de su casa, un coche se detiene frente a él. Al volante va Tony Garza. Omar se baja del asiento del copiloto y mantiene la puerta abierta.

—Sube.

Jotadé desconfía, y más cuando ve que el argelino se sube en el asiento trasero y que, justo detrás de donde tiene que sentarse él, está Juárez, el sicario mexicano. Le pone los pelos de punta ver que lleva la misma gorra del Real Madrid con que se cubría uno de los que destriparon al empresario y al exfutbolista desde el puente de la M-30.

—¿A qué esperas? —lo apremia Tony—. Sube al coche.

Jotadé obedece con la sensación de que, como ha visto en infinidad de series y películas, lo van a asfixiar por detrás en cualquier momento, colocándole una bolsa en la cabeza o ahogándolo con un cable.

—¿Adónde vamos?

—¿Te gusta el póquer? —pregunta Tony a su vez.

—Prefiero el cinquillo.

—En el cinquillo no suele haber en juego una frutería en el mejor mercado de Madrid.

La partida esta noche se lleva a cabo en una casa de campo a las afueras de la capital. Nadie con dos dedos de frente se metería en un lugar así a jugarse su dinero, pero está visto que Jiménez, el frutero preferido por la mujer de Hilario Garza, tiene aún menos cabeza que suerte. Una de sus orejas muestra las consecuencias tras la visita de Tony, Mauro y Juárez, que se llevaron su furgoneta y un trozo de cartílago.

Durante las dos primeras horas, la partida —en la que, aparte del frutero y de tres hombres más, participa Tony— discurre con normalidad, pero Jotadé enseguida percibe el juego sucio destinado a arrebatarle a ese pobre hombre todo lo que tiene; una chica guapa con más pecho fuera que dentro de la blusa se ocupa personalmente de que nunca le falte bebida, y, por lo que cree ver una de las veces que va al baño, es bebida adulterada con algún tipo de droga. Jiménez, al principio prudente, pronto se deja llevar por el veneno del juego y apuesta muy por encima de sus posibilidades. Jotadé ve que Juárez sale a fumar un cigarro y va tras él.

—¿Tienes un pitillo?

El mexicano le ofrece un cigarrillo y Jotadé lo coge y lo enciende.

—¿Llevas mucho trabajando para los Garza?

—Lo suficiente.

—¿Tú y yo vamos a sacar algo de esto? —pregunta señalando con la cabeza hacia el interior de la casa.

—Con el Tony se gana padrísimo, güey.

—Yo me juego demasiado y necesito algo más que calderilla, Juárez, no sé si me entiendes.

—No, no te entiendo. —Le clava la mirada—. ¿Qué onda?

—Que lo del otro día del camión estuvo bien, pero yo quiero más. Todavía no he visto un duro del negocio principal, y sé que ahí es donde se maneja.

—Qué sabrás tú...

—Sé que, si os arriesgasteis a destripar a dos tíos desde un puente, es porque la deuda era tocha. ¿Cuánto debían? ¿Un cuarto de kilo entre los dos, medio millón...?

Jotadé nota que Juárez está mordiéndose la lengua para no hablar más de la cuenta, pero, antes de que pueda seguir presionándolo, sale Tony a buscarlos con cara de mala leche y el teléfono en la mano.

—¿Vosotros dos qué cojones hacéis aquí?

—Nada más hemos salido a fumar, Tony —se disculpa Juárez.

—No os pago para que fuméis. Tú —dice deteniendo a Jotadé cuando iba a entrar detrás del mexicano—, ¿sigues teniendo contactos en la policía?

—Sigo conociendo gente —responde él con cautela—, pero supongo que no soy la persona a la que más aprecio tienen ahora mismo, ¿por qué?

—Ya puedes ponerles la mejor sonrisa —ordena mientras le tiende las llaves del coche en el que han llegado— e ir a sacar a mi hermana del calabozo de Arturo Soria. La muy desquiciada se ha pillado un pedo de la hostia y ha destrozado un garito.

Jotadé tiene que esforzarse al máximo para encontrar a un excompañero que le eche un cable. Lo más sencillo hubiera sido llamar a Verónica Arganza o a Lucas Melero, pero se le caería la cara de vergüenza de tener que pedir un favor en nombre de la familia Garza, así que recurre de mala gana a alguien de su antigua comisaría, de antes de que Indira Ramos lo sacase de allí para incorporarlo a su equipo.

Observa a Paula de reojo mientras la lleva de vuelta a casa. A pesar de su aspecto desastrado, sigue pareciéndole una preciosidad. Ya se le ha pasado la borrachera y se la ve avergonzada, como si ella, por muy Garza que sea, no estuviera acostumbrada a meterse en líos de ese tipo. Después de un rato de silencio, mira a Jotadé.

—Así que tú eres el gitano del que todos hablan, ¿no?

—Gitano soy, pero no sabía que todos hablaban de mí.

—Salvaste a mi hermano Marcos en la cárcel, después escuché que habías evitado que disparasen a Tony y ahora me salvas a mí...

—A ti solo te he evitado pasar la noche en el calabozo, pero te habrían soltado igual a primera hora... ¿Qué ha pasado?

—Nada... —responde evasiva.

—¿Nada? —pregunta incrédulo—. Según el atestado has causado desperfectos por valor de veinte mil euros.

—Así el cerdo del dueño se lo pensará mejor antes de intentar meterme mano.

—Recuérdame que yo no lo intente...

A Paula le hace gracia y vuelve a mirarlo, esta vez con más interés. Por su expresión, no le disgusta lo que ve.

—Nunca me he follado a un gitano.

—No sé si follamos diferente que los payos.

—Eso es fácil de comprobar. ¿Tienes piso o eres de los que viven en una chabola?

A Jotadé le martillean la cabeza muchos motivos por los que no debería acostarse con esa paya: en primer lugar, sería terriblemente estúpido liarse con la hija de Hilario y hermana de Tony Garza; por otra parte, él sigue enamorado de Lola, y, cuanto más lo detesta ella, más pillado está él; y, por tercero y último, lleva una semana sin cambiar las sábanas de su cama. Si finalmente se decide a lanzarse a esa locura es porque ha pensado en el cuerpo de Paula desde que la vio con ese minúsculo bikini rojo en la piscina de la casa familiar y porque tiene suficiente dinero para permitirse una habitación con sábanas limpias en un buen hotel.

A pesar de que el cuerpo desnudo de Paula es aún mejor de lo que Jotadé se imaginaba y la habitación de hotel ofrece todas las comodidades —incluida una botella de champán para dar la bienvenida a los amantes—, el encuentro es un desastre. Quizá sea porque él ha notado en la chica una tristeza soterrada, como si, por muy estúpido que parezca, ella estuviera allí por obligación y no por ganas. O simplemente es porque Jotadé siente que traiciona a Lola aunque ella no quiera saber nada de él, pero el caso es que da un gatillazo en toda regla.

—Parece que a tu hermanito pequeño no le gusto —dice ella resignada.

—No sé qué pasa —responde él abochornado—. Si te juro por mis muertos que te tengo más ganas que a un puchero de mi vieja.

—Hablando de pucheros..., ¿has cenado?

—Qué va. Lo mismo es eso, que con el estómago vacío no rindo.

—Lo mismo, sí —dice ella condescendiente—. Ya que la habitación está pagada, ¿qué tal si pedimos algo al servicio de habitaciones y vemos una peli?

Los dos, en el fondo, necesitaban algo así, y pasan una de las noches más divertidas de las últimas semanas cenando comida japonesa y viendo una película de terror sobre una monja en el Vaticano.

—Me cago en sus muertos pisoteaos... —dice Jotadé tapándose los ojos con las manos para regocijo de Paula—. Pero ¿cómo se le ocurre a esa paya desgraciada bajar sola al sótano, por los cielos benditos?

59

Lucía vigila desde la ventana de su habitación la entrada exterior del centro. Cuando ve que la directora se marcha, sale con gesto de determinación, baja por las escaleras y entra en su despacho. Enciende el ordenador y busca algo apresurada. Cuando lo encuentra, al cabo de unos minutos, lo apunta en un papel y se lo guarda en el bolsillo. Después abandona el despacho procurando no toparse con nadie y se dirige a la sala de profesores. Dentro solo está Javier, corrigiendo exámenes.

—Hola, Javier. Perdona que te moleste.

—Tú nunca molestas, Lucía —responde él complaciente—. ¿Cómo estás?

—Un poquito mejor. He bajado a prepararme una manzanilla y me vuelvo a la cama. ¿Te preparo una, un café...?

—No, gracias. Odio la manzanilla, y un café a estas horas no me dejaría pegar ojo hasta las cinco de la mañana.

Lucía se fija en la chaqueta de Javier, que está colgada en un perchero. Coge la manzanilla y va a sentarse a su lado.

—¿Va para largo lo de la obra de tu casa?

—En teoría la han terminado hoy, pero, como han cambiado las bajantes del baño, huele todo que tira de espaldas.

—Ya me imagino. —Fuerza una mueca de repulsa. Después prueba la manzanilla y se quema—. Uf... Esto está hirviendo.

—¿Quieres que te traiga un par de hielos de la cocina?

—Ya voy yo, no te molestes.

—No es ninguna molestia. Enseguida vuelvo.

En cuanto se queda sola, se levanta a toda prisa y va hacia el perchero. Rebusca en los bolsillos de la chaqueta hasta que encuentra unas llaves. Se las guarda y vuelve a su sitio justo cuando regresa su compañero con un vaso con hielo.

—Aquí tienes.

—Eres un encanto, Javier.

—Si necesitas algo más de mí, estaré en la habitación del ático.

—Lo tendré en cuenta, muchísimas gracias. —Se pone en pie—. Te dejo con tus exámenes. Buenas noches.

—Buenas noches, Lucía.

Ella le sonríe con inocencia y sale, pero, en lugar de subir a su habitación, se encamina sin hacer ruido hacia el exterior. Deja la manzanilla en la entrada, se oculta entre las sombras del jardín procurando que no la descubran los dos vigilantes —que fuman un cigarro y charlan aburridos frente a la entrada principal—, y se dirige a la parte trasera. Atraviesa el bosque de pinos y llega a la valla exterior. Cuando comprueba que nadie la ve, la trepa y salta a la calle. Camina apresurada hacia el aparcamiento y saca las llaves del coche de Javier, que le acaba de robar de la chaqueta. Aprieta el botón de apertura sin apuntar a ninguno en concreto y se abre un Volkswagen Golf negro. En cuanto se sube en él, siente cómo se le dispara la adrenalina: hace más de tres años que no pisa la calle sin estar esposada, y menos aún al volante de un coche. Arranca, saca el papel en el que apuntó la dirección en el despacho de la directora y, tras introducirla en el navegador, se pone en marcha.

Conduciendo por la M-40, Lucía se siente libre. Por un momento, al pasar bajo el cartel del desvío a Badajoz, se le cruza por la cabeza olvidarse de todo, poner rumbo a la frontera con Portugal y desaparecer para siempre, pero, cuando el navegador le indica que tiene que tomar la siguiente salida, obedece.

Después de varias rotondas, llega a la entrada de una urbanización de chalés. Se preocupa al ver que hay una garita con un guardia en su interior, pero este se limita a saludarla con un gesto y levanta la barrera. Callejea entre viviendas de lujo hasta que localiza la calle y el número que busca. Respira aliviada al ver, a través de una ventana del primer piso, que Isabel Cuesta está en casa. Ahora solo tiene que pensar cómo llegar hasta ella.

Cuando se baja del coche y se dispone a llamar al telefonillo, se topa con un adolescente que vuelve de pasear a su
perro.

—Perdona... ¿Tú conoces a la chica que vive aquí? Se
llama Isabel.

—Eso depende de quién lo pregunte.

—Alguien que te va a dar cincuenta euros si le dices que
salga un momento —contesta mostrándole un billete.

—Ser cómplice de un secuestro por cincuenta pavos no
sería demasiado inteligente por mi parte —responde él desconfiado.

—No le voy a hacer nada, te lo prometo. Soy asistente
social del centro donde estaba internada y solo quiero hablar
con ella.

—¿Y por qué no la llamas tú por teléfono?

—¿Quieres los cincuenta euros o no?

El chico duda, pero, al ver que esa mujer no tiene mala
pinta, termina aceptando. Cuando va a coger el billete, Lucía
lo retira.

—Primero llámala. Y no le digas que la estoy buscando.
Invéntate cualquier excusa para que salga.

El chico saca su móvil, se retira unos metros y marca. Después de unos segundos de conversación, regresa con Lucía.

—Ahora viene.

—¿Qué le has dicho?

—Que la invitaba a un porro. A eso Isa nunca dice que no.

Lucía le da el billete y, al poco, Isabel Cuesta sale también acompañada de su perro, algo más grande que el de su
amigo. Los dos animales se saludan mientras la chica la mira
con recelo.

—Hola, Isabel. No sé si te acuerdas de mí. Soy Lucía, del
centro.

—¿A qué viene esto? —le pregunta al chico.

—Perdona por el pegote, tía, pero me ha pagado cincuenta pavos por llamarte. Ya te invitaré a algo.

—Solo necesito hacerte un par de preguntas, Isabel —interviene Lucía.

—¿Preguntas sobre qué?

Lucía mira al chico, diciéndole sin palabras que allí sobra.

—Lárgate, Luisito —dice Isabel—. Ya hablaremos tú y yo.

Él se encoge de hombros y se marcha con su perro. A solas, la chica mira con censura a Lucía.

—Tienes lo que tarde en cagar Bronco.

—Vengo a preguntarte por Andrea.

—No tengo nada que hablar sobre esa chiflada.

—Solo necesito saber qué le hiciste en el centro para que reaccionase de una forma tan violenta.

—Pregúntaselo a ella.

—Ya lo he hecho y no quiere decírmelo. Soy su terapeuta y es muy importante para mí saber qué pasó exactamente. Antes erais amigas, ¿no?

—De eso hace siglos. Vivía ahí, en el chalé de la esquina.

Lucía mira hacia el extremo de la calle, donde está la casa más lujosa de toda la urbanización.

—Todavía recuerdo aquella noche —continúa la chica—. Esto se llenó de policías y de periodistas. Su viejo intentó vender la casa, pero nadie la quiso comprar y ahí siguen.

—¿Por qué perdió así los papeles contigo, Isabel? —Lucía centra la conversación—. Solo necesito saber eso y me largo.

—Porque le dije lo que sabemos todos los que la conocemos.

—¿El qué?

Isabel mira hacia los lados antes de hablar, vigilando que nadie la escuche, dispuesta a contárselo...

60

La idea era sorprender a Manel en la oficina uno de esos días que sale el último y hacerse con una documentación que Paula sabe que guarda en su ordenador para chantajearlo con ella. Todo el dinero que saquen se lo quedará Álex; ella se conforma con enviar a los socios de su todavía novio las pruebas del desfalco que hizo en la última promoción y acabar con su carrera como él ha terminado con sus ilusiones.

Pero el plan se tuerce desde el principio.

Para empezar, a Paula se le olvidó contarle al exboxeador que su novio tiene más huevos de los que se le suponen a un simple arquitecto y, nada más ver entrar a los asaltantes, en lugar de tirarse al suelo con sumisión como le ordenan a gritos, golpea a uno de ellos y se atrinchera en el baño. Por suerte para los atracadores, su móvil ha quedado sobre la mesa y no se puede comunicar con el exterior. Y tampoco se puede escapar por la ventana, ya que está capada y da a un patio interior a seis pisos de altura.

—¿Qué hacemos? —le pregunta a Álex uno de los chicos que entrenan con él en el gimnasio.

—Yo qué mierdas sé...

—¿Y si nos llevamos directamente su portátil? Hemos venido para eso, ¿no?

—Necesitamos las claves para acceder a los archivos.

El otro aspirante a boxeador se lía a patadas con la puerta del baño mientras grita que abra, pero Álex lo detiene.

—¿Qué haces, idiota? ¿Quieres que se entere todo el edificio?

Álex se acerca a la puerta.

—¡Tú, ¿me oyes?!

—¿Qué queréis? —pregunta Manel desde el interior—. Aquí no tenemos dinero.

—Escúchame bien, porque solo te lo voy a decir una vez y, de momento, no tengo intención de hacerte daño. Únicamente quiero que respondas a unas preguntas, pero necesito mirarte a la cara.

—¡Pregúntame lo que quieras, pero no pienso salir!

—Si no lo haces, las grabaciones montándotelo con tu profesora de yoga y con su amiguita en un hotel llegarán a tu novia, a tus socios y a toda tu familia, empezando por tus padres. ¿Crees que los buenos de Rodolfo y Pepa se van a sentir orgullosos de ver el vicio que tiene su hijo?

Tras unos segundos de silencio, el cerrojo se descorre y la puerta se abre.

—Te vas a enterar, hijo de puta. —El que recibió el puñetazo se lanza a por él, pero Álex lo detiene de nuevo.

—¡Estate quieto, joder! Le he prometido que no le haríamos daño.

—¿Qué queréis de mí? —pregunta Manel algo más tranquilo.

—Lo primero, que vayamos a tu despacho.

Álex les hace una seña a sus esbirros y estos conducen al arquitecto a su despacho agarrándolo por los brazos. Sobre la mesa, junto al teléfono de Manel, está su portátil.

—Quiero que enciendas tu ordenador y abras los archivos de la promoción de chalés que hiciste el año pasado en Majadahonda.

—No sé de qué promoción hablas.

Ante otra seña de Álex, el que había recibido el golpe por fin puede devolvérselo. El fuerte puñetazo le rompe el labio y lo lanza contra la pared, que queda salpicada con minúsculas gotas de sangre.

—Te prometí que no te haríamos daño..., siempre y cuando no nos hagas perder el tiempo. Hablo de la promoción de la que te llevaste una mordida con la que te compraste ese apartamento tan cojonudo en Altea.

Manel lo mira aturdido, sin comprender cómo podría estar enterado de algo así cuando puede contar con los dedos de una mano las personas que lo saben, y en todas ellas confía plenamente.

—Me estás empezando a inflar los cojones, chico. ¡Dame las claves para acceder a los documentos!

—Si hago eso, estoy jodido.

—No es tan grave como te imaginas. Para recuperarlos y que tus socios no se enteren de lo chorizo que eres, tendrás que aflojar un poquito el bolsillo. Pero piensa que solo es pasta.

Manel vuelve a dudar, entre la espada y la pared.

—No volveré a pedírtelo tan educadamente. O lo haces por las buenas o te lo sacamos por las malas. Y, para ti, no será divertido.

Manel los mira y comprende que tarde o temprano cederá, así que decide hacerlo mientras aún está de una pieza. Abre el ordenador y pone las manos sobre el teclado, pero, ante un descuido de los asaltantes, sale corriendo del despacho con el ordenador bajo el brazo.

—¡Será cabrón! —dice Álex furioso—. ¡Cogedlo!

Los dos chicos corren tras Manel, que recorre el pasillo y se dispone a encerrarse en el despacho del fondo. Pero, antes de que pueda cerrar la puerta, una patada la abre de par en par.

—Te vas a cagar...

Manel intenta volver a golpearlo, pero el boxeador ya está prevenido y consigue esquivarlo para devolverle dos puñetazos —uno al hígado y otro a la mandíbula— que le hacen caer de espaldas contra el cristal de la ventana. Este se rompe en mil pedazos y Manel no logra mantener el equilibrio. Álex llega justo a tiempo para ver cómo se precipita al vacío.

Los tres se asoman y ven el cuerpo del arquitecto tirado en la acera, ya sin vida, mientras un charco de sangre los envuelve a él y a su ordenador portátil.

—Me cago en la hostia —resopla Álex—. Paula nos va a matar...

61

Lola abre la puerta de casa secándose las manos con un trapo de cocina. Le cambia el semblante cuando ve a Jotadé esperando en el descansillo.

—¿Qué quieres? —pregunta con sequedad.

—Invitaros a cenar a Joel y a ti, sin malos rollos. Deberíamos intentar llevar una relación amistosa, por el bien del chaval. ¿Qué me dices, gitana? ¿Vamos al chino de aquí abajo como en los viejos tiempos?

Lola lo mira de arriba abajo, dubitativa. Parece que se ablanda y se vuelve hacia el interior.

—¡Joel, sal!

Jotadé sonríe esperanzado. Enseguida llega el chico con un mando de la PlayStation en la mano.

—¿Qué pasa?

—Que te vas a cenar con tu padre.

Lola le arrebata a su hijo el mando de la consola, lo empuja hacia el exterior y les da a ambos con la puerta en las narices.

—¿Qué le has hecho ahora? —pregunta el chico desconcertado.

—Es largo de explicar —responde Jotadé—. ¿Te apetece cenar en el chino?

—Mi colega Rosauro me ha contado que, todas las noches, ve desde la ventana de su cuarto a los cocineros chinos cazando ratas en el callejón.

—Tu abuelo dice que de niño, en la posguerra, comió un huevo de ratas, palomas y gatos y que no estaban tan mal.

—Pues que le aproveche. ¿Una pizza?

—Mejor...

Mientras cenan en la pizzería del barrio, cuyo propietario es marroquí y suele hacer experimentos mezclando ambas cocinas con resultados cuando menos sorprendentes, Joel mira a su padre con curiosidad.

—¿Qué?

—Ya me han contado los primos que la liaste parda en el mercadillo. ¿Es verdad que vas a trabajar ahí?

—Iré de vez en cuando a echar una mano a tu tía y a tus abuelos, pero vender tangas no es lo mío.

—Ser madero tampoco, por lo que se ve.

Jotadé baja la mirada, avergonzado.

—¿A qué te vas a dedicar a partir de ahora, papa?

—De momento, cobraré el paro, que llevo un taco de años cotizando para esto. Después, ya veré. Pero tú no te preocupes por nada... —Cambia de tema—: ¿Cómo has arrancado en el insti?

—Más o menos. En esta primera evaluación puedo aprobarlo todo o catearlo todo, es un misterio.

—Lo que va a ser un misterio es que sobrevivas a la hostia que te doy como traigas todo cates, Joel... ¿Y de titis?

—Hay una que me mola..., pero es paya.

—No lo digas como si fuera algo malo.

—No, si a mí me la pela. Pero, aparte de paya, es pija. ¿Tú te imaginas la cara que pondrían sus viejos si se presenta en casa con un gitano?

—El día que vayas a conocerlos, déjate los oros en el cajón.

Ambos se parten de la risa. Después de cenar, Jotadé acompaña a su hijo a casa y se despide de él pidiéndole que cuide a su madre, especialmente estos días tan complicados tras el abandono de Pablo. Luego camina hacia su coche. Al pasar por el callejón que hay junto al restaurante chino, alumbra con la linterna de su móvil y ve una rata que se esconde detrás de los cubos de basura.

—Ahí va el pollo agridulce...

Se sube en el Cadillac y arranca. El sonido del motor es reconfortante, una de las pocas cosas que le producen satisfacción últimamente. Conduce por el barrio saludando a los vecinos con los que se cruza y se incorpora a la autopista. Cuando coge el desvío hacia su casa, escucha un ruido a su espalda, en el interior del coche. Se va a dar la vuelta para mirar, pero siente el cañón de una pistola en la mejilla.

—No te vuelvas. —Jotadé mira por el retrovisor y ve a un hombre con un pasamontañas—. Para en la cuneta y no hagas tonterías si no quieres que tus sesos decoren esta horterada de coche.

Jotadé obedece y detiene el coche.

—¿Qué quieres?

—Joderte.

El encapuchado saca una táser y le da una descarga en el cuello que hace que Jotadé pierda el conocimiento.

Al despertar, se encuentra atado a una silla en mitad de un sótano. Intenta centrarse y ve el ascua de un cigarrillo en las sombras, de entre las que sale el mismo hombre que lo atacó en el Cadillac, todavía encapuchado.

—Bienvenido al mundo de los vivos..., aunque seguramente sea por poco tiempo.

—¿Vas a tener cojones de matarme, Mauro?

—Así que me has reconocido...

—¿Cómo no hacerlo? Se te ha quedado voz de soplapollas con los dientes de saldo que te habrás puesto.

Mauro se quita el pasamontañas, va hacia él y le sonríe.

—Enseguida se te van a acabar las ganas de hacer chistes, tranquilo.

—La Virgen, qué piños. Si pareces el de Queen.

Mauro lo golpea con todas sus fuerzas, furioso. Jotadé cae hacia un lado con la silla y su rostro choca contra el suelo.

—Reconozco que tienes huevos, gitano de mierda, pero esta vez te has equivocado de enemigo.

Mauro lo vuelve a levantar y Jotadé le escupe un salivazo de sangre en la cara.

—Como veo que estás tan impaciente —se limpia la sangre de la mejilla—, empecemos...

Mauro sale del sótano. Cuando se queda solo, Jotadé intenta liberarse, pero le resulta imposible. Su secuestrador

243

regresa a los pocos minutos con una bolsa de deporte que pone frente a él.

—¿Qué es eso?

—Unos juguetitos muy divertidos.

Mauro abre la bolsa y Jotadé traga saliva al descubrir que en el interior hay diversos instrumentos de tortura.

—Esto lo compré en El Rastro por una pasta hace unos años. Supongo que sería mentira, pero el vendedor me aseguró que había pertenecido a un nazi que lo utilizó en un campo de concentración.

Saca unas tenazas y las pasea por delante de su cara.

—Si no tienes nada que objetar, empezamos por las uñas, seguimos con los dientes y terminamos con los ojos... Mi especialidad.

—Aparta eso.

—Siempre he oído que esto es de lo que más duele, pero yo creo que hay cosas peores. A ver qué opinas tú.

Por más que Jotadé intenta resistirse revolviéndose y cerrando el puño, Mauro lo machaca a golpes y consigue introducirle las tenazas debajo de una uña. Jotadé aúlla de dolor cuando se la arranca de cuajo.

62

Después de pasar la noche con dos estudiantes de Derecho dispuestas a hacer cualquier cosa por unos gramos de cocaína, Tony sale de la habitación de su picadero en calzoncillos, va a la cocina y abre la nevera. Está bebiendo a morro de una botella de agua cuando se da un susto de muerte.

—¡Me cago en la hostia!

Hilario mira a su hijo desde la butaca en la que lleva sentado varias horas, con gesto neutro.

—Espero que sean mayores de edad, Tony.

—¿Qué pasa, papá?, ¿qué haces aquí?

—Tenemos que hablar. Haz que se larguen y vístete.

Tony echa a las dos estudiantes de malas maneras, se pone unos vaqueros y la misma camiseta que llevaba la noche anterior, y regresa al salón.

—Estás casado y tienes tres hijos —dice Hilario—. A uno de ellos lo bautizamos hace nada. ¿No deberías estar en tu casa?

—Tienes un hijo drogadicto y una hija que se avergüenza tanto de su familia que utiliza otro apellido y no quiere presentarnos a su novio —responde mientras se enciende un pitillo—, pero a ti lo único que te preocupa es que yo me corra una juerga de vez en cuando.

—Córrete las juergas que quieras, pero vuelve a dormir a tu casa, con tu mujer.

—No voy a discutir contigo sobre cómo llevo mi matrimonio, papá. No creo que hayas venido para eso.

—Siéntate, por favor.

El tono que utiliza Hilario no le da a Tony buena espina. Aunque su voz suena tan autoritaria como siempre, no es habitual que pida las cosas por favor. Se sienta frente a su padre y lo mira interrogante.

—Vamos a vender el negocio.

—¿A qué negocio te refieres?

—No te será difícil imaginarlo. Los Garza no volveremos a tener nada que ver con drogas, juego o cualquier otro asunto ilegal.

—¿Y de qué vamos a vivir?

—De los negocios limpios que lleva tu hermana Paula y de lo que está dispuesto a pagarnos Jacinto Valverde si desaparecemos del mapa.

—¿Pretendes que nos rindamos ante ese viejo y su banda de maricones?

—He sido yo quien se lo ha propuesto, Tony.

—¿Por qué?

—Porque ya hemos sacado lo suficiente. Lo más inteligente es coger el dinero y largarnos mientras todavía estamos a tiempo.

Tony aprieta los dientes, muy molesto por que su padre haya tomado esa decisión sin contar con él.

—¿Cuánto se supone que va a pagar?

—Eso es cosa mía. A ti y a tus hermanos os corresponderán dos millones a cada uno. Suficiente para empezar una nueva vida.

Tony se pone en pie y pasea por el piso, rumiando su descontento. Hilario se levanta con él y trata de calmarlo.

—Ya sé que no te parece demasiado, pero...

—¡Claro que no me parece demasiado, joder! —lo interrumpe furioso—. ¡Es una puta miseria, papá! ¡Dos millones es lo que podemos sacar en solo un mes si hacemos las cosas bien!

—Tenemos a la policía pisándonos los talones desde que te creíste un narco colombiano destripando gente y ahorcándola desde un puente, Tony.

—Llevo años jugándome la vida en la calle para que se respete a esta familia y no voy a permitir que tú ahora lo regales todo.

—¿No vas a permitir, dices?

Hilario se enfrenta a su hijo. Este, por primera vez en su vida, le sostiene la mirada, sin amilanarse.

—Escúchame, porque solo te lo voy a decir una vez. En esta familia el que manda soy yo, todo lo que hay lo he construido yo y seré yo quien decida si vendérselo a Jacinto o a quien a mí me salga de los huevos, ¿te ha quedado claro?

—¿Por qué me haces esto, papá?

—Lo único que hago es salvarte la vida. Llevas camino del cementerio o de la cárcel, en el mejor de los casos.

—Sigo tu mismo camino, ni más ni menos.

—Yo no tuve ninguna oportunidad, Tony, pero tú sí. Puedes mantenerte limpio y llevar una vida sin complicaciones. Aunque ahora no te lo parezca, lo que nosotros hacemos termina pasando factura.

—¿Quieres que me ponga una americana todos los días y trabaje para mi hermanita? —pregunta con sarcasmo.

—No estaría mal. Ella ha demostrado tener bastante más seso que tú.

Tony lo reta con la mirada, aguantando la humillación.

—La decisión está tomada —zanja Hilario.

Se vuelve para recoger su chaqueta de la butaca en la que estaba sentado cuando siente algo en la espalda que le agarrota todo el cuerpo, como una sacudida. Se toca los riñones y su mano se llena de sangre. Mira confuso a su hijo y ve que agarra con fuerza una navaja.

—¿Qué has hecho, Tony?

—Perdóname, papá.

Se acerca a él y lo acuchilla en el estómago repetidamente mientras lo sujeta por la nuca. Hilario siente más desconcierto que dolor. Desde que tenía quince años y se pasó al lado oscuro, se ha preguntado cómo moriría; estaba seguro de que no sería por muerte natural, pero jamás se le había pasado por la cabeza que su hijo podría asesinarlo. Renuncia a luchar y cae de rodillas. Mira a Tony por última vez a los ojos y, después de dedicarle una sonrisa triste, se desploma.

IV

63

Jotadé siempre ha soportado bien el dolor. Aún recuerda cuando, de niño, en el barrio le empezaron a llamar el Paquirri porque había robado una bici y en la huida un coche se lo llevó por delante. Acabó con la tibia rota, pero no perdió la sangre fría en ningún momento: «El hueso está tronchado... —dijo en el mismo tono con que el torero indicó en la enfermería de Pozoblanco la trayectoria de la cornada que finalmente lo llevaría a la tumba—, que nadie me mueva hasta que lleguen los payos en la ambulancia, a ver si me voy a quedar como el Cojo Manteca».

Pero con cada uña que ahora le arranca Mauro siente que se le va la vida, hasta que, con la tercera de la misma mano, pierde el conocimiento. Lo primero que ve al despertar es la cara sonriente de su torturador.

—Pensaba arrancarte las diez uñas seguidas, pero, si te vas a quedar frito con cada una, esto se nos va a hacer eterno. —Saca unas tenazas algo más grandes—. ¿Qué tal si empiezo ya por los piños?

—Que te follen...

Los gritos retumban en los pasillos de la fábrica abandonada. La mitad de las estancias están derruidas, y los pasillos, llenos de trastos viejos que le impiden avanzar todo lo deprisa que le gustaría. De pronto se hace el silencio y teme haber llegado demasiado tarde, pero una nueva oleada de gritos asciende desde el sótano. Tarda unos minutos muy valiosos en encontrar la escalera y, al pisar un escalón, parte del cemento se desprende y cae sobre otros restos que se desmoronaron antes.

El silencio vuelve a inundar el ambiente y sabe que, ahora sí, se le agota el tiempo. Corre escaleras abajo y desemboca en un pasillo con varias puertas en los laterales. Alumbra con su linterna, pero, por los objetos que hay acumulados frente a ellas, todas llevan cerradas mucho tiempo. Al girarse, descubre otra puertezuela con mucho mejor aspecto. Avanza hacia ella con cautela y tira del picaporte. La puerta cede y da paso a una escalerilla de pared muy oxidada que parece conducir al infierno. Baja con la linterna en una mano y la pistola en la otra. Cualquier tropiezo se convertiría en un verdadero problema. Al pisar de nuevo suelo firme, alumbra con su linterna y encuentra otra entrada. Enfoca hacia sus pies y ve unas marcas que indican que alguien ha pasado por ahí hace bien poco. Duda unos instantes, pero se arma de valor y avanza sigilosamente. Abre la puerta y descubre un sótano oscuro y abandonado en el que no parece haber nada más que un bulto en el centro de la estancia. Al enfocar con su linterna, ve la silla a la que Jotadé está esposado. No da señales de vida.

—¡Jotadé!

Corre hacia él y advierte con horror que está sobre un charco de sangre.

—¡Dios mío, Jotadé! ¡Despierta!

Le da unas palmadas en la cara y Jotadé va recuperando poco a poco la consciencia. Al centrar la mirada sonríe, mostrando el hueco del diente que le han arrancado.

—Vero...

De repente, una sombra se cierne sobre la policía.

—¡Cuidado!

La oficial Verónica Arganza se gira lo suficiente para evitar que la barra de hierro le abra en dos la cabeza, pero el golpe en el hombro le hace caer y perder la pistola.

—¡Policía! ¡Tire inmediatamente la barra!

—¿O qué? —pregunta Mauro disfrutando de su superioridad.

Cuando se dispone a rematarla, Jotadé lo embiste atado a la silla y ambos ruedan por el suelo.

—¡Te vas a cagar, hijo de puta! —dice Mauro incorporándose.

Recupera la barra y le va a golpear con ella, pero Vero ha logrado coger la pistola y vacía el cargador sobre él. Con cada balazo que alcanza su objetivo, Mauro va retrocediendo hasta que su cuerpo sin vida se estampa contra la pared.

—Joder, prima... —dice Jotadé impresionado—, te has quedado a gusto.

Verónica asimila lo que acaba de hacer y se incorpora con esfuerzo.

—¿Estás bien?

—Mejor que ese, seguro —asiente él—. Mira a ver si tiene las llaves de las esposas en el bolsillo.

La oficial Arganza va hacia el cuerpo sin vida de Mauro y le registra los bolsillos. Cuando encuentra la llave, libera a Jotadé, que se apresura a recuperar el diente de un charco de sangre.

—El hijoputa me ha dejado tullido. ¿Se me nota mucho? —pregunta mostrando el hueco.

—Mientras no sonrías...

Guarda el diente con delicadeza y, tras cubrirse con un pañuelo la mano a la que ahora le faltan tres uñas, mira a su excompañera con curiosidad.

—¿Cómo me has encontrado?

—Llevo unos días siguiéndote en mis ratos libres, desde que me trataste como un capullo en el cementerio.

—No fue nada personal.

—Esta noche, cuando has terminado de cenar con tu hijo, decidí volver a casa, pero, cuando vi que te detenías en el arcén de la carretera y que, al volver a arrancar, salías derrapando como un poseso, pensé que algo no iba bien. Intenté seguirte, pero perdí el Cadillac al entrar en un polígono industrial. Después de un buen rato dando vueltas, lo encontré aparcado.

—¿Este mierdaseca me lo ha rayado?

—Como comprenderás, no me he parado a comprobarlo... —Mira el cuerpo sin vida del secuestrador—. ¿Quién era y qué le has hecho para cabrearlo tanto?

—Mauro, uno de los hombres de la banda de Hilario Garza. Estaba mosqueado porque le rompí los piños de un culatazo.

—¿Este era el que iba a ejecutar al camionero?

—Él mismo.

Vero saca el móvil. Jotadé la detiene.

—¿A quién vas a llamar?

—A los compañeros.

—No puedes hacer eso.

—¿Cómo que no? Acabo de disparar a un hombre. Tienen que venir la Científica y el juez a levantar el cadáver.

—Para empezar, no le has disparado, lo has acribillado. Conozco bien a los de Asuntos Internos y te van a buscar las cosquillas durante meses. Por otra parte, si los Garza se enteran de que Mauro ha muerto por mi culpa, yo seré el siguiente. Lárgate por donde has venido y deja que yo me ocupe de esto.

—Ni de coña, Jotadé. Recuerda que yo sigo siendo policía.

—Escúchame bien, Vero. Sé que eres una buena poli y que estas cosas te tocan los ovarios, pero, si denuncias lo que ha pasado aquí, no volveremos a estar tranquilos en la vida; ni tú, ni yo, ni tu novia Laia, ni Lola, ni Joel. Ya has visto lo que hizo esta gente con los dos del puente. ¿Quieres que lo repitan? Porque no se van a cortar un pelo. Están locos.

—¿Propones que deje de hacer mi trabajo por miedo a los malos?

—Lo que propongo es que no nos compliquemos la vida más de lo que ya la tenemos. Vete y olvídate de lo que ha pasado. Es lo mejor.

Al ver que Vero duda, Jotadé la presiona.

—¿Sabe alguien que estás aquí?

—No... —responde ella a regañadientes.

—Pues ve al hospital a que te curen la herida del hombro que te has hecho montando en bici, y yo te conseguiré un cargador nuevo para que no tengas líos en la próxima revisión.

—Eso no es tan sencillo, Jotadé. Y menos para ti, que ya estás fuera de la poli.

—Todavía tengo mis contactos. Ahora márchate y déjame hacer. Queda poco para que amanezca y de esto es mejor ocuparse de noche.

—¿No hemos aprendido nada de lo que le pasó a Lucía? ¿Cuántas veces ha dicho que, si pudiese volver atrás, habría hecho las cosas bien?

—Esto es hacer las cosas bien, créeme. Si lo denuncias, ya puedes buscar un local para montar una agencia de detectives, porque es lo más cerca de volver a ser poli que vas a estar. Márchate, Vero.

Ella finalmente cede y se va, con un profundo sentimiento de culpa. Una vez que se queda solo, Jotadé va dolorido hacia la bolsa de tortura y, tras rebuscar dentro de ella, encuentra una sierra.

—Ni pintado...

64

Julia, la secretaria del fallecido alcalde de Villafranca de los Barros, aguarda nerviosa en la sala de interrogatorios de la comandancia de la Guardia Civil. En el exterior, Iván la observa a través de un espejo de dos caras junto a la joven pareja de agentes encargados de la investigación del asesinato de Matías Villena. Le ha llevado bastante tiempo convencerse de que sus sospechas son ciertas, pero ya no tiene ninguna duda. Cuando ven llegar a un teniente y a un sargento, los dos agentes jóvenes se cuadran.

—A sus órdenes, mi teniente.

—Descansen... —El teniente mira a la mujer—. ¿Es ella?

—Sí, mi teniente. Se llama Julia Prieto, secretaria de Manuel Quintana, el alcalde de Villafranca de los Barros que se suicidó hace dos meses. Creemos que está detrás de la muerte del agricultor Matías Villena.

—¿Estamos seguros? —pregunta cargado de dudas.

Los dos jóvenes miran de reojo a Iván, sin tenerlas todas consigo.

—Yo estoy bastante seguro, la verdad —responde Iván.

—¿Quién es usted? —le pregunta el sargento.

—Iván Moreno, inspector del Cuerpo Nacional de Policía. —Y añade con retranca—: Los buenos.

Tanto el sargento como el teniente le perdonan la vida con la mirada.

—De un tiempo a esta parte, no paro de escuchar hablar de usted, inspector Moreno —comenta el teniente.

—Espero que bien.

—Hay de todo. Confío en que no se equivoque con esa mujer. Parece una simple señora de pueblo.

—No subestime a las señoras de pueblo, teniente. Tendría que ver a mi suegra. Si da usted su permiso, me gustaría ser yo quien hable con ella.

—Déjenos esto a nosotros —replica el sargento.

—Si estamos aquí ahora es por mí.

—Le agradecemos su colaboración, pero...

—Déjelo estar, sargento —lo interrumpe el teniente—. Soy consciente de que esto es del todo irregular, pero ardo en deseos por ver lo que sabe hacer, inspector Moreno. Adelante.

Iván se lo agradece con un gesto, coge una bolsa de pruebas que hay sobre la mesa ante la mirada de descrédito del sargento y entra decidido en la sala de interrogatorios. Al verlo, a Julia se le ilumina la cara, aliviada.

—Gracias a Dios, Iván. Vino a buscarme la Guardia Civil y me sacaron de casa como si fuese una vulgar delincuente. ¿Tú sabes qué está pasando?

—Antes de nada, ¿necesitas algo, Julia? —pregunta con amabilidad—. Un café, un vaso de agua, lo que sea.

—Estoy bien. Dime qué hago aquí, por favor.

—La cosa no pinta bien, no te voy a engañar —responde con gravedad a la vez que se sienta frente a ella.

—¿Tiene que ver con el suicidio de don Manuel?

—Indirectamente, sí. Pero estás aquí por la muerte de Matías. Sabemos que has sido tú.

—¿Qué barbaridad estás diciendo, Iván? —se escandaliza ella.

—Descubrí lo que había entre don Manuel y tú.

—Te equivocas —aguanta.

—No, no me equivoco. Me bastó con echarle un vistazo a su mesilla de noche. Dentro encontré esto. —Iván saca de dentro de la bolsa de pruebas uno de los llamativos pañuelos que ella suele utilizar—. Eres la única del entorno de don Manuel que lleva este tipo de pañuelos, Julia. Y, además, huele al perfume que utilizas.

Julia se desinfla al saberse descubierta.

—Reconozco que nos veíamos de vez en cuando, pero eso no prueba que yo matase a Matías.

—Verás, Julia —continúa condescendiente—. Esta mañana hemos hablado con tu exmarido y nos ha confirmado que tenía una escopeta idéntica a la que empleó el asesino de Matías. También nos confirmó que, tras el divorcio, se quedó en vuestra casa. En este momento, está yendo un equipo de la Científica para buscarla y analizarla, además de la ropa y los zapatos que utilizaste, que te aseguro que conservarán algún tipo de resto. Siempre lo conservan por muy bien que se limpien. Ojalá esté equivocado, pero mi experiencia me dice que no.

Julia desearía seguir negándolo todo, pero, como le acaba de decir Iván, no serviría de mucho.

—Nos íbamos a casar, Iván. Manuel y yo nos queríamos y pensábamos casarnos e irnos a vivir juntos a final de año.

—Lo siento...

—Ese maldito Matías lo humilló delante de todo el pueblo y él no pudo soportarlo. Intenté olvidarlo y seguir con mi vida, pero me hervía la sangre al saber que se iba a ir de rositas, y cuando vi la escopeta de mi exmarido en el garaje... —Suspira, vencida—. ¿Cómo iba a dejarlo estar cuando me ha destrozado la vida, Iván?

A Julia se le empañan los ojos y él le coge la mano, comprensivo.

—Te pondré en contacto con un buen abogado que sepa cómo enfocar este caso, ¿de acuerdo?

Julia asiente.

—Si me permites un consejo, no hables con nadie más hasta que tengas asistencia legal.

—Gracias...

Iván se levanta, le aprieta el hombro con cariño y sale de la sala de interrogatorios. En el exterior lo están esperando el teniente, el sargento y la joven pareja de guardias civiles. Todos lo miran con admiración, unos más disimulada que otros.

—Bien hecho, inspector Moreno... —dice el teniente—. Pero no sabía que el exmarido de la sospechosa hubiese confirmado lo del arma del crimen.

—Y no lo ha hecho, mi teniente —responde uno de los jóvenes agentes apurado—. Eso se lo ha sacado de la manga.

El teniente lo mira con censura, pero enseguida sonríe.

—Buena jugada. Me acabo de enterar de que será usted el próximo alcalde de Villafranca de los Barros.

—Todo el mundo lo da por hecho, pero no es más que una posibilidad.

—Será un buen político, estoy convencido: miente usted de maravilla. Pero es una lástima que se pierda un policía de su calibre.

El teniente se despide y, tras dar las pertinentes órdenes a sus hombres, se marcha acompañado del sargento. A Iván, lejos de enorgullecerle, sus palabras le han provocado un nudo en el estómago...

65

Lucía sigue asimilando lo que Isabel le contó acerca de su incidente con Andrea. En su pasado como policía, siempre ha tenido facilidad para interpretar indicios y construir un relato verosímil. Sin embargo, en esta ocasión está totalmente en fuera de juego.

Observa a Andrea durante la hora de estudio, en la que —salvo la propia Lucía— nadie estudia. Mientras a su alrededor los chicos dormitan, discuten o simplemente miran absortos por la ventana, la chica dibuja muy concentrada en su cuaderno. Cuando suena el timbre y todos se marchan en estampida, ella se acerca a Lucía.

—Lo he hecho para ti. Eres un auténtico desastre como mujer, pero yo consigo ver todo tu potencial.

Lucía coge el papel que le tiende y se sorprende al ver que se trata de un esplendoroso vestido de noche dibujado con muchísimo estilo.

—Vaya... —dice impresionada—. Es precioso, Andrea. Tienes mucho talento.

—Una cosa es el papel y otra la realidad —le resta importancia—. Si decides llevárselo a una modista, ya me contarás cómo queda.

—Yo no tengo vida social para ponerme algo así. Quizá quieras guardarlo para cuando salgas de aquí.

—Si algún día salgo, no creo que me inviten a demasiadas fiestas. Quédatelo tú.

Lucía no insiste y, tras asentir a modo de agradecimiento, lo deja a un lado, sobre la mesa. Andrea permanece en el sitio, observándola.

—¿No tienes clase?

—¿Ya estoy curada? —pregunta Andrea a su vez—. Como ahora pasas de mí...

—No paso de ti. Es solo que últimamente he tenido mucho lío y no he podido ocuparme de tus sesiones. Pronto las retomaremos.

—¿Cuándo?

Lucía la observa y, por primera vez, nota en la chica algo de inseguridad. Decide echarle un órdago en toda regla.

—Llevo unos días pensando que esas sesiones son una pérdida de tiempo para las dos, Andrea. Si no confías en mí, jamás avanzaremos.

—Te he confesado que maté a mi madre —contesta disimulando su irritación—. ¿No consideras que eso sea confiar en ti?

—Me has dicho lo que yo ya sabía, algo que cualquiera podría averiguar consultando tu expediente. Si pretendo ayudarte, necesito más.

—¿Qué más?

—Que te abras y me hables de lo que de verdad sentías aquella noche, de cómo era tu día a día con tus padres y con tu hermano Miguel, de tu relación con tus amigas, de ese chico que te gustaba... En definitiva, necesito conocer a la verdadera Andrea, porque sé que lo que tengo delante es una farsa.

—No tienes ni idea de nada —responde cortante.

—Exacto, y ese es el problema. Ahora, si no te importa, tengo cosas que hacer.

Lucía regresa a sus apuntes. Andrea se siente ignorada y, presa de un ataque de rabia, se hace con el dibujo del vestido, lo rompe en pedazos y lo tira al suelo antes de salir. La expolicía se levanta con tranquilidad y recoge los papeles.

Cuando, al salir de la sala de estudio, coincide con Javier en la sala de profesores, nota que él la mira de una manera diferente. Por un momento, teme que haya descubierto su escapada de la otra noche, ya que, al regresar, no pudo aparcar en la plaza de donde sacó el Volkswagen Golf de su compañero, ocupada por otro vehículo. A él le extrañaría encontrar su coche a varias plazas de distancia de donde lo dejó el día anterior, pero seguramente lo achacase a su mala memoria. Y, aunque no fuera así, no tendría manera de relacionar a Lucía con aquello. O eso espera ella.

Decide sentarse a su lado calentándose las palmas de las manos con su té y esbozando la más inocente de sus sonrisas.

—Buenos días, Javier. ¿Qué tal la vuelta a casa?

—Bien...

Lo escueto de su respuesta le confirma a Lucía que pasa algo. Él se da cuenta de lo seco que ha estado y se esfuerza por arreglarlo.

—Perdóname, Lucía. La respuesta sincera a tu pregunta es que fatal.

—¿Y eso?

—Al final los malditos obreros no sellaron bien las bajantes y sigue oliendo toda la casa a mierda. Allí no hay Dios que pare.

—Vaya, lo siento mucho.

—Más lo siento yo... —La mira a los ojos—. ¿Y tú qué tal, Lucía? ¿Está cumpliendo tus expectativas la residencia?

—No es difícil acostumbrarse a vivir en un lugar como este.

—Depende de dónde vengas, claro.

Ahora sí, a Lucía se le encienden todas las alarmas. Lo escruta con la mirada, intentando averiguar si esto último lo ha dicho con segundas.

—¿De dónde vienes tú, a todo esto? —continúa Javier—. Nunca me has contado qué hacías antes.

Ella aún sigue observándolo unos segundos más y llega a la conclusión de que, o es un estupendo actor, o es simple curiosidad.

—Vengo derechita de un colegio mayor. Hice cuatro años de Derecho hasta que me di cuenta de que no era lo mío y, después de asistir a un curso como oyente en Ciencias Políticas, me centré en Psicología. No es muy diferente vivir con universitarios que con los residentes de aquí.

—Entonces eres medio abogada.

—Eso es.

—Quizá podrías echarle un vistazo al contrato que firmé con los de la constructora, a ver si tengo por dónde pillarlos.

—Te aconsejo que te busques un especialista, Javier. Si dejé la carrera cuando ya estaba a punto de terminarla fue precisamente porque se me daba fatal.

—Tiene sentido.

La mirada entre ellos se prolonga unas décimas de segundo más de lo necesario, lo que hace que Lucía mantenga la alerta. Javier recoge sus papeles.

—En fin —se pone en pie—, me voy, que hoy los chicos tienen examen. A ver cuántos se me rebelan esta vez.

—Suerte.

Javier agradece con una sonrisa y va a salir, pero se detiene en la puerta y vuelve a mirarla.

—Por cierto, ¿tú tienes coche?

—No —responde ella aguantando la respiración—, ¿por qué lo preguntas?

—Para advertirte de que tengas cuidado con las llaves. De los chavales que hay aquí no conviene fiarse demasiado. Y lo mismo te digo de las de tu habitación. No me extrañaría que llegases algún día y te hubiesen robado hasta las cortinas.

—Lo tendré en cuenta...

En cuanto se queda sola, Lucía respira, todavía con una extraña sensación en el cuerpo.

66

Los golpes en la puerta se integran en el sueño de Jotadé, en el que está tumbado sobre el asfalto y Tony Garza le machaca la cabeza con un martillo neumático. Se despierta sobresaltado y, por su lamentable aspecto, parecía sufrir menos hace unos instantes. Aún tarda unos segundos en darse cuenta de que los golpes que sigue escuchando provienen de esta dimensión.

—Ya va, joder.

Se apoya en la cama para incorporarse y siente que le clavan miles de agujas en los dedos desprovistos de uñas, envueltos precariamente en vendas e hinchados como morcillas.

—Me cago en sus muertos pisoteaos...

Coge un blíster de la mesilla de noche y se toma un par de pastillas con el culo de agua que queda en un vaso. No recuerda haber bebido alcohol la noche anterior, ni siquiera para insuflarse ánimos a la hora de descuartizar un cuerpo y enterrarlo en los alrededores de una caseta de aperos abandonada, pero tiene una resaca de campeonato. Más golpes a la puerta que retumban en su cabeza como mazazos.

—¡Que ya va, cojones!

Se pone una camiseta y va a abrir. En cuanto lo hace, entran en tromba Juárez, Ángel y Omar.

—¿Por qué no abrías, pendejo?

—Estaba durmiendo. ¿A qué vienen tantas prisas?

—¿Qué te ha pasado? —pregunta Omar fijándose en su aspecto.

—Algunos gitanos se toman muy mal que te líes con sus mujeres...

Los tres sonríen, pero enseguida recuperan la seriedad.

—Vístete, tienes que acompañarnos.

—¿Adónde?

—Tony nos espera en su casa.

Nada más entrar en la casa de los Garza, Jotadé se da cuenta de que está pasando algo grave. En la cocina, Paula y Marcos intentan consolar a su madre, presa de un ataque de nervios.

—Vayamos abajo —les dice Marcos a los recién llegados.

Jotadé no sabe bien cómo interpretar la expresión de Tony; camina de un lado a otro del garaje, tan alterado como todos a su alrededor, pero a ese nerviosismo se le suma algo parecido a la excitación.

—¿Qué pasa?

—¿Cuándo has visto a mi padre por última vez? —le pregunta Tony.

—No sé. No suelo alternar demasiado con él. Hace por lo menos una semana, ¿por qué?

—Porque ha desaparecido, Jotadé —contesta Marcos—. Nadie sabe nada de él desde ayer por la mañana.

—¿Tú no eras poli? —le inquiere Ángel—. Pues averigua dónde está.

—No necesito a la pasma para saber que esto es cosa de Jacinto Valverde —asegura Tony—. Ese perro sabe algo. Tenemos que ir a verlo. ¿Dónde está Mauro?

—Tampoco lo localizamos, Tony —responde Omar—. Y su teléfono está apagado desde anoche.

Tony masculla una maldición y se fija en Jotadé.

—¿Y a ti quién te ha puesto la cara como un mapa?

—Problemas en el barrio. Nada de lo que preocuparse.

—Mejor, porque os necesito a todos al cien por cien. Si, como sospecho, Valverde ha tenido algo que ver con la desaparición de mi padre, debemos prepararnos para la guerra.

A Jotadé se le ponen los pelos de punta. Una guerra declarada por alguien como Tony Garza tendría consecuencias imprevisibles.

—Levanta los brazos...

Jotadé obedece y uno de los sicarios de Jacinto Valverde le quita la pistola que lleva en la cintura y la deja sobre la mesa, donde ya están las que le han quitado a Tony y al resto de la banda, menos a Marcos, que se ha quedado en casa acompañando a su madre y a su hermana. Cuando todos están limpios, otro de los sicarios se pierde hacia el interior del local y enseguida sale Valverde.

—Tony Garza... Bienvenido a mi casa.

—Hola, Jacinto.

Ambos se saludan con corrección, pero sin ningún apego. Jacinto le señala una silla y se sientan a la mesa.

—¿A qué debo el placer, Tony?

—¿Dónde está mi padre? —pregunta directo.

—¿Cómo quieres que lo sepa? ¿Es que acaso ha desaparecido?

—Eso me temo...

Antes de contestar, Jacinto Valverde cruza la mirada con sus hombres, pero, por sus caras, parece que ninguno estaba enterado de eso. Jotadé no pierde detalle de sus reacciones, tan desconcertado como ellos.

—Con todos mis respetos hacia tu madre, Tony —responde Valverde tras unos instantes de silencio—, me consta que al bueno de Hilario le gustan las mujeres tanto como al resto de los que estamos aquí. Seguramente se haya encaprichado de alguna chavala y se le haya ido el santo al cielo.

—Mi padre no es de esos, lo sabes bien. Puede tener sus líos, pero siempre vuelve a casa para dormir con mi madre. Es una cuestión de respeto.

—¿Habéis preguntado en hospitales?

—¿De qué hablasteis el otro día, Jacinto? —centra la conversación.

—No sé a qué te refieres.

—Yo también manejo información y sé que vino a visitarte. Quiero saber el motivo.

266

A Valverde le repatea que ese niñato le hable así y Jotadé ve claramente que está a punto de ordenar a sus hombres —los únicos armados en aquel lugar— la matanza del clan rival. Pero el temor a que Hilario realmente se haya despistado y aparezca en cualquier momento le hace pensárselo mejor.

—Cuando aparezca, se lo preguntas a él.

—Te lo estoy preguntando a ti.

—Hijo —Jacinto le clava la mirada, amenazante—, comprendo que estés preocupado por tu padre y no voy a tener en cuenta tu insolencia. Pero te recomiendo que contengas esa lengua y te largues por donde has venido.

Tony lo mira con odio y se levanta.

—Si descubro que has tenido algo que ver con su desaparición, date por muerto.

Automáticamente, las armas de todos los hombres de Valverde apuntan a la cabeza de Tony.

—Aquí el que más posibilidades tiene de morir eres tú.

—¿Por qué no nos calmamos un poco, señores? —interviene Jotadé—. Me apuesto lo que sea a que tu padre ya está en casa con una buena explicación.

—Haz caso al gitano, chico —dice Valverde—. Me da que es el único con dos dedos de frente.

Tony le dedica una mirada de desprecio al jefe del clan rival y va a recuperar su arma, pero uno de los sicarios de Valverde se lo impide.

—Quítate de en medio, imbécil.

Jotadé aguanta la respiración hasta que Jacinto Valverde ordena a sus hombres con un gesto que los dejen marchar. Tony y los demás recogen sus armas y salen. Una vez a solas, Valverde golpea la mesa, furioso.

—¡Averiguad dónde cojones se ha metido Hilario Garza!

67

—¿Qué te ha pasado en el hombro?

La oficial Verónica Arganza camina renqueante hacia la puerta de un enorme edificio de oficinas, donde la espera el agente Lucas Melero. Lleva en cabestrillo el hombro en el que recibió el golpe de Mauro.

—Me caí de la bici...

—Menuda hostia tuvo que ser, porque tienes cara de entierro.

Solo el dolor en el hombro ya sería suficiente para pasar una noche terrible, pero lo que la tuvo en vela fue recordar cómo había vaciado su cargador sobre el cuerpo de un hombre. Desde el mismo momento en que salió de aquella fábrica abandonada se tortura pensando que no debió haberlo dejado en manos de Jotadé. Aunque lo llamó más de diez veces y solo consiguió una escueta respuesta por WhatsApp («Todo ok. Métete en el sobre y hablamos mañana»), confía plenamente en él. Además, no sabe cómo lo ha logrado, pero, tal y como le prometió, esta misma mañana ha ido un mensajero a su casa con un sobre para ella, y al abrirlo ha encontrado un cargador nuevecito para ocultar que su pistola había sido disparada.

—¿Por qué no te coges la baja? —insiste Lucas al verla tan abstraída.

—Estoy bien... Cuéntame qué hacemos aquí.

—Cubrirle el culo al Bertín, que el tío no aparece por un escenario ni aunque sea él el muerto. El muy jeta se ha inventado una reunión con no sé quién.

—Para empezar, deberías hablar con más respeto de tu superior, Lucas. Además, estamos más tranquilos sin él. ¿Me vas a decir de una vez qué ha pasado?

—Anoche se despanzurró un arquitecto desde su estudio de la sexta planta. Lo recogieron como una pasa de la acera, abrazado a su ordenador portátil.

—¿Suicidio?

—Lo dudo mucho, porque tuvo que atravesar una ventana para saltar y el despacho de al lado tiene terraza. Además, hay una grabación de tres tíos entrando en el edificio quince minutos antes y saliendo cinco después.

—¿Se les reconoce?

—Llevaban pasamontañas... —Niega con la cabeza.

Mientras el equipo de la Científica examina el despacho desde el que Manel Caballero se precipitó, Verónica y Lucas hablan con los socios del fallecido, que aseguran que se había quedado solo revisando unos proyectos cuando lo asesinaron y que no tenían conocimiento de que estuviese pasando por problemas económicos, familiares o sentimentales.

—¿Estaba casado?

—Qué va. Manel era un soltero empedernido.

—¿Nunca le han conocido pareja?

—Hace poco le escuché hablar por teléfono con una mujer que parecía más novia que ligue, pero, si le preguntabas, se cerraba en banda.

—¿Cuál era su despacho?

—El del fondo.

Verónica examina el despacho del arquitecto palmo a palmo. Se respira en cada rincón el buen gusto y el dinero, pero todo es aséptico; no hay nada que dé alguna pista sobre su vida privada.

—¿Qué se supone que buscamos? —pregunta Melero.

—Algo.

—¿Algo como qué?

—Algo como... esto.

Verónica le muestra unas salpicaduras de sangre casi imperceptibles en la pared, producto del puñetazo que le propinaron a Manel.

—Avisa a los de la Científica. Me parece que el asesinato empezó aquí.

Mientras el equipo de la Policía Científica recoge las nuevas pruebas, Verónica revisa los cajones del escritorio.

—¿Alguien ha podido examinar su portátil? Si cayó agarrado a él, será porque estaba protegiendo algo.

—Quedó hecho papilla y además tendrá una clave. Si conseguimos abrirlo, cosa que dudo, llevará su tiempo.

De pronto, la oficial encuentra una foto que le llama la atención.

—Mira esto...

—¿Qué pasa? —Melero se acerca a ella.

—Puede que sea la mujer misteriosa con la que salía el arquitecto.

Verónica le enseña la foto: se le ve a él acompañado de una guapísima mujer en una fiesta de una marca de ginebra. Lucas la examina con detenimiento.

—Me suena de algo —dice Verónica.

—Está buena...

—Haré como que no he escuchado eso, Lucas. Averigua quién es.

—¿Cómo?

—Búscate la vida, pero quiero saberlo antes de mañana.

Lucas maldice por lo bajo y sale del despacho con la foto mientras Verónica sigue revisando los cajones.

A Paula Garza le invade una sensación de pánico, tristeza y estupefacción cuando, después de recibir varias llamadas y mensajes diciéndole que tienen que hablar urgentemente en persona, va a ver a Álex al gimnasio y este le cuenta lo sucedido.

—Dime que estás de broma, por favor...

—Lo siento, Paula —responde él con cara de circunstancias—, pero la cosa se nos fue de las manos.

—¡Solo teníais que coger su ordenador, Álex!

—Y es lo que pretendíamos, pero el tío se resistió y...

—Y lo asesinasteis.

—No lo asesinamos. Uno de mis chicos le dio un puñetazo, chocó contra la ventana del despacho y se cayó.

Paula se sienta sobrepasada en el banco del vestuario donde la ha llevado Álex para hablar con privacidad. Aunque en los últimos días había empezado a odiar a Manel con toda su alma, seguía enamorada de él. Y ahora está muerto. Después de asimilar el primer impacto, decide que ya le llorará cuando corresponda, pero ahora lo importante es saber en qué situación ha quedado.

—¿Dejasteis alguna prueba que pueda llevar a la poli hasta nosotros?

—No... No lo creo.

—¡¿No o no lo crees?!

—Todo fue demasiado rápido y tuvimos que marcharnos corriendo, pero llevábamos guantes.

—¿Y las cámaras de seguridad del edificio?

—Entramos y salimos con la cara tapada.

A Paula le tranquilizan sus respuestas.

—¿Y tú? ¿Qué dirás cuando te pregunten?

—No creo que lo hagan. A todos los efectos, Manel seguía viviendo en su piso, y nunca conocí a su familia o sus amigos. Llevábamos una relación bastante discreta.

—¿Lo escondías tú a él o te escondía él a ti?

—Supongo que un poco cada uno, pero ahora nos beneficia. No volveremos a ponernos en contacto, al menos hasta que pase esto, ¿de acuerdo?

Álex asiente y Paula va a salir, pero, antes de que alcance la puerta, él la llama y ella se gira.

—¿Qué hay de cierto en lo que se dice de tu padre?

—¿Qué se dice?

—Que le apretó demasiado las tuercas a Jacinto Valverde y... —Se calla.

Paula se estremece ante esa posibilidad.

—Esperemos que no haya sido eso, por la cuenta que nos trae —dice antes de salir del vestuario.

68

Cada vez que Lucía tiene un rato libre, lo pasa en el bosquecillo de pinos que descubrió en la parte trasera de la residencia. Allí sola, durante un rato, consigue olvidarse de que en realidad no trabaja en ese lugar como psicóloga y cuidadora, sino que sigue cumpliendo condena como la asesina que es, aunque se haya relajado considerablemente la vigilancia sobre ella. Escucha un ruido a su espalda y, al volverse, se encuentra a Andrea mirándola con incomodidad. Para una chica como ella no resulta sencillo tragarse su orgullo.

—¿Qué es exactamente lo que quieres saber? —pregunta directa.

—Ya te lo he dicho, Andrea: para que una terapia funcione, debe haber confianza entre la paciente y la terapeuta.

—Pregunta lo que quieras —dice sentándose a su lado—, que ya veré yo si te contesto o no.

Lucía le concede esa pequeña rebeldía y la observa en silencio, consciente de que no puede cometer ningún error si no quiere perderla definitivamente.

—¿Ahora se te ha comido la lengua el gato? —la reta Andrea.

—Solo te daba la oportunidad de empezar por donde más te apeteciera.

—Cuando era más pequeña —comienza, titubeante—, me llevaba fenomenal con mi madre. Hacíamos muchísimas cosas juntas, incluso nos marchábamos el fin de semana las dos solas a hoteles con spa. Era el fin de semana de chicas.

—Suena genial.

—Por la mañana —continúa, ya sin poder ocultar la nostalgia que siente al recordar los buenos tiempos—, nos íbamos de compras y nos dábamos un masaje relajante. Después comíamos y, por la tarde, íbamos al cine o al teatro, depende de lo que hubiera. Y nos poníamos vestidos como el que dibujé el otro día para salir a cenar en los mejores restaurantes.

—¿Cuándo se estropeó?

—Al poco tiempo de nacer mi hermano Miguel, mi madre empezó a beber. Mi padre decía que era la depresión posparto, pero yo creo que simplemente se convirtió en una borracha.

—O sea, que en parte la culpa fue de tu hermano, ¿no?

Andrea la fusila con la mirada, muy molesta por el comentario.

—Mi hermano no tuvo la culpa de nacer. Solo fue una víctima más.

—Perdona, tienes razón. Y supongo que nunca llegó a disfrutar de tu madre como lo hiciste tú, ¿verdad?

—Quizá alguna vez, sobre todo cuando pasábamos las vacaciones en Ibiza, pero eran días aislados. Con depresión o sin ella, siempre estaba o borracha o de resaca. Solo nos teníamos el uno al otro.

—¿Os hizo algo a tu hermano o a ti?

—Nunca nos pegó, si es lo que preguntas. Se limitaba a amargarnos la vida, a avergonzarnos delante de todo el mundo y a castigarnos.

—Y pensaste que matándola acabarías con el problema, ¿no?

—No lo planifiqué. Simplemente surgió —responde con frialdad.

—¿Te arrepientes, Andrea?

La chica se toma unos segundos antes de contestar.

—Si hubiera analizado las consecuencias, no lo habría hecho.

—No has respondido a mi pregunta.

—¿Sirve de algo arrepentirse?

—Es el primer paso para superar un hecho así de traumático, sé de lo que hablo.

—No, no me arrepiento.

—Mientes.

—¿Tú qué coño sabes?

Lucía vuelve a mirar las cicatrices de sus brazos. Andrea se baja las mangas de la camisa y aparta la mirada, cerrándose en banda.

—¿Cómo era tu relación y la de tu hermano con vuestro padre?

—No había relación. Cuando llegaba a casa de trabajar, normalmente nosotros estábamos ya en la cama, y siempre se las apañaba para montar una reunión de última hora cuando nos íbamos a ir todos juntos de vacaciones. Se limitaba a pagar las facturas y a comprarnos regalos caros en nuestros cumpleaños.

—¿Les contabas a tus amigas lo que te pasaba con tu madre?

—Quien más, quien menos, todas tenían movidas de estas en casa; cuando sus madres no bebían, se follaban al jardinero.

—¿Con Isabel tampoco lo hablabas?

Andrea vuelve a ponerse en tensión.

—¿A santo de qué me sacas a esa?

—A santo de que le diste una paliza y, si quieres que confíe en ti, tendrás que contarme tu versión de los hechos. Y no me vengas con que fue por celos, porque no me lo trago.

—Te vas a quedar con las ganas, morbosa de mierda.

Andrea, ahora sí, se levanta y se marcha. Lucía suspira, ya acostumbrada a las espantadas de la chica. Cuando también se va a marchar, ve con el rabillo del ojo a alguien observándola entre los arbustos.

—¿Ahora te dedicas a espiarme, Javier?

Al verse descubierto, él sale. Lejos de sentirse avergonzado, el educador esboza una enigmática sonrisa que le pone a Lucía los pelos de punta. Al igual que el día anterior en la sala de profesores, siente que la mira de una manera diferente.

—¿Pasa algo?

—¿Qué habría de pasar, mujer? He salido a dar un paseo y no he querido molestar al verte charlando con Andrea. Lo último que quiero es que te enfades…, que todos sabemos lo que ocurre cuando te enfadas —añade con intención.

El tono con el que ha dicho esto último le confirma a Lucía que Javier ya conoce su secreto.

—¿Cómo lo has descubierto?

—¿Te crees que soy tan gilipollas como para creerme que has pasado diez años en un colegio mayor, Lucía? Me bastó con entrar en el ordenador de Marisa y ver que tu primer apellido es Navarro. Y entonces recordé todo aquel juicio tan mediático y lo que se decía de ti en los programas de televisión. Reconozco que me he pasado varios días encerrado en casa viéndolos todos.

—¿Qué quieres, Javier?

—Todavía no lo tengo claro. ¿Qué tal si nos vemos esta tarde en tu habitación? ¿A las ocho?

Lucía no responde. Javier vuelve a sonreír.

—No llegues tarde.

El profesor se marcha y Lucía lo sigue con la mirada, fastidiada. Aunque era lógico que alguien la descubriera tarde o temprano, Javier ha elegido el peor momento para hacerlo.

69

Jotadé devora un cocido madrileño como si no se hubiera alimentado en meses mientras sus padres y su hermana Lorena lo observan en silencio, con gesto serio y sus respectivos platos sin tocar.

—Esta sopa está cojonuda, mama.

Flora no responde y Jotadé, por primera vez desde que se ha sentado a la mesa, levanta la mirada.

—¿Qué? ¿Hoy ni siquiera me vais a dar jabón por malhablado?

—¿Has pasado de ser un buen policía a un simple pendenciero, Juan de Dios? —pregunta Paco con censura—. Si hasta te falta un diente.

Jotadé resopla, deja la cuchara en el plato y los mira. Lo lógico hubiera sido dar una explicación medianamente creíble por su rostro magullado y por llevar los dedos de la mano izquierda vendados, pero, por alguna absurda razón, pensó que todo ello pasaría desapercibido.

—Nada más he solucionado un asunto que tenía pendiente.

—¿Qué asunto? —pregunta Flora.

—Durante años llevaba placa y nadie se atrevía a toserme, pero la cosa ha cambiado. Alguno se ha pasado de listo y he tenido que pararle los pies.

—A golpes, ¿cómo no?

—No creo que os sorprenda si os digo que en este barrio así es como se solucionan algunas cosas.

—¿Entonces ya no hay posibilidad de que recuperes tu trabajo?

—Joder, mama —responde harto—, me he tirado toda la puta...

—Habla bien a tu madre, Juan de Dios. —Paco lo corta con dureza.

Jotadé se arma de paciencia y vuelve a empezar, procurando ser más suave.

—Me he tirado toda la vida escuchando que un gitano no puede ser pestañí y, cuando por fin dejo de serlo, resulta que era el mejor trabajo del mundo.

—Nosotros nunca te hemos dicho que no pudieras serlo, Jotadé —interviene Lorena—. Siempre te hemos apoyado.

—De puertas para dentro, hermana. Pero en el fondo nunca os ha hecho gracia.

—Eso no es cierto, hijo —se revuelve su padre, dolido—. Lo creas o no, siempre hemos estado orgullosos de lo que eras... Hasta ahora.

A Jotadé le duele ver la decepción en la mirada de su familia.

—La respuesta es no, las cosas no volverán a ser como antes, pero podéis estar tranquilos porque sabré ganarme la vida.

—¿Juntándote con los traficantes del barrio?

—No os metáis en esto.

—¡¿Cómo no vamos a meternos, Juan de Dios?! —Paco explota—. ¡¿De dónde has sacado el dinero que le has dado a tu hermana?!

Jotadé dirige una mirada de reproche a Lorena.

—Como comprenderás, no podía callármelo. Nos preocupa que te metas en más líos. Ya tuvimos suficiente con Rafa.

—Yo no acabaré igual que nuestro hermano, Lorena, así que dejad de preocuparos porque ya soy mayorcito.

—Entonces preséntate en la comisaría y pide que te readmitan.

—Así de fácil. —Se levanta molesto y tira la servilleta sobre la mesa—. Ea, ya me habéis jodido el cocido. Podéis quedaros contentos.

Se marcha enfadado y deja allí a Lorena, Paco y Flora, que se miran muy preocupados.

Jotadé se ha quedado tocado tras salir de casa de sus padres. Mira desde su coche a unos gitanos jugando al fútbol en un descampado. Los hay desde los quince años hasta bien entrados en la treintena. Algunos de los más mayores fueron con él al colegio y le sorprende no solo que sigan vivos, sino que continúen moviéndose con cierta habilidad. El balón lo despeja el portero y uno de sus excompañeros de clase lo empalma desde fuera del área al más puro estilo Zidane. El aspecto frágil de su pierna —seguramente debido a que la droga ya ha consumido casi toda la grasa de su cuerpo— hace pensar que, al contacto con el balón, se va a partir como una ramita, pero sale disparado como un misil hasta colarse por la escuadra. Jotadé sonríe para sí.

—Toma ya, el Canillas...

Se baja del coche y se acerca a la banda. Todos se detienen y lo rodean con desconfianza.

—¿Qué haces aquí, Jotadé? —pregunta el Canillas.

—¿Hay sitio para un viejo más?

—No eres bienvenido.

—Ya no soy poli.

—Ese no es el problema. A ninguno nos hacía puta gracia que fueses madero, pero al menos venías de frente. Ahora solo eres un traidor que se ha vendido a los payos que envenenan a los de tu raza.

El Canillas le escupe a los pies y Jotadé aprieta los puños, preparado para recibir el ataque, pero el Pelos, otro de los gitanos más mayores, se adelanta, poniendo paz.

—No vayamos a matarnos entre nosotros. —Mira a Jotadé—. ¿Quieres jugar, gitano? Pues juguemos.

Dada la animadversión con que lo miran tanto los contrarios como los de su propio equipo, Jotadé haría bien en largarse de allí, pero mostrar miedo no es una opción en un barrio como ese.

Un trueno rompe el cielo y empieza a caer un chaparrón.

—Mira —dice Jotadé—, así está el suelo más blandito.

El partido se convierte en una batalla campal desde el primer minuto. Al principio, todas las patadas van dirigidas a Jotadé, que, aunque encaja algunas bastante duras, no se queda atrás. Alrededor del campo de fútbol —ya convertido en un barrizal—, se van congregando vecinos y cruzan apuestas como si aquello fuese un Real Madrid-Barcelona, mientras varios de los espectadores tienen que sustituir a los que van cayendo lesionados.

Después de un rato de patadas, rodillazos y puñetazos sin sentido, empiezan a jugar al fútbol. Jotadé nunca ha sido especialmente talentoso, pero sabe lo que hace. Amaga el tiro y el defensa pasa de largo deslizándose por el barro como si le hubiesen disparado con un cañón de circo. Arma la pierna para chutar y ve con el rabillo del ojo cómo el Canillas se lanza contra él. Antes de que se lo lleve por delante, Jotadé le da un taconazo al balón y se lo deja franco para que el Pelos le pegue un punterazo que lo manda a las nubes.

—Me cago en la leche, primo —dice Jotadé desde el suelo—. A ver quién encuentra ahora la pelota.

—Se acabó lo que se daba, que al final nos constipamos —zanja el Pelos—. Vamos a tomar unas cervezas donde la Rosalinda.

Aunque muchos siguen mirando a Jotadé con censura mientras se toman la cerveza cubiertos de barro, empiezan a tolerarlo, incluso comentan con él alguna jugada. Jotadé sonríe con tristeza al comprobar que, en barrios como el suyo, se te perdona antes por ser delincuente que poli.

70

—Papá, ¿me estás escuchando?

Desde que Iván resolvió el asesinato de Matías y el teniente de la Guardia Civil le dijo que, cuando se dedicase a la política, el mundo se iba a perder un magnífico policía, no ha podido pensar en otra cosa. La idea de ser alcalde le hace más ilusión a la abuela Carmen que a él, aunque debe reconocer que ponerse al frente del consistorio y ayudar a los vecinos que lo acogieron con los brazos abiertos le haría sentir bien. Pero para ello tendría que renunciar —si no para siempre, durante algunos años que se le harían eternos— a su gran vocación. Y ese es un precio que, según se aproxima la fecha de la decisión, duda que vaya a poder pagar.

—¡¡Papáááá!!

—¿Qué pasa, hija? —Vuelve en sí, muy molesto por el tono de Alba—. ¿Es que no puede uno descansar la cabeza ni cinco minutos?

—Es que Gremlin se ha hecho caca.

Iván mira hacia la puerta y ve a James limpiando con kilos de papel de cocina la cagada del perro, pero es tan líquida que lo único que consigue hacer es extenderla por el suelo.

—Por el amor de Dios, James —dice asqueado—. Deja eso como está.

—Gremlin tiene diarrea.

—Ya lo veo, ya. ¿Y sabéis por qué pasa eso? Por darle mierdas todo el día.

—Si le diésemos mierdas, cagaría mierdas y no agua.

El apunte de James hace que tanto el chico como Alba se tronchen de la risa.

—Qué graciosillo te estás volviendo, James. De aquí vas directo al Club de la Comedia. ¿No tenéis deberes?

—Ya los hemos hecho.

—Pues subís y hacéis una redacción sobre lo que queréis ser de mayores.

—Es que yo todavía no lo tengo claro, papá —dice Alba.

—Pues te lo inventas. Andando.

Los dos niños suben corriendo por las escaleras. Iván recoge el papel de cocina con cara de asco y va a tirarlo, luego vuelve con el cubo y la fregona. Lo limpia despotricando y ve a Gremlin mirándolo desde una esquina con cara de culpabilidad.

—Tranquilo, Gremlin, que estas cosas pasan. No es culpa tuya.

Cuando termina de limpiarlo, llega la abuela Carmen.

—Te va a encantar lo que he hecho, Iván.

—Miedo me da...

Carmen saca de una bolsa un tubo de cartón y de dentro extrae un póster. Lo despliega emocionada y en él se ve una foto de Iván y la leyenda: «Vota a Iván Moreno, independiente y honrado».

—¡Tachán! En cuanto empiece la campaña electoral, mis amigas y yo vamos a empapelar todo Villafranca de los Barros con esto.

Iván la mira con seriedad. Carmen se extraña.

—¿No te gusta la foto? A mí me parece que sales guapísimo, pero tenemos tiempo de sobra de cambiarla por otra.

—No quiero que empapeles el pueblo ni con esa foto ni con ninguna.

—Tendrás que hacer campaña, ¿no? He oído rumores de que también se quiere presentar el hijo de Tomás. Es arquitecto, que eso viste mucho, y además ha nacido en el pueblo. Si queremos...

—¡Ya basta, joder! —explota.

—¿Qué pasa, Iván? —pregunta Carmen desconcertada.

—Pasa que estoy hasta las narices de que te metas en todo, Carmen. Quiero que dejes de prometer cosas, porque no sé si las voy a poder cumplir si al final los insensatos de los vecinos me eligen como su próximo alcalde. ¿No te has parado a pensar que a lo mejor es más importante arreglar las infraestructuras del pueblo que poner chorrocientos cursos en la Casa de la Cultura, una piscina olímpica municipal o un parque infantil a la altura de Disneylandia?

—Yo solo pretendo ayudar —responde ella acobardada.

—Pues no lo estás haciendo. Y ni se te ocurra poner ningún cartel con mi cara por ahí. Voy a sacar a Gremlin, porque no sé qué le habrán dado los niños que se va cagando por las esquinas.

Sin decir nada más, Iván coge al perro y sale de casa con él. La abuela Carmen vuelve a enrollar el cartel electoral, con un disgusto de campeonato. Mira hacia lo alto de la escalera y ve a Alba y a James, que la observan preocupados.

—¿Por qué discutías con papá, yaya?

—No discutíamos, Albita —disimula, forzando una sonrisa—. ¿Qué hacéis vosotros encerrados en casa, con el buen día que hace?

—Iván nos ha castigado a hacer una redacción —contesta James—. A no ser que tú nos perdones.

—Ni hablar, que está de muy mal humor y no quiero volver a discutir con él.

—¿Pero no decías que no habíais discutido?

—Alba, no atosigues e id a hacer la redacción. En un ratito os subo la merienda.

Los dos vuelven a la habitación, resignados. A solas, la abuela Carmen olfatea el ambiente, asqueada.

71

Lucía ha pegado con celo los pedazos del boceto diseñado por Andrea y lo observa, pensativa. Cuando llaman a la puerta de su habitación, lo guarda con delicadeza en una carpeta y va a abrir. Es Javier.

—¿Se puede? —pregunta con falsa amabilidad.

—Adelante.

El educador entra y la mira de arriba abajo con una mezcla de superioridad y deseo, pero Lucía lleva años aguantando esa clase de miradas y no se amilana.

—Así que has hecho de detective, ¿eh?

—Me lo has puesto a huevo, Lucía.

—¿No me digas?

—Para empezar —se sienta sobre el escritorio, muy seguro de sí mismo—, no me tragué que prefirieses alojarte aquí cuando todos queremos largarnos en cuanto podemos, aunque reconozco que al principio pensé que simplemente eras rara y querías ahorrarte el dinero de un alquiler. Y después me pareció muy extraño que nunca quisieras salir ni a tomar una cerveza.

—Quizá lo que no me apetecía era la compañía.

—También lo pensé, no te creas... Hasta que descubrí que lo que pasaba es que tienes prohibido abandonar la residencia.

—¿Y qué te llevó a descubrirlo?

Javier sonríe y saca su teléfono móvil. Abre una app y se la enseña.

—Supongo que los años que has pasado en la cárcel te han hecho quedarte un poquito atrás en cuestiones informáticas. Hasta hace poco, solo los Mercedes y otros coches de gama alta tenían una app que te informaba al momento del estado del coche, pero ahora ya la tiene cualquier utilitario... Incluyendo mi Golf, claro.

—Siempre he odiado esas modernidades —dice en tono neutro.

—Cuando la app me avisó de que mi coche se había puesto en marcha pensé que me lo habían robado y estuve a punto de llamar a la policía, pero, al ver que no tenía las llaves, me di cuenta de que solo tú podías habérmelas quitado. Subí a ver si estabas en tu habitación, pero aquí no había nadie. Esa misma noche, entré en el despacho de Marisa y descubrí todo el pastel.

—Y te fuiste a casa a cascártela como un mono con las fotos que publicaron sobre mí durante el juicio, ¿verdad?

—Yo no lo habría dicho de una manera tan soez, pero básicamente fue así. Comprende que para un simple educador como yo, sin demasiado éxito con las mujeres, esto sea muy excitante.

—¿Qué es exactamente lo que quieres, Javier?

—¿Tú qué crees?

Lucía sonríe y se acerca a él, seductora. Él se incorpora, sin tenerlas todas consigo.

—¿Qué te puso más cachondo, las fotos o saber a lo que jugaba con la primera de mis víctimas?

—Reconozco que las dos cosas —responde él—. Yo nunca he sido de prácticas extremas, más que nada porque mis parejas no me lo han propuesto, pero no me importaría experimentar.

—Eres todo un guarrete, Javier... —Lucía le pasa la mano por el pecho—, aunque me temo que los árboles no te han dejado ver el bosque.

—¿De qué bosque hablas?

—De mi propia naturaleza...

Lucía le lleva la mano a la entrepierna y agarra con fuerza. Javier da un respingo, sin saber si ya ha empezado a jugar. La presión sobre sus genitales se incrementa, lo que hace que no le resulte nada agradable.

—Me haces daño.

—De eso se trata, ¿no? Pero esto es solo el principio. Quiero que prestes atención a lo que voy a decirte.

—Suéltame, por favor.

Lucía le aprieta con más fuerza aún. Javier protesta, pero ella saca un cuchillo de la cintura y se lo coloca en el cuello.

—Cállate y mírame a los ojos o te juro por Dios que te arranco los huevos.

Él obedece, ya totalmente acobardado. Lucía no afloja el agarre, lo que hace que el educador empiece a palidecer.

—Ahora te diré lo que va a pasar: vas a marcharte a esa casa tuya que huele a mierda, vas a llenar el bidé de agua fría y te vas a sentar encima hasta que se te baje la inflamación. ¿Y sabes en qué vas a pensar mientras eso pasa?

Javier niega, soportando el intenso dolor.

—En que has cometido un inmenso error conmigo. Te vas a dar cuenta de que no te conviene airear nuestro peque-ño secreto y vas a seguir con tu vida como si nada, porque si no, después de arrancarte los huevos, voy a seguir por tus tripas, y lo disfrutaré. Lo único que echo de menos de estar libre es la sensación de poder que da disponer de la vida de un hombre como me plazca.

—No diré nada, pero suéltame, por favor.

—¡¿Me das tu palabra?!

—¡Sí! ¡Te lo juro!

Lucía aún le estruja unos segundos más. Cuando lo suel-ta, Javier se deja caer en la silla agarrándose la entrepierna, terriblemente dolorido.

—¿Y bien? ¿Tienes alguna pregunta que hacerme?

—¡Estás loca!

—Correcto. Te aconsejo que eso no se te olvide. Si me cargué a sangre fría a dos personas que quería, imagínate lo que haré con un mierda chantajista como tú si te vas de la lengua. Ahora, ¡largo!

Javier la mira con temor y se marcha corriendo. A solas, Lucía se sienta en la silla que hasta hace un instante ocupaba su compañero, aliviada por haber desactivado esa amenaza.

72

Jacinto Valverde entra en el reservado del restaurante donde atiende sus negocios fumando un Trinidad Colonial de cerca de cuarenta euros, se quita el abrigo y lo cuelga en un perchero. Antes de sentarse a la mesa, mira con seriedad a su guardaespaldas y hombre de confianza, consciente de que su silencio nunca trae buenas noticias.

—¿Y bien?

—Tenemos hombres preguntando en cada esquina, pero nadie sabe nada de Hilario Garza.

Valverde apaga el puro con furia cuando no se ha fumado ni la mitad.

—¡No puede habérselo tragado la tierra!

—O está muerto o se ha largado lejos, jefe.

Jacinto piensa en la última vez que vio a Hilario, cuando este le ofreció venderle su negocio por quince millones de euros. Aunque es una cantidad considerable, sería un magnífico trato, pues cualquiera de los dos factura el doble solo por los puntos de venta y los prostíbulos. Se plantea que quizá se lo ofreció a otro que, al ver un resquicio de debilidad en Hilario, decidió acabar con su vida, pero eso hubiera supuesto el inicio de una guerra de la que aún no tiene constancia. Otra de las posibilidades es que Hilario no le contase toda la verdad y su deseo de vender no fuera para retirarse, como él mismo le aseguró, sino porque se había metido en problemas con alguien aún más poderoso que ellos dos.

—Colombianos... —masculla.

—No tenemos constancia de que haya colombianos moviéndose ni en nuestras zonas ni en las de los Garza —responde el guardaespaldas.

—¿Rusos, árabes...?

—Tampoco. Si sigue en este mundo, parece que se ha esfumado por un asunto personal.

Jacinto Valverde le da vueltas a esto último mientras se enciende otro puro. Con la primera bocanada, se le pasa por la cabeza algo que le hace estremecer. Aunque de primeras lo descarta, conociendo al hijo mayor de Hilario es muy probable que no vaya tan desencaminado en sus sospechas.

—Tony está ahora al frente de los negocios, ¿cierto? —pregunta mientras recuerda su visita del día anterior.

—Así es. Según me comentan, se ha pasado por cada uno de ellos para dejar claro quién manda.

—Maldito bastardo...

Tony observa desde su coche la entrada del restaurante donde Jacinto Valverde habla con su hombre de confianza. En la esquina está aparcado el mismo todoterreno negro de alta gama que Valverde utiliza a diario para desplazarse y, apoyado en el capó, el chófer: un excorredor de rallies preparado para escapar de quienquiera que los persiga. Junto a Garza, en el asiento del copiloto, está Ángel. Después de un par de horas de espera, cuando empezaban a pensar que hoy Valverde se quedaría a comer allí en lugar de acudir, como cada día, a casa de su madre, lo ven salir.

—Ahí está...

A pesar de que se encuentran a casi doscientos metros de distancia, la oronda figura del principal enemigo de los Garza y la nube de humo que deja a su paso son inconfundibles. El chófer se sube al coche, arranca y recoge a su jefe en la puerta del restaurante. Valverde le da una última calada al puro, lo tira en la acera y se sube en la parte trasera, mientras que su guardaespaldas lo hace en la delantera.

—Avisa a Omar y a Juárez —ordena Tony.

Ángel llama por teléfono para dar el aviso y se ponen en marcha. Siguen el coche de Jacinto Valverde hasta la Puerta de Alcalá, recorren la calle O'Donnell, bordeando el parque de El Retiro, hasta que se incorporan a la M-40. Después de unos kilómetros en los que están a punto de perderlos debido a la densidad del tráfico, cogen el desvío de Vicálvaro y, tras treinta minutos de seguimiento, llegan a Vallecas.

—Preparados... —dice Ángel al teléfono.

El todoterreno negro se detiene frente a un edificio de ladrillo visto construido en los años sesenta del siglo pasado. Entre la calle y el portal hay un laberinto de setos secos y mal podados, salpicado por bancos de madera cubiertos de pintadas. Jacinto Valverde lleva años diciéndole a su madre que podría irse a vivir a donde le plazca, pero ella quiere estar allí, en el lugar al que se mudó de recién casada.

Uno de los bancos lo ocupan dos jóvenes que fuman un porro. Al pasar por su lado, Valverde los mira con desprecio.

—A drogaros a vuestra casa, desgraciados.

Los dos jóvenes se levantan amedrentados y se marchan, pero solo han dado unos pasos cuando uno de ellos saca una pistola del interior de la chaqueta.

—¡Jefe!

Cuando Juárez se dispone a apretar el gatillo, se escucha un disparo que le revienta la cabeza. Omar, con la cara cubierta de los sesos de su amigo, consigue disparar y hiere a Jacinto Valverde en la pierna cuando este ya corría hacia el portal. Varios disparos más, efectuados por el guardaespaldas, silban a su alrededor y el argelino se tira al suelo. Ve caer al chófer, el conductor de rallies, acribillado por Tony y por Ángel desde el coche, y se centra en su objetivo. Apunta a Jacinto Valverde, pero su guardaespaldas lo ha cogido en volandas y lo arrastra a duras penas hacia el portal. Sus disparos hacen añicos el cristal, aunque no vuelven a alcanzar su objetivo.

—¡Joder!

Piensa en correr hacia allí y terminar el trabajo, pero solo ha dado un par de pasos cuando el guardaespaldas de Valverde le dispara desde dentro del portal y tiene que cubrirse detrás el banco.

—¡Omar, vámonos!

Él corre hacia el coche y los tres atacantes se marchan derrapando.

En el interior del portal, Jacinto Valverde se ha quitado la corbata para hacerse un torniquete en la pierna.

—Tony Garza... —escupe con rabia—, el muy hijo de puta ha matado a su padre y ahora me quiere matar a mí para quedarse con todo.

—¿Cree que ha sido él quien...? —pregunta el guardaespaldas perplejo.

—No tengo ninguna duda.

El guardaespaldas asimila y mira la herida de su jefe.

—Quiero que acabéis con él, ¿me oyes bien? —dice furioso—. ¡Quiero ver su cadáver pudriéndose a mis pies!

—Si de verdad está detrás de esto, sabrá protegerse.

—Pues acabad antes con toda su protección. Quiero que sienta el miedo de quedarse solo. Empezad por ese gitano.

—Era policía... —señala con precaución.

—Tú lo has dicho: era. ¿Algún problema con eso?

—Ninguno, jefe.

—Y ahora llama a una ambulancia. ¡¿Quieres que mi madre me vea desangrarme en la puerta de su casa, imbécil?!

El guardaespaldas saca su teléfono y marca; mientras, Jacinto Valverde sigue apretando la corbata contra su muslo, con las manos cubiertas de sangre.

73

Verónica Arganza aguarda mientras el inspector Pedro Osborne revisa en la sala de reuniones el informe sobre la muerte de Manel Caballero. Cuando termina de leer, cierra la carpeta, desalentado.

—¿Las únicas pistas que tenemos son la huella de una zapatilla en la puerta del baño y otra en la del despacho del que cayó?

—Y de un número y modelo demasiado popular —confirma Verónica—. Yo misma tengo unas idénticas.

—Está claro que esto es obra de profesionales. Lo que no me cuadra es la forma en que han llevado a cabo la ejecución.

—Lanzar a alguien desde un sexto piso es de lo más efectivo.

—Pero no a través de una ventana. Se me ocurren media docena de maneras más prácticas y limpias.

—Y eso sin contar con el enigma del ordenador. Sabemos que el ataque empezó en su despacho por los restos de sangre hallados en la pared, que se trasladó al baño, del que consiguieron sacarlo misteriosamente sin tirar la puerta abajo, y que terminó en otro despacho, donde atravesó un cristal y cayó al vacío. Y todo ello agarrado a su portátil.

—¿Hemos podido examinarlo?

—Solo en parte. Hay una serie de documentos privados protegidos por contraseñas que quizá nunca logremos abrir.

El inspector Osborne contrae el gesto.

—¿Y de su supuesta novia sabemos algo?

—Hemos pedido una orden para acceder a las llamadas telefónicas de la víctima, pero ya sabes lo lentas que son estas cosas. Lo único que tenemos de ella es una fotografía. Lucas está intentando identificarla.

Nada más nombrarlo, el agente Melero entra en la sala de reuniones con un papel en la mano y cara de pasmo.

—Vais a flipar...

—¿Qué sucede, Melero? —pregunta Osborne.

—¿Sabéis cuando en las pelis pasa una cosa que te explota la cabeza porque todo da un giro como de la hostia? Pues acaba de pasar.

—¿El qué?

—Resulta que iba a meter la foto de la novia de Manel Caballero en la base de datos, por si sonaba la flauta, y la agente que estaba al lado mío la ha reconocido porque iban juntas a clase de pilates. He llamado al gimnasio para que me den los datos completos y... agarraos los machos. —A Verónica—: Bueno, tú los ovarios.

—¡Lucas! —lo apremia.

Melero pone el informe sobre la mesa. El inspector Osborne y la oficial Arganza se asoman a él y, aunque no confiaban demasiado en las expectativas que había creado el agente Melero, se ven superadas al leer aquel nombre.

Paula abre la puerta y se encuentra en el descansillo a Osborne y a Verónica.

—¿Paula Garza?

—Soy yo...

—Somos el inspector Osborne y la oficial Arganza —dice él mientras ambos enseñan sus credenciales—. ¿Podemos pasar?

—Adelante. Los estaba esperando.

Los policías cruzan brevemente una mirada y entran detrás de ella. Verónica le echa un rápido vistazo al apartamento e identifica varios objetos masculinos, entre ellos un abrigo colgado en un perchero y unas zapatillas de deporte junto a la puerta de la terraza.

—Suponemos que ya sabe por qué estamos aquí. —Verónica no pierde de vista sus reacciones.

—Me temo que sí. Y sabía que no tardarían en averiguar que Manel y yo manteníamos una relación —responde encendiéndose un cigarrillo e invitándolos a sentarse con un gesto.

Los dos policías se sientan frente a ella.

—En primer lugar —dice Osborne con empatía—, la acompañamos en el sentimiento.

—¿Saben que son los primeros que me dan el pésame? —pregunta sonriendo con tristeza—. Es lo que tiene llevar una relación clandestina.

—¿Por qué se ocultaban? —interviene Verónica.

—No es que nos ocultásemos, pero supongo que no es la primera vez que han escuchado mi apellido, ¿verdad?

—Los Garza son de sobra conocidos en el ámbito policial...

—El apellido Caballero, en cambio, pertenece a una familia de la clase alta segoviana. Nuestras familias son como el agua y el aceite, así que, para evitar tensiones, era mejor mantener lo nuestro en secreto.

—Hablemos de la muerte de su novio, señorita Garza. Todo apunta a que fue obra de profesionales. ¿Sabe si el señor Caballero tenía algún enemigo?

—No, no lo creo.

—Tal vez al final su familia sí que se enteró de que estaba saliendo con usted, y no les hizo gracia —apunta la oficial.

Tanto Paula como el inspector Osborne miran a Verónica con censura.

—Aunque se hubieran enterado —responde molesta—, no lo hubieran tirado por la ventana de un sexto piso.

—Bueno, se sospecha que hace no mucho tiraron a dos personas abiertas en canal desde un puente de la M-30...

—Oficial Arganza —le reprocha el inspector Osborne—, no creo que esa sea manera de hablar a la señorita Garza.

—Lo siento. Quizá me he dejado llevar un poco.

Paula acepta las disculpas con un leve asentimiento mientras le da una nueva calada a su cigarro.

—¿En qué momento estaba su relación? —Osborne continúa el interrogatorio.

—Ni en el mejor, ni en el peor. Manteníamos una estabilidad bastante satisfactoria. Con discusiones, como todas las parejas, pero nada grave.

—Sospechamos que dentro de su ordenador portátil podría estar la respuesta a este crimen. ¿Sabe si guardaba algún documento comprometedor para algún cliente o para alguno de sus socios?

—No tengo ni idea, la verdad. Manel para sus asuntos laborales era bastante discreto.

—Una última pregunta, señorita Garza. ¿Dónde estaba usted la noche en que murió su novio?

—Haciendo compañía a mi madre. No sé si están enterados, pero mi padre falta de casa desde hace varios días.

—Lo sentimos.

—Yo también. Si no necesitan nada más, les agradecería que me dejasen sola. Tengo una jaqueca terrible y quisiera meterme en la cama.

—Por supuesto —responde Osborne, levantándose solícito—. Si necesitamos cualquier cosa, la volveremos a llamar.

—Gracias.

Nada más cerrarse las puertas del ascensor, Verónica mira a su jefe.

—Miente.

—¿En qué lo notas?

—Es una intuición.

—Si tan segura estás, investígala, pero no la molestes a no ser que tengamos algo más sólido que un pálpito. Entre esto y lo de su padre, la pobre debe de estar pasando las de Caín.

—Eres demasiado buenazo para este trabajo, jefe.

—Quizá me debería haber especializado en delitos financieros, no te quito la razón —responde resignado.

74

Jotadé se ha pasado veinticuatro horas entre la cama y el sofá, recuperándose del partido mezcla de fútbol, rugby y artes marciales mixtas. Se mira detenidamente en el espejo y encuentra moratones por todo el cuerpo, pero lo peor es la cara, entumecida por los golpes de Mauro. Abre la boca y mete la lengua en el hueco del diente que le falta.

—Estás de concurso, primo...

También sigue teniendo como morcillas los tres dedos sin uñas, pero poco a poco nota que va recuperando la movilidad. Lo que más le duele es haber discutido con sus padres y con su hermana Lorena, sobre todo porque sabe que tienen razón al recriminarle el rumbo que empieza a tomar su vida.

Cuando llega al mercadillo, ya están recogiendo todos los puestos.

—Venía a echar una mano...

—A buenas horas, mangas verdes —dice Paco.

Aunque nunca antes se había sentido tan lejos de su familia, los ayuda a recoger el género y a desmontar el tenderete. Cuando terminan de meterlo todo en la furgoneta, son casi las tres de la tarde.

—¿Habéis comido?

—He comprado pan y mortadela para hacer bocadillos —responde Flora.

—Después de la paliza que os habéis dado, poco me parece un bocadillo de mortadela.

—Es la misma paliza que nos damos todos los santos días desde hace cincuenta años, hijo.

—¿Qué tal si hoy os llevo a comer por ahí?

—Tú ahora estás en el paro y tienes que ahorrarte los cuartos, Juan de Dios.

—Estoy intentando hacer las cosas bien y pediros perdón por lo del otro día, papa. Dejad que os convide, como en los viejos tiempos.

Los padres de Jotadé no están dispuestos a ceder tan fácilmente, pero Lorena se adelanta.

—La prima Saray me habló de un sitio aquí cerca en el que ponen un cachopo tamaño sábana bajera...

Hacía años que los Cortés no comían en un restaurante sin una celebración de por medio y con niños correteando alrededor de la mesa, y, aunque Paco y Flora siguen dolidos con Jotadé, sus tonterías les hacen reír como cuando todo estaba bien en la familia.

—Esos partidos no son fútbol ni son nada, Juan de Dios —dice Paco mientras disfruta del cachopo—. A la mínima, puedes salir con un hueso roto.

—Con un hueso roto en este barrio puedes salir hasta de la panadería, papa.

—Pero una entrada más dura de lo normal puede partirte la cara.

—¿Más todavía? —pregunta Lorena con intención.

Se acaba el buen rollo de un plumazo y los tres vuelven a mirarlo, inquisitivos.

—¿Qué?

—Yo no quiero enterrar a otro hijo, Juan de Dios —dice Flora.

—Mi entierro no lo vas a ver, mama.

—No, porque lo mismo te echan en una cuneta y nos tiramos lo que nos queda de vida intentando averiguar qué ha sido de ti —responde Paco sin poder ocultar su temor.

—Escuchadme bien, por favor. —Jotadé los mira, convincente—. Sé que a veces no lo parece, pero gilipollas del todo no me he vuelto. Solo tengo que arreglar unos asuntos y no volveré a meterme en problemas... —ante la mirada de incredulidad de sus padres y de su hermana, matiza— demasiado serios.

—Júranos por la memoria de tu hermano que está todo bien, Juan de Dios.

—Os lo juro —miente con aplomo—. Ahora terminemos este cachopo, que con lo que nos cobran no puede quedar ni la muestra.

De vuelta a casa después de la comida familiar, Jotadé tiene una sensación extraña. No sabe qué pasa, pero no es la primera vez que se le eriza el vello sin razón aparente, y siempre, inmediatamente después de que eso suceda, le ha sobrevenido una situación complicada. Mira por el retrovisor mientras callejea sin sentido, pero no advierte que lo esté siguiendo nadie. Cuando se detiene en un semáforo, ve aparecer dos motos de gran cilindrada con dos ocupantes en cada una y comprende que su sexto sentido no le estaba engañando.

—¡Mierda!

Se agacha a tiempo de evitar que la ráfaga de metralleta lo alcance. Intenta sacar su pistola mientras le caen cristales encima, pero la proximidad de uno de los motoristas, que se ha bajado y se dispone a acribillarlo desde el frontal del coche, le hace desistir y pisa el acelerador a fondo.

El motorista se ve sorprendido e intenta evitar el impacto, pero termina entrando de cabeza por el parabrisas del Cadillac.

—¡Payo malnacido!

Jotadé intenta ahogarlo mientras el coche avanza a toda velocidad, golpeando a los que están aparcados a ambos lados de la calle. Cuando ve que la segunda moto está justo detrás, clava el pie en el pedal de freno y la estampa contra el maletero a la vez que el motorista sale despedido por el mismo lugar por el que entró.

Jotadé vuelve a acelerar a la desesperada mientras toca el claxon para que coches y peatones se aparten de su trayectoria. Su Cadillac ya no tiene espejos retrovisores, pero puede escuchar a la primera moto cada vez más cerca. Cuando nota que la tiene en un lateral, da un volantazo y consigue echarla de la calzada, pero pierde el control y va a estamparse contra una farola.

Los motoristas, al ver que hay ya demasiados testigos, huyen calle abajo. Solo entonces, Jotadé se incorpora y se sacude los cristales de encima mientras alrededor del coche se congregan los curiosos. Se ha hecho un corte en el puente de la nariz, del que brota un reguero de sangre muy aparatoso que le ha puesto perdida la camiseta y los vaqueros.

—Me cago en la leche...

Acaba de coger de la guantera un trapo para taponarse la herida cuando empieza a sonar su teléfono. Mira la pantalla y ve que es Verónica Arganza.

—Vero... —dice tras contestar—, no me pillas en un buen momento.

—Escúchame bien, Jotadé —responde la policía desde el otro lado de la línea, con voz grave—. Puede que tu vida corra peligro.

—¿No me digas?

—Este mediodía han atentado contra Jacinto Valverde en Aluche y hay sospechas de que los Garza están detrás. Ha habido dos muertos y estamos en alerta por una guerra de bandas. ¿Tú sabes algo de eso?

—Ni papa. Pero no te preocupes, que si me entero de algo te aviso. Ahora tengo que dejarte.

—Cuídate, Jotadé.

Él se lo agradece y cuelga. Sale del coche renqueante y, al ver el lamentable estado en el que ha quedado su adorado Cadillac, se viene abajo.

—No me jodas... —Acaricia el capó, agujereado y abollado, mientras del motor sale una densa columna de humo—. Y con la ITV recién pasada.

—Está para el desguace —dice un chaval mientras lo graba todo con su móvil.

—Deja de grabar o te tragas el telefonito.

—Estoy en mi derecho.

Le quita el móvil y lo lanza al otro lado de la calle. El chaval protesta y se marcha corriendo a buscarlo. Jotadé se dirige a una parada de taxis cercana. Cuando va a subirse en el primero de la fila, el conductor lo detiene con aprensión.

—Oiga, que me va a poner perdida la tapicería...

—¿Quiere que le denuncie por pasarse por el forro el deber de auxilio?

Se sube en el taxi ante la mirada resignada del propietario. Se le parte el alma al pasar junto a su Cadillac, sobre el que ya se han subido unos chavales para hacerse fotos. Realmente ha quedado para el desguace.

75

Paula toma una copa de vino en la cocina de la casa familiar, rota por la muerte de Manel y angustiada por la extraña desaparición de su padre. Tony sube del garaje y coge una cerveza del frigorífico. Abre la lata y le da un trago mientras mira a su hermana con frialdad.

—Te daría el pésame, pero, como no le conocía, no sé si el tal Manel era un noviete o simplemente te lo follabas.

Paula le devuelve una mirada llena de desprecio.

—Así que le querías, ¿eh?

—¿A ti qué te importa?

—Le querías... —Sonríe—. Lo que no entiendo, entonces, es por qué mandaste al imbécil de Álex y a dos de sus gorilas para que lo tirasen por la ventana.

Paula aguanta, muy tocada.

—¿Creías que no me iba a enterar, hermanita? Yo lo sé todo.

Tony suelta una carcajada, sintiéndose en la cima del mundo.

—¿Cómo puedes ser tan nauseabundo, Tony?

—En el fondo, aunque me mires por encima del hombro, eres igual que yo. Y no te preocupes, que yo no te juzgo; si descubriese que mi mujer me pone los cuernos con su profesor de yoga, yo también la mandaría para el otro barrio.

—Yo no quería que muriera.

—A veces estas cosas se van de las manos. —Se encoge de hombros—. Solo espero que hayas sabido cubrirte las espaldas. Mamá no soportaría que entrases en el talego justo después de lo de papá.

—¿Qué le ha pasado a papá, Tony?

—Es lo que estoy intentando averiguar, pero me temo que Jacinto Valverde tiene mucho que ver con su desaparición.

—Yo tengo otra teoría...

Tony, que estaba a punto de darle otro trago a la cerveza, detiene el brazo a la mitad del recorrido, deja la lata sobre la encimera y la atraviesa con la mirada.

—¿No me digas?

—Fuiste tú, ¿verdad?

—Ten mucho cuidado con lo que dices, Paula.

—Te conozco bien, Tony. Te conozco desde que éramos críos y sé de lo que eres capaz. Solo tú sabes dónde está papá. ¿Qué le has hecho?

—¿Por qué iba a querer yo hacerle algo?

—Porque te enteraste de que pretendía cerrar el negocio.

—No sabes de lo que hablas.

—Fue idea mía. Le dije que ya no nos hacía falta el dinero y que se lo vendiese a Jacinto Valverde antes de que tú lo arruinases todo con tus locuras.

—Yo que tú cerraba la boca, Paula —responde amenazante.

—Sé un hombre por primera vez en tu vida y reconócelo, Tony. Te enteraste de que quería deshacerse de todos los negocios ilegales y no te hizo gracia pensar que tendrías que trabajar bajo mi mando.

Él se muere de ganas de confesarlo, pero se muerde la lengua. Paula le sigue apretando.

—Vamos, hermano. Sé que te quema por dentro.

—Papá se estaba convirtiendo en un hombre débil.

—¡¿Qué le has hecho?!

—¡Lo quité de en medio para protegernos a todos, joder! —explota.

Paula lo mira perpleja. Aunque tenía claro que Tony estaba detrás de la desaparición de su padre, en el fondo no creía que hubiese llegado tan lejos. Por toda respuesta, lo abofetea.

—Eres un cabrón.

Tony la agarra del cuello.

—¡Suéltame, me haces daño!

—Escúchame bien, hermanita... —La mirada de su hermano hace que Paula se estremezca—. Vete de la lengua y te juro por mi alma que te entierro justo al lado de papá.

—Suéltame —dice ahogándose.

—Antes quiero oírte decir que no dirás una palabra de lo que hemos hablado aquí, Paula... ¡Dilo!

—No... diré... nada...

Tony la suelta y Paula cae al suelo, boqueando.

—No te olvides de que en nuestro mundo una deslealtad se paga muy caro, Paula.

—¿Qué está pasando?

Tony se vuelve para mirar a su hermano Marcos, como si allí no hubiese ocurrido nada.

—¿Estás bien, Paula?

Él la ayuda a levantarse mientras Tony recupera su cerveza y le da un largo trago. La joven se frota el cuello y habla a Marcos mirando a su hermano mayor con temor.

—Deberías alejarte de él.

Y se marcha corriendo. Marcos interroga a su hermano con la mirada.

—Se mete donde no la llaman... —responde Tony con frialdad.

—¿Y por eso has tenido que pegarle, gilipollas?

—Ahora que no está papá, el que manda aquí soy yo. No vuelvas a faltarme al respeto o voy a olvidar que somos hermanos, ¿lo has entendido?

Marcos asiente, intimidado. Tony sonríe satisfecho.

—Bien. ¿Hemos sabido algo de Mauro?

—Todavía nada. ¿Crees que tiene algo que ver con la desaparición de papá?

—Puede que sí o puede que no.

Tony vuelve a beber, pensativo. Empieza a sospechar que el destino de Mauro se parece mucho al de su padre, y, que él sepa, solo tenía un enemigo.

76

Lucía está sola en la sala de profesores. Piensa en el entorno de Andrea, pero no encuentra nada que aclare las inmensas dudas que le han surgido los últimos días. Cada vez que se ve en una encrucijada parecida, recuerda a su anterior jefa, la inspectora Indira Ramos. A pesar de sus rarezas, era una mujer resolutiva y está segura de que ella sabría exactamente qué hacer. Pero, por desgracia, ya no es alguien a quien pueda consultar. Interrumpe sus cavilaciones la llegada de Marisa, la directora del centro. En cuanto ve su rictus, Lucía sabe que pasa algo. Por un instante piensa que tal vez haya ido demasiado lejos con las amenazas hacia Javier y este haya denunciado el robo de su vehículo. Eso supondría su regreso a prisión y el fin de la buena vida.

—Hola, Marisa... —saluda, a la expectativa.

—Ha venido a visitarte ese policía amigo tuyo, Lucía —responde ella directa, sin variar su gesto—. Te espera en el patio.

—Gracias.

Recoge sus cosas y va a salir, pero la directora la mira con seriedad.

—¿Pasa algo?

—No me gusta que ese hombre se pasee por aquí como Pedro por su casa, Lucía. No es una buena influencia para los chicos.

—No te hacía así de racista, la verdad.

—No tiene nada que ver con que sea gitano, no te equivoques; a mí me da igual su etnia, su color o si es gordo o flaco, pero a los residentes no les beneficia ver el estado en el que llega.

—¿A qué estado te refieres? —pregunta desconcertada.

—Enseguida lo descubrirás...

—Joder, Jotadé. —Lucía comprende el rapapolvo de Marisa al ver a su amigo lleno de heridas y de contusiones—. ¿Qué narices te ha pasado?

—Se lo han cargado, Lucía —responde él muy afectado—. Esos hijos de puta se lo han cargado.

—¿A quién? —pregunta ella asustada.

—A mi Cadillac. Lo han acribillado, le han jodido los laterales, le han espachurrado el capó, le han roto la transmisión, el motor se ha ido a tomar por culo... Lo han dejado para el desguace.

—Lo siento, Jotadé —dice Lucía comprensiva, poniéndole la mano en el hombro—. Anda, vamos a mi habitación, te das una ducha y me lo cuentas todo con calma.

Jotadé se deja llevar hacia el interior de la residencia, hundido. Al pasar junto a la directora, Lucía aguanta con dignidad su mirada reprobadora.

Jotadé ya se ha duchado y se ha puesto unos pantalones de chándal y una apretada camiseta con un unicornio dibujado a la altura del pecho. Lucía lo mira mientras él se observa en el espejo, espantado.

—No me jodas, Lucía. ¿Cómo voy a ir con esta pinta de moñas por la vida?

—Es la única ropa que he encontrado de tu talla. Y no estás tan mal. Eso es lo que llevan los chicos hoy en día.

—Los cayetanos serán.

—Aquí no hay muchos de esos.

—Aparezco así por mi barrio y me queman vivo.

—Pues pide un taxi y ve directamente a tu casa a cambiarte.

—No puedo hacer eso.

—¿Por qué no?

—Porque han intentado matarme —responde, de pronto preocupado—. No he podido reconocerlos, pero estoy seguro de que eran hombres de Jacinto Valverde.

—Estás metido de lleno en una guerra entre bandas de narcos y sabes mejor que nadie cómo terminan estas cosas, Jotadé —dice Lucía con gravedad.

—Va a palmar gente, eso seguro. Solo espero no ser yo.

—¿Tu familia está avisada?

—Ya le he dicho a Lola que vaya con Joel donde mis viejos y he llamado a algunos compadres para que hagan guardia en el barrio. A cada payo que quiera entrar le van a revisar hasta los calzoncillos.

—¿Será suficiente?

—Los gitanos en un tiroteo tienen todas las de perder, pero lo mismo, cuando los hombres de Valverde se quieran dar cuenta, ya les han robado las pipas, los relojes y hasta los tapacubos.

A pesar de las circunstancias, Lucía sonríe. Enseguida recupera la seriedad.

—Deberías quitarte de en medio una temporada. A partir de ahora, las cosas solo pueden ir a peor.

—No te creas que no lo he pensado, pero ya estoy demasiado metido para esfumarme por las bravas. Como dicen en el culto, Dios proveerá... —Decide cambiar de tema—: ¿Y tú qué tal? ¿Avanzas con el tratamiento de la chiquilla esa?

—Avanzar es una palabra demasiado optimista, pero más o menos empiezo a ver la luz. Ahora el problema lo tengo con un compañero.

—¿Y eso?

—Se llama Javier y es educador aquí. Se ha enterado de quién soy en realidad y pretende cobrarse su silencio como todos los cerdos con los que me he cruzado en la vida.

—¿Quieres que le haga una visita y le meta el susto en el cuerpo?

—¿Vestido así?

—Esta ropa de por sí da guasa, pero con un gitano dentro acojona. Es como lo de los payasos que después son asesinos en serie.

—Tranquilo, de Javier ya me he encargado yo.

—¿Cómo? —pregunta con cautela.

—No lo he liquidado, si es lo que piensas. Simplemente le he hecho ver que conmigo no se juega, y creo que lo ha entendido. Y, con respecto a la chica..., me temo que voy a tener que dar el paso definitivo.

—Eso, en tu boca, suena chungo que te cagas.

—Tampoco es para tanto... —Lo mira de arriba abajo—. Mejor voy a buscarte otra camiseta, sí, que si tienes que ir de esa guisa a tu barrio no te vas a quitar el sambenito de encima.

—Los gitanos somos muy estrafalarios en esto del vestir, pero una cosa es una cosa y otra es llevar un unicornio de colorines en el pecho.

—Enseguida vuelvo.

—Tampoco me traigas un polo pijo, ¿eh? Una camisa de Versace o una camiseta negra estaría niquelado.

—¿Algo más?

—Unos vaqueros, niña, que yo con chándal parezco un yonqui.

Lucía sonríe y sale. En ese momento suena el móvil de Jotadé. Ve en la pantalla que vuelve a ser la oficial Verónica Arganza y se dispone a contestar, consciente de que no puede seguir evitándola.

77

Iván ve la tele tumbado en el sofá, abstraído. Lleva unos días sin poder centrarse en nada, con la cabeza embotada, como si viviera en un sueño del que pronto despertará, igual que las semanas posteriores al caso Vargas. Alba y James se plantan frente a él con sendos papeles en la mano.

—¿Qué pasa ahora?

—Las redacciones, que ya las hemos terminado.

—Pues sí que os lo habéis tomado con calma.

—Es que no es tan fácil decidir nuestro futuro... —responde James.

Iván se encuentra exactamente en la misma tesitura que ellos y los mira con indulgencia. Se incorpora y coge los papeles.

—Veamos.

Comienza a leer la redacción de James. Aunque intenta hacerlo con seriedad, según va leyendo, tiene que contener una sonrisa. Cuando termina, se dirige a él.

—Así que tú quieres ser agricultor de patatas, ¿no?

—Sí.

—¿Y crees que con eso te vas a ganar bien la vida?

—Perfectamente. Las patatas están siempre en las cosas más ricas que comemos: patatas fritas, tortilla de patatas, las patatas con costillas de la abuela Carmen, barquitas de patatas con queso, patatas con...

—Me ha quedado claro, James —lo corta—. Te felicito por tu elección. A ver con qué me sorprendes tú, Alba.

Iván coge la redacción de su hija y, tras echarle un vistazo rápido, la mira circunspecto y lee en voz alta:

—«Yo no puedo escribir esta redacción con honestidad...».
—Apunta—. «Honestidad» sin hache... «porque todavía no

tengo claro lo que quiero ser de mayor. Alba Moreno Ramos».
Tú eres un poco caradura, ¿no te parece, hija?

—Es que dudo mucho, papá. Y la abuela Carmen siempre dice que, antes de decir algo que no sea verdad, es mejor quedarse callada.

—¿Y entre qué dudas tanto, si puede saberse?

—Entre ser veterinaria, policía o astronauta.

—Yo ya le he dicho que puede hacerse policía espacial de animales —apunta James cargado de razón.

—Bien tirado, James. —Vuelve a Alba—. ¿No hay nada que te llame la atención por encima de lo demás?

—No. Quiero ser veterinaria para curar a Gremlin si vuelve a tener diarrea, policía porque es lo que erais mamá y tú, y astronauta por si resulta que está en el espacio y me encuentro con ella.

Iván sonríe, tocado.

—Nunca se sabe...

—La abuela Carmen dice que mamá tampoco tenía muy claro lo que iba a ser de mayor, que todos se pensaban que sería maestra hasta que se fue a la Academia de Policía... ¿Tú sí lo sabías, papá?

—Mi futuro también iba por otros derroteros, pero, en cuanto me hice poli, supe que era para lo que había nacido.

—¿Y entonces por qué ahora quieres ser alcalde? —pregunta James desconcertado.

Iván no sabe qué responder.

—Quizá puedas ser el primer alcalde-poli de la historia —le ayuda Alba.

—Quizá, sí. Ahora id a lavaros las manos, que ya debemos de estar a punto de comer.

—Si son las siete de la tarde.

—Pues de cenar. Andando.

Los niños se marchan escaleras arriba. Iván se queda pensativo...

78

Durante su conversación telefónica, Verónica Arganza ha puesto al tanto a Jotadé de todo lo que sucede a su alrededor, y no es poco. Aparte de la guerra desatada entre los Garza y Jacinto Valverde, que ya ha causado dos muertes —Gael Ramírez, alias Juárez, y el expiloto de rallies que ejercía de chófer para Valverde—, también le ha confirmado que, como ya sospechaba, el intento de asesinato que ha sufrido ha sido consecuencia de ese mismo conflicto. Aunque los testigos declararon que el ocupante del Cadillac había recibido el ataque de cuatro hombres a bordo de dos motos de gran cilindrada, el haberse marchado de la escena sin esperar a la policía ha hecho que se curse contra él una orden de busca y captura. No le sorprende, pero lo que sí le ha descuadrado es saber que el novio de Paula Garza ha sido asesinado y ella es la principal sospechosa.

—¿Dónde te habías metido, Jotadé?

Tony Garza, su hermano Marcos, Omar y Ángel lo miran de arriba abajo, extrañados. Jotadé ya no lleva una camiseta con un unicornio, pero los pantalones color crema y la camisa de Ralph Lauren con rayas azul pastel que le ha conseguido Lucía tampoco es que sean de su estilo.

—¿Vienes de hacer la primera comunión o de quedar con una periquita, compadre? —pregunta Marcos.

—Vengo de escaparme por los pelos de los hombres de Jacinto Valverde —responde serio—. Han estado a punto de freírme los huevos.

—¿De qué hablas?

—Dos motos me atacaron cuando salía de comer con mi familia. Me han destrozado el Cadillac a balazos, así que lo tuve que dejar tirado y la poli me ha puesto en busca y captura.

—Bienvenido al club... —responde Ángel—. Nosotros también hemos tenido jaleo esta mañana.

—Lo sé. Una excompañera me ha llamado para contarme lo de Aluche.

—¿Saben que es cosa nuestra?

—Estaban recogiendo los sesos de Juárez de un parque, Tony. Si no lo saben ya, no tardarán en averiguarlo. ¿Cómo se os ocurre hacerlo sin decirme nada? No estamos en Medellín, joder.

—Te hemos estado llamando desde por la mañana —responde Omar—, pero tenías el teléfono apagado.

Tony lo observa receloso. A pesar de que ese gitano ya ha dado sobradas muestras de estar de su parte, en el fondo nunca se ha fiado de él.

—¿Dónde está Mauro, Jotadé?

—Yo qué coño sé...

Tony saca su pistola con un rápido movimiento y se la pone en la frente.

—¿Qué estás haciendo, hermano? —pregunta Marcos.

—Quiero que me diga lo que ha hecho con Mauro o le reviento la cabeza.

—¿Qué te hace suponer que sé dónde está? —Jotadé intenta mantener la calma.

—No te llevas muy bien con él.

—Es él quien no se lleva bien conmigo. Para mí no es nadie.

—Lo sé. Un simple insecto que aplastas si te molesta, ¿no? Y eso es lo que sospecho que ha pasado.

—Yo no sé nada de él, Tony.

—Esfuérzate un poco más en convencerme, anda.

Tony amartilla el arma. A Jotadé le tiemblan las piernas pensando que ahí se acaba todo, pero no puede dejar que se le note.

—Si quieres saber mi opinión, Mauro nos ha traicionado.

—¿De qué hablas?

—Mauro ha desaparecido justo a la vez que tu padre. Si yo siguiera siendo poli, pensaría que le ha vendido informa-

ción a Valverde sobre cómo trincar al viejo y ahora está to-
mándose caipiriñas en Río de Janeiro.

La teoría de Jotadé hace que los demás se miren inquie-
tos. Tony sabe a ciencia cierta que Mauro no tiene nada que
ver con la desaparición de su padre, pero no puede decirlo
sin descubrirse.

—Tiene sentido, Tony —dice Marcos.

—Sí, sí que lo tiene...

Tony le devuelve la sonrisa a Jotadé, baja la pistola y se la
guarda.

—Desde ya, no quiero que nadie se mueva de aquí sin
decirme antes dónde va a estar, ¿queda claro?

Jotadé se echa agua en la cara, todavía descompuesto por
el episodio vivido con Tony hace unos minutos. Intenta calmarse y sale del baño. Cuando va a bajar de nuevo al sótano,
donde lo esperan los demás, se encuentra con Paula. La joven
lleva varios días sin pegar ojo y se la nota al límite.

—Hola, Jotadé.

—Paula... No tienes buen aspecto.

—No sé si esa es la mejor manera de piropear a una chica... —sonríe con tristeza.

—Ya me he enterado de lo de tu novio. Lo siento mucho.

—Yo también.

—¿Fuiste tú? —pregunta directo.

Paula lo mira sorprendida. Se dispone a negarlo, pero no
tiene fuerzas para ello. En el fondo está deseando desahogar-
se con alguien.

—¿Eso lo preguntas como amigo o como poli?

—Yo ya no soy poli.

—Mi intención no era que muriese, créeme, pero se resistió a entregarle su ordenador a los hombres que envié a su
despacho y todo se complicó.

—¿Qué hay tan importante en su ordenador?

—Simples chanchullos. Manel me estaba poniendo los cuernos y solo quería joderle un poco. Todo ha sido un accidente.

Jotadé la ve tan afectada que sabe que no miente.

—Si puedo hacer algo por ti...

—Nadie puede hacer nada por mí. Supongo que tus excompañeros no tardarán en atar los cabos y venir a buscarme. Ya se pasaron a hacerme una visita. ¿Conoces a una tal Arganza? Es ella quien lleva la investigación.

—Entonces date por jodida.

Ella asiente, resignada a su suerte.

—Me gustaría quedarme charlando contigo, Paula, pero tengo que irme. Tu hermano está paranoico por lo de tu padre y no quiere que nos separemos de él.

—Nunca encontraremos a mi padre.

—¿Por qué dices eso?

—Ha sido él, Jotadé. Mi padre quería deshacerse de los negocios ilegales y mi hermano no estaba por la labor. Por eso se lo ha quitado de en medio. Ahora mismo estará a dos metros bajo tierra.

Jotadé siempre ha tenido mucha intuición para ese tipo de cosas, pero no es hasta que lo oye en boca de Paula cuando adquiere todo el sentido.

—¿Tienes pruebas de eso que dices?

—No me hacen falta. Tú no lo conoces, no tienes ni idea de lo que es capaz de hacer. Fíjate en lo que hizo con aquellos dos desgraciados en el puente de la M-30.

—Según él, no tuvo nada que ver.

—¿Y tú le crees?

Paula se marcha cabizbaja. Jotadé mira preocupado hacia la puerta del sótano...

79

Desde que salió de la cárcel, Marcos Garza se siente aún menos libre. A muchos les pasa lo mismo, convierten la prisión en su mundo y allí creen estar seguros. En el fondo es cierto; la ley de la calle es más dura y hay muchos más delincuentes en libertad que encerrados. Marcos se ha dado cuenta de que no le gusta la vida que le espera fuera y quiere marcharse lejos y empezar de cero. Quizá, ¿por qué no?, hasta se plantea formar una familia. Pero para eso lo primero es desintoxicarse. Ya lo ha intentado varias veces y nunca lo ha conseguido, no se sintió con fuerzas ni para superar las primeras fases del síndrome de abstinencia. No será fácil, lo sabe bien, pero esta vez está decidido.

Siente que viene. Ya lleva muchas horas sin meterse lo que necesita para funcionar y su cuerpo empieza a quejarse. El malestar primero le ataca al estómago y le hace vomitar, pero, aunque ya solo eche bilis, sigue teniendo unas náuseas que arrancan desde lo más profundo de su ser. Poco después llegan las molestias musculares. Al principio son una especie de agujetas en músculos que llevaban tiempo sin trabajar, pero enseguida se transforman en un dolor agudo y penetrante que le imposibilita moverse sin ver las estrellas. Cuando todavía no ha superado ni las náuseas ni los dolores, aparece la fiebre, con sudoración y fuertes temblores. Lo malo de esta fase es que en la mente de los adictos renace con fuerza la idea de volver a consumir. Saben que con un chute todo ese sufrimiento acabará y se suceden las negociaciones consigo mismos: «No será como antes, eso seguro. No me chutaré por inercia, sino para pasar el trago y sobrevivir. Poco a poco bajaré la dosis hasta que ya no me haga falta». Cuando hacen acto de presencia la depresión y la sensación de una muerte inminente, Marcos ya ha vuelto a perder la batalla.

Pone la habitación patas arriba en busca de una dosis y tarda casi media hora en recordar que, cuando tomó la decisión de dejarlo, se deshizo de todas las reservas tirándolas por el mismo váter que ahora está lleno de vómitos. Nunca antes se había arrepentido tanto de un buen propósito.

Se viste con lo primero que encuentra y sale de su habitación procurando no hacer ruido. La tele del salón está encendida y Paula —que desde la desaparición de su padre ha decidido mudarse a la casa familiar para acompañar a su madre— permanece sentada frente a ella, pero, aunque tiene los ojos abiertos, da la impresión de que su cabeza está muy lejos de allí. Entra en el garaje, coge el coche eléctrico de su madre y sale a la calle sin que nadie lo vea. Con un poco de suerte, piensa, estará de vuelta antes de que amanezca y no tendrá que aguantar los gritos de su hermano Tony por haberle desobedecido. No sabe que, en cuanto abandona la urbanización, uno de los vigilantes hace una llamada que le reportará varios miles de euros, y que para el mediano de los Garza tendrá graves consecuencias.

Apenas conduce un par de kilómetros cuando un coche sale de una bocacalle y se coloca detrás de él. Marcos lo mira por el retrovisor cuando se aproxima demasiado, hasta casi chocarse con él, sumando una buena dosis de nerviosismo a la que ya arrastraba por el mono de heroína.

—¿Qué hace ese imbécil?

Todavía avanza varios cientos de metros más con el coche pegado, hasta que, cuando ambos se adentran en una zona muy poco transitada, le deslumbra el reflejo de una sirena azul a través del retrovisor.

—No me jodas...

Marcos detiene su coche en un lateral y aguarda a que los agentes se aproximen, intentando controlar el tic de su pierna. Sonríe al pensar que, si se les ocurriera hacerle un control de drogas, por una vez daría negativo. A través de los retrovisores exteriores ve que dos hombres de unos treinta años se acercan, cada uno por un lateral, con una mano en la cintura, preparados para desenfundar sus armas. Cuando ya están junto a las ventanillas, baja la suya.

—Buenas noches... —dice uno de los policías.

—¿He hecho algo?

—¿Es usted el propietario de este vehículo?

—Es de mi madre.

—¿Y su nombre es?

—Marcos... Marcos Garza.

Los dos hombres cruzan brevemente sus miradas y desenfundan sus pistolas.

—¿Qué, qué pasa? —pregunta Marcos asustado.

—Pasa que esta noche no deberías haber salido de casa.

Los disparos cruzados no le dan ninguna oportunidad, y los dos policías regresan al coche después de hacerle papilla la cabeza hasta dejarlo irreconocible; la orden de Jacinto Valverde ha sido que a ninguno de los Garza se le pueda velar con el ataúd abierto.

80

El guantazo es tan fuerte que Jotadé pierde momentáneamente el equilibrio y se tiene que sujetar a la estantería de su habitación de casa de sus padres. El trofeo que ganó como máximo goleador infantil de la liga de Pan Bendito en el año 2001 se cae al suelo y se hace añicos. Cuando recupera la verticalidad, se frota la mejilla, dolorido.

—Vaya hostia que me has dado, gitana...

—¡¿Cómo te atreves a ponernos así en peligro, Jotadé?! —se indigna Lola—. ¡¿Cómo has sido tan estúpido?!

—Las cosas se han ido un poco de madre, lo reconozco —intenta calmarla—, pero lo tengo todo controlado.

—¡¿Tu hijo y yo tenemos que venir a casa de tus padres para estar seguros y dices que lo tienes controlado?!

—Solo será por unos días, hasta que todo se calme.

—Yo tengo mi propia casa.

—Te recuerdo que si la tienes tú y no el banco es porque yo hice lo que hice, Lola. Y todo esto solo son las consecuencias de aquello.

—Yo no te pedí que robases ese maldito dinero y nos arruinases a todos la vida, Jotadé —afirma decepcionada—. Devolvámoslo y acabemos con esto.

—Ojalá fuese tan fácil.

Lola se muerde la lengua y sale de la habitación sin que Jotadé la retenga. Se agacha y recoge los restos del trofeo, disgustado. Entra Paco y lo observa unos segundos en silencio antes de hacerse notar. Si por él fuera, también le pondría de vuelta y media por su mala cabeza, pero decide darle un respiro.

—Tu madre pregunta si vas a cenar con nosotros, Juan de Dios.

—No tengo hambre.

—Eso sí que es raro cuando tú te comes una vaca por los pies.

Jotadé fuerza una sonrisa.

—No sé qué diablos estás haciendo con tu vida, hijo, pero yo sigo confiando en ti.

—Ah, ¿sí? —pregunta con incredulidad.

—Desde niño has sido un desastre, fantasioso y pendenciero, pero nunca te he considerado un majadero.

—Las cosas cambian.

—Te he visto dejarte los cuernos para alcanzar la vida que tenías antes de todo este embrollo, con sus cosas buenas y sus cosas malas. Solo necesitas encontrar el camino de vuelta a ese lugar.

—Quizá ya no haya camino de vuelta.

—Creo que era Descartes el que decía que, para encontrar la mejor solución, hay que dividir las dificultades en tantas partes como sea posible.

—¿Y ese quién es?

—Un matemático francés del siglo xvii.

—Papa, a veces me asustas —dice impresionado.

—En el mercadillo tengo muchas horas muertas para leer. Lo importante es que hayas entendido el mensaje.

—Que las cosas hay que ir arreglándolas poco a poco en lugar de todas a la vez, más o menos.

—¿Ves como no eres tan memo, Juan de Dios?

Paco le sonríe, le aprieta el hombro con cariño y sale. A solas, Jotadé mira el trofeo roto en sus manos, sin tener claro cómo va a salir de esta.

La linterna del móvil deslumbra a la oficial Verónica Arganza. Para ella lo natural es estar al otro lado, deslumbrando a los conductores desde la posición de policía, así que la luz la incomoda el doble.

—Aparta esa linterna de mi cara.

El Canillas, uno de los gitanos que ayer mismo se mataba con Jotadé en un campo de fútbol lleno de barro, ahora sería capaz de matar por él. Es uno de los encargados de vigilar las entradas al barrio para que no aparezcan por allí los hombres de Jacinto Valverde.

—El barrio está chapado, princesa —le dice con suficiencia—. Si quieres farlopa para follar mejor con tu novio, búscala en otro lado.

—A quien busco es a Jotadé.

El gitano vuelve a alumbrarla con la linterna.

—¿Te está esperando?

—Ha sido él quien me ha llamado. ¿Apartas la lucecita o te la tengo que hacer tragar?

—Muy chula eres tú, paya.

Verónica lo mira sin amilanarse. Los años de calle le han hecho endurecer el carácter, pero nada comparado con lo sucedido los últimos días. El Canillas percibe su determinación y aparta la linterna.

—¡Dejadla pasar!

Otros dos gitanos más jóvenes retiran un tronco de la carretera y Verónica continúa su camino. Exceptuando los vigilantes armados que la miran pasar desde cada esquina, el barrio está desierto. Le admira que alguien como Jotadé, cuando era policía y ahora que no lo es, tenga tanto poder como para paralizar así uno de los mercados de droga más importantes de Madrid. Por una vez, los camellos están en sus casas, cenando con sus hijos y haciendo el amor con sus mujeres.

Detiene el coche donde le ha indicado Jotadé. Es un lugar aislado con una fácil vía de escape, por si acaso le tendieran una emboscada. En otro momento le habría molestado la desconfianza de su amigo, pero ahora la comprende. Solo pasan unos minutos —en los que seguramente su excompañero haya estado cerciorándose de que todo está tranquilo— cuando se abre la puerta y Jotadé sube al asiento del copiloto.

—Ya hace un frío de pelotas...

Verónica lo mira con gravedad.

—¿A qué estás jugando, Jotadé? —pregunta directa.

—¿Todavía no te has enterado de que esto no es un juego?

—Ya ha muerto demasiada gente, ¿no crees?

—Si por mí fuera, no habría muerto nadie... Ni siquiera Mauro.

Verónica aparta la mirada. Jotadé enseguida se arrepiente de haber dicho eso.

—Era él o yo. No pudiste hacer otra cosa.

—Pude seguir el protocolo y no estaría torturándome por lo que pasó —responde ella afectada—. En cuanto cierro los ojos, veo a ese chico acribillado.

—Lo seguirías viendo de haber llamado a los compañeros, eso seguro. La única diferencia es que ahora tendrías dentro de tu culo la cabeza de los de Asuntos Internos.

—Pero era lo correcto.

—No, no lo era. Confía en mí.

—¿Qué hiciste con él?

—Es mejor que no lo sepas.

La mirada de Verónica hace comprender a Jotadé que no se va a conformar con esa respuesta.

—Lo metí en la tumba de un gitano que se tiró desde el balcón después de acuchillar a su mujer. Los dos eran igual de cabrones, así que se llevarán bien.

Jotadé sabía que eso la tranquilizaría en cierta medida, pero la verdad es que los restos desmembrados de Mauro están a menos de quinientos metros de ellos, enterrados junto a una caseta de aperos semiderruida. Verónica vuelve a mirarlo.

—Siento lo de tu coche.

—Ha sido una putada, sí.

—Si no piensas entregarte, ¿para qué me has llamado?

—Paula Garza. Supongo que ya tienes una teoría sobre lo que pasó con su novio.

—Ella lo mandó matar, aunque todavía no sé el motivo.

—Envió a unos hombres a su despacho porque le estaba poniendo los cuernos y quería darle un sustito, pero su intención no era matarlo.

—Eso que lo decida un juez, Jotadé.

—Estoy de acuerdo..., pero quiero pedirte un favor. Aunque encuentres algo para ir a por ella, no lo hagas todavía.

Deja que pasen unos días y termine el conflicto entre los Garza y Valverde.

—Pretendes arruinar mi carrera como tú has arruinado la tuya. Es eso, ¿verdad?

—No sabes lo equivocada que estás, Vero. Si hay alguien a quien yo respete en este mundo eres tú. Pero ahora tienes que hacerme caso. Lo de Paula Garza puede esperar. Solo pisa el freno hasta que llegue el momento.

—¿Por qué?

—Porque te lo pido yo. No te creas que voy a ayudarla a librarse, pero necesito que se quede parado hasta que todo esto pase.

—¿Cuándo será eso?

—Pronto, muy pronto. Y ahora márchate a descansar. No tienes buena cara.

Antes de que Verónica pueda protestar, Jotadé ya ha dado por zanjada la conversación, ha salido del coche y se ha perdido en la oscuridad.

81

Javier entra en el patio del centro de menores y se tensa al ver que Lucía lo está esperando junto a la puerta principal. Esboza una inocente sonrisa cuando su compañero ralentiza el paso y se protege instintivamente la entrepierna con la cartera.

—Tranquilo, Javi. Yo soy tanto de respetar mis acuerdos como de cumplir mis amenazas.

Él guarda silencio, muy incómodo.

—¿Ha ido bien la comida? Supongo que sí, porque te has tomado dos horas, hueles a vino peleón que tira de espaldas y traes la camisa manchada de... —se acerca para oler la mancha— ¿salsa romesco?

—¿Qué quieres, Lucía?

—Tu coche.

—¿Para qué?

—Eso no es asunto tuyo. Lo único que tienes que hacer es darme las llaves y mantener el pico cerrado. —Extiende la mano—. Lo tomaré como una demostración de que nuestra amistad ha alcanzado otro nivel.

Tras dudar unos instantes, Javier le entrega las llaves.

—¿Cuándo me lo vas a devolver?

—Si no se complica la cosa, en dos o tres horas.

Lucía le guiña el ojo y se marcha hacia la parte trasera. Javier entra contrariado en el edificio.

Conducir de día —e incluso sufrir uno de los conocidos atascos de Madrid debido a la gente que sale de trabajar— supone para Lucía una satisfacción indescriptible. Cuando se agarra al volante con una sonrisa, un par de treintañeros que la miran desde el coche de al lado le pitan y le piden, mediante gestos, que baje la ventanilla.

—Nos vamos de tardeo a un sitio con música en directo, ¿te apuntas?

—Deberíais currároslo un poquito más, chicos —contesta ella divertida y halagada a partes iguales.

—El primer gin-tonic corre de nuestra cuenta —dice el segundo chico—. Pásanos tu móvil y te mandamos la ubicación.

—No tengo móvil.

—¿Tú de dónde has salido?, ¿de una cueva?

—Más o menos...

Para chasco de los chicos, Lucía sube la ventanilla y avanza en su fila. Hasta que el tráfico vuelve a ser fluido, coincide un par de veces más con ellos, pero ignora sus súplicas. En la garita de la urbanización donde aún viven el padre y el hermano de Andrea hay un guarda jurado diferente al de la otra noche, pero tampoco se para a hacer preguntas y levanta la barrera sin más. Lucía lo saluda con un gesto y sigue las indicaciones del navegador, que la llevan hasta el Centro Hípico Valdelaguna.

Decenas de chicos vestidos de jinete y chicas de amazona entran y salen de unas instalaciones tan lujosas como la mayoría de las mansiones que las rodean. Lucía ha impreso una fotografía del hermano pequeño de Andrea, pero teme no reconocerlo entre tantos chicos vestidos igual. Aparca el coche y se dirige hacia la entrada, donde un grupo de chavales comenta un vídeo que reproducen en un móvil. Por las risas y las voces, debe de tratarse de algún vídeo porno.

—Perdonad... —Esconden el teléfono cuando Lucía se acerca—. ¿Conocéis a un chico que se llama Miguel Herrera?

—¿El friki? Estará haciendo frikadas por ahí... —contesta uno de ellos.

—¿Podrías definir un poco mejor el «por ahí»?

—Está terminando su clase —responde un segundo chico mientras señala con la cabeza a un grupo de jinetes que da vueltas alrededor de un circuito.

Lucía se lo agradece y va hacia allí mientras los chicos retoman el visionado del vídeo con las consiguientes risas y comentarios obscenos. Cuando termina la clase, se forman varios grupos, y en ninguno se integra Miguel, de catorce años. Por su manera de moverse y de evitar las miradas de sus compañeros, se le nota tremendamente retraído. Mientras los demás llevan a sus caballos hacia las cuadras charlando animadamente, Miguel comenta con el suyo algún lance de la clase, como si el animal pudiese entenderlo. En ese momento, Lucía comprende a la perfección el concepto «frikadas». Vigila que no esté cerca el padre, temiendo que la reconozca tras su visita al centro, y, cuando ve que no hay peligro, se acerca a él.

—Precioso caballo...

—Es una yegua.

—Vaya —sonríe Lucía—, en menos de un segundo te has dado cuenta de que no tengo ni idea de caballos. Pero tengo entendido que a ti se te dan bien.

Miguel la mira de arriba abajo, desconfiado.

—¿Quién eres?

—Soy psicóloga..., la psicóloga que está tratando a tu hermana Andrea. Y necesito tu ayuda, Miguel.

El chico la mira sorprendido, sin saber cómo reaccionar. Está a punto de dejarla con la palabra en la boca, como le habría gustado a su padre y a su abogado, que le prohibió expresamente hablar con nadie del caso, pero le puede la curiosidad.

—¿Cómo está?

—Regular. Ya sabes que no le gusta hablar demasiado de sus sentimientos, aunque te echa de menos.

—Yo a ella también, pero mi padre no quiere que vaya a verla.

—Me lo imaginaba, porque, según tengo entendido, antes estabais muy unidos.

—Nos llevábamos bien.

—Si quieres, puedo darle un recado de tu parte.

Miguel se lo piensa, está a punto de decir algo, pero lo descarta.

—Da igual.

—Para poder ayudar a tu hermana, necesito que me cuentes algo.

—¿El qué?

—Quiero saber qué pasó exactamente aquella noche.

El chico se tensa.

—Comprendo que recordarlo es muy doloroso para ti, Miguel, pero hay cosas que todavía no tengo claras. Tú, por ejemplo, ¿dónde estabas cuando pasó?

—Jugando a la Play.

—¿No la viste salir de su habitación y bajar a la cocina?

—No.

—¿Y tampoco escuchaste la discusión antes del incidente?

—Yo llevaba unos cascos.

—¿Ni siquiera escuchaste algo cuando empezó la pelea? Según me ha contado Andrea, las dos elevaron mucho la voz.

—Tengo que llevar a Luna al establo para cepillarla —responde evasivo.

—Solo respóndeme a eso y te prometo que te dejo en paz, Miguel. ¿Llegaste a ver a tu hermana con el cuchillo en la mano?

—¡Ya te he dicho todo lo que sé! —la interrumpe hecho una furia—. ¡Deja de hacerme preguntas si no quieres que mi padre te denuncie por acoso!

Miguel coge a su yegua por las riendas y se la lleva hacia los establos. Lucía lo mira alejarse, inexpresiva.

82

Desde que recibió el aviso de lo sucedido con su hermano Marcos, Tony Garza se ha dado cuenta de que varios coches de la Policía Secreta lo siguen a todas partes. Que todavía no lo hayan detenido es una buena noticia, eso significa que no tienen nada en firme contra él. A la hora de ir a reconocer lo que queda del cadáver, simplemente le han preguntado si su hermano tenía enemigos declarados y él ha contestado que todo el que haya estado en la cárcel los tiene. Ni se le pasa por la cabeza acusar a Jacinto Valverde; de él se quiere encargar personalmente. Vuelve a casa a cambiarse y sale en dirección al tanatorio con su mujer y sus hijos. En la esquina de su calle están otra vez los dos coches de la Secreta. Teme que su teléfono esté intervenido y le pide el suyo a su hija mayor. Ella se resiste.

—¿Cuándo me lo vas a devolver?

—Ahora.

—Estoy esperando un wasap de mis amigas —protesta la chica.

—Tu tío Marcos ha muerto, Diana. Hoy no es día para andarte con mensajitos. Dámelo de una maldita vez.

—Dale el teléfono a tu padre, Diana —interviene la mujer de Tony, que lleva a su bebé en brazos.

La chica obedece a regañadientes. Tony marca un número.

—Soy yo. Tengo a los maderos detrás... —dice sin quitarle ojo a los policías que le siguen—. Preparadlo todo para cuando salga del tanatorio.

Todavía hace un par de llamadas más dando instrucciones a sus hombres antes de devolverle el teléfono a su hija, que lo revisa ansiosa por si ya hubiera recibido el mensaje que tanto espera. Recoge a su madre y van al velatorio de Marcos.

Mientras escucha a Carmela llorar desconsolada por la desgracia, injusta para ella y que viene a sumarse a la desaparición de su marido, Tony piensa que, como ya anticipaba Hilario antes de morir, esta guerra se los va a llevar por delante. Pero él está dispuesto a no parar hasta quedarse con todo.

El estado en el que está el cadáver de Marcos hace imposible velarlo con el ataúd abierto, y eso es lo que más le duele a la familia. Pero, aunque Tony se muestra tan indignado como el resto de los asistentes al sepelio, en el fondo lo comprende porque él hubiera ordenado lo mismo para desmoralizar al enemigo. Es una más de las tácticas de los narcos colombianos y mexicanos que se sabe al dedillo. Uno a uno, todos los asistentes pasan para darle las condolencias a la familia. De su círculo más cercano, aparte de Juárez y Mauro, solo faltan Omar y Jotadé, pero ambos están en busca y captura por la policía y no pueden aparecer por allí sin arriesgarse a que los detengan.

Después de la ceremonia, Tony deja a su hermana Paula a cargo de todo y se marcha. Se detiene junto a uno de los coches de la Policía Secreta y baja la ventanilla.

—¿Nos vamos o qué?

Sonríe a los dos agentes, que lo miran cogidos en falta, y se pone en marcha. La siguiente media hora la dedica a dar vueltas por la ciudad, volviendo locos a los coches que lo siguen. No los despista, pero consigue sacar de quicio a sus ocupantes. Se salta un semáforo en rojo y entra en un aparcamiento público. Uno de los coches va detrás de él, pero no llega a tiempo para ver cómo otro conductor sustituye a Tony al volante de su coche, y él se tumba en el asiento trasero de un utilitario que sale del aparcamiento en el preciso instante en el que entra el de la Secreta. Todavía cambia dos veces más de vehículo para asegurarse de que ha burlado a sus perseguidores hasta que pone rumbo a una zona industrial de Villanueva del Pardillo, en el noroeste de la capital. Allí conduce hasta dentro de una nave, donde lo esperan Omar, Ángel y otro más de sus hombres, todos ellos bien armados.

—¿Y Jotadé?

—Ya han ido a buscarlo. Estarán al llegar.

En cuanto entra por la puerta, veinte minutos más tarde, con el sicario que ha ido a por él a Pan Bendito, Jotadé sabe que el asunto es serio, sobre todo por la sonrisa ambigua que le dedica Tony en un día en que no debería sonreír.

—Pues ya estamos todos...

—Siento lo de Marcos, Tony —dice Jotadé—. Era un buen tío.

—Era un mierda y un puto yonqui. Tú eso lo sabes mejor que nadie, que compartiste talego con él y lo veías arrastrarse por una micra de heroína.

Jotadé calla, extrañado por que hable con tanta dureza de su hermano el mismo día de su entierro.

—Te estarás preguntando qué hacemos aquí, supongo.

—Mismamente.

—Sígueme.

Jotadé se tensa al notar que los cuatro hombres de Tony se sitúan a su espalda y a sus flancos, cortándole cualquier posibilidad de escapatoria. Lo sigue a través de varios pasillos hasta que llegan a una puerta cerrada.

—¿Preparado? —pregunta Tony, disfrutando del momento.

—No lo sé, Tony —responde él con cautela—. ¿Lo estoy?

—No, no lo creo —Tony esboza una enigmática sonrisa—, pero la vida no deja de ser una sorpresa tras otra, Jotadé. A veces son buenas, pero, para gente como tú y como yo, lo normal es que sean una mierda de noticias.

Acto seguido le hace un gesto a Omar y este abre la puerta. A Jotadé le da un vuelco el corazón cuando ve allí a la oficial Verónica Arganza. Tiene la cara machacada a golpes y está amordazada y atada a un saliente de metal de la pared.

—¿Qué cojones es esto, Tony?

Mientras Omar, Ángel y los otros dos hombres encañonan a Jotadé, Tony lo registra y lo desarma.

—La cogimos ayer cuando salía de visitarte en el barrio de tus viejos.

—¡Es policía, Tony! ¡¿Te has vuelto loco?! ¡A estas alturas ya estará toda la comisaría buscándola.

—Que la busquen, porque no la van a encontrar. Ni a ella, ni a ti.

—¿De qué hablas?

—Jotadé, Jotadé… —dice pasándole su propia pistola por la cara—. ¿Creías que a mí podías engañarme como al descerebrado de mi hermano y a la zorra de mi hermana? ¿Es que pensabas que no me iba a enterar de que te la estás follando?

—Te equivocas.

—No, no me equivoco, pero ya hablaremos de eso.

Se acerca a Verónica y le levanta la cabeza agarrándola por el pelo.

—Aquí donde la ves, nos lo ha puesto bien difícil. ¿Cuánto ha tardado en entrar en razón, Omar?

—Dos horas.

—¡Dos horas! —exclama Tony admirado—. Eso no lo aguanta cualquiera. Pero el caso es que al final ha decidido hablar. ¿Verdad que sí, preciosa?

—No sé qué ha podido contaros —dice Jotadé—, pero Verónica y yo ya no tenemos ningún trato profesional. Solo es una excompañera.

—Una excompañera que te saca las castañas del fuego dejando a Mauro como un colador, ¿no?

Jotadé enmudece. Tony le arranca a Verónica el esparadrapo que le cubre la boca. Ella mira a su amigo, avergonzada.

—Lo siento, Jotadé.

—Tranquila. Te sacaré de aquí.

—Lo dudo —dice Tony—. Lo dudo mucho.

Ángel golpea a Jotadé en los riñones y este cae de rodillas al suelo.

—No lo machaquéis demasiado —dice Tony antes de salir—. Quiero que siga vivo cuando yo vuelva.

327

Mientras regresa al coche para volver al velatorio de su hermano, Tony escucha los golpes que recibe Jotadé. Sonríe para sí al distinguir, por las voces, que el gitano intenta revolverse y aún logra devolver un par de puñetazos antes de ser sometido.

83

Iván entra en casa con determinación. Se asoma a la cocina, saluda a la abuela Carmen y ella le responde con cierta frialdad; tras su encontronazo a cuenta de la manera de llevar la campaña electoral para la alcaldía del pueblo, la relación entre ellos se ha enrarecido.

—¿Y los niños? —pregunta Iván.

—Están ayudando a la vecina a recoger los últimos tomates de la temporada. ¿Quieres que los avise?

—No, déjalos. Así podemos charlar tú y yo tranquilamente. ¿Nos sentamos un momento, Carmen?

—¿No puedes esperar a que termine con la cena? Todavía tengo que hacer la masa de la empanada, el relleno, la ensalada...

—Es importante. Y prometo que no te robaré demasiado tiempo.

La madre de Indira lo observa y, al ver la seriedad de su expresión, cede. Deja lo que estaba haciendo y se sienta frente a él.

—¿Qué pasa, a ver?

—En primer lugar, quiero disculparme contigo por lo del otro día. Nunca debí levantarte la voz.

—Olvídalo —responde ella comprensiva—. Sé que a veces me pongo un poco pesada.

—Aun así, desde que llegué a esta casa me has tratado como a un hijo y no tengo derecho a hablarte como lo hice. Lo siento de verdad. Te doy mi palabra de que no volverá a pasar.

Carmen le sonríe, aliviada.

—Por mí está olvidado.

—Me alegro —asiente sin variar el gesto.

—¿Entonces por qué no es alegría lo que te noto en la cara? —pregunta precavida.

—Porque tengo algo más que decirte.

—Suéltalo de una vez.

—Acabo de pasarme por el ayuntamiento y ya han colgado la convocatoria para las nuevas elecciones. Recogí toda la documentación para presentar mi candidatura, pero... —Se calla.

—¿Pero? —Carmen ya se teme lo peor.

—He decidido no presentarme. Por mucho que me empeñe, yo no valgo para ser alcalde. Me pasaría el día intentando complacer a todo el mundo y al final no contentaría a nadie.

—No tienes por qué contentar a todos.

—Diría que sí, después de haberles hecho tantas promesas electorales.

A pesar de la evidente decepción de Carmen, trata de ser respetuosa.

—Yo sí creo que serías un magnífico alcalde, Iván. Eres un hombre honesto y voluntarioso que le haría mucho bien a Villafranca de los Barros, aunque, si has tomado esa decisión, la respetaré.

—Sé que te hacía mucha ilusión, pero llevo unos días pensándolo y, como tú has dicho, es mi decisión.

—Entonces no hay más que hablar. ¿Puedo hacer ya la cena?

—Aún hay algo más, y seguramente esto te haga menos gracia todavía.

Esta vez sí, a Carmen le alarma la cara con que la mira Iván.

—¿De qué se trata?

—Nada más salir del ayuntamiento... he llamado a mi antiguo comisario para solicitar reincorporarme en mi puesto. Empiezo la semana que viene.

—¿Vuelves a Madrid? —pregunta demudada.

—Así es.

—¿Y qué pasará con Albita y con James?

—He hablado con un colegio para Alba y con un centro especializado para James, y me han asegurado que no habrá ningún problema si se incorporan con el curso empezado. Ya he reservado las plazas.

A la abuela Carmen se le cae el mundo encima al darse cuenta de que va a volver a quedarse sola en el pueblo. No podría haber recibido una noticia peor.

84

Jotadé está atado junto a Verónica, ambos con un aspecto lamentable tras los golpes recibidos. La chica mira avergonzada a su compañero mientras este intenta, en vano, liberarse de sus ataduras.

—¿Y ese careto? —pregunta Jotadé—. ¿No te lo estás pasando bien?

—No mucho. Y no solo porque seguramente hoy sea el último día de mi vida, sino también porque me siento una mierda por traicionarte.

—Olvídate. Yo, al primer leñazo, me habría chivado hasta de que mi madre vende prendas falsas en el mercadillo.

—Mientes. Solo hay que fijarse para ver que a ti no te hacen hablar con una simple paliza. ¿Cuántas llevas en las últimas semanas?

—Desde que entré en el talego me llevo palos por todos los lados, eso es así. Cuando salga de aquí, voy a tener que irme a una clínica de reposo. Y a ti tampoco te vendría mal. Lo mismo hasta nos hacen precio por cogernos una habitación doble.

Verónica sonríe, pero enseguida vuelve a ser consciente de su situación.

—Eso si no terminamos destripados y ahorcados desde algún puente.

—De todas las posibilidades, esa es la que menos me apetece.

Jotadé se incorpora y frota las ataduras de sus muñecas contra la pared, pero tampoco logra resultados.

—No tendrás una navaja por ahí, ¿verdad?

—Pues no. Lo que me extraña es que no la tengas tú, con lo preparado que estás siempre para estas cosas.

—Ya ves. Y eso que un gitano sin choricera es como un jardín sin flores.

En ese momento, entran Tony, Omar, Ángel y los otros dos esbirros.

—Ya estoy de vuelta.

—Tony —dice Jotadé—, la estás cagando pero bien. Si matas a una poli, no habrá lugar donde puedas esconderte.

—Tranquilo, porque no seré yo quien se manche las manos de sangre.

—Eso sí que es raro, con lo que disfrutas tú abriendo en canal a la peña.

Tony lo atraviesa con la mirada y Jotadé percibe cierta inquietud en él.

—No sé de qué hablas, gitano.

—Deberías tomar magnesio, porque tienes una memoria de mierda si ya te has olvidado de los dos desgraciados del puente de la M-30. Después de conocerte, sé que solo a ti se te podría ocurrir darles un tajito para que se destripasen sobre el tráfico.

—Ya te he dicho cien veces que nosotros no tuvimos nada que ver con eso.

—¿Eres tan cobarde que ni ahora te atreves a admitirlo?

Tony lo mira con suficiencia.

—¿Sabes cuál es el problema, Jotadé? Que, si te confieso algo así, después tendría que enterrarte bien profundo.

—¿No pensabas hacerlo ya?

—Sí, la verdad es que sí... —Se ríe—. Está bien, me has pillado. El futbolista y su amigo nos debían una pasta gansa y no pensaban pagar. Mi padre ordenó que los hiciésemos desaparecer, y yo vi la oportunidad de mandar un mensaje a los demás morosos haciendo algo más llamativo.

—Y gracias a eso os cargasteis a la hija del comisario.

—Así es la vida —replica con frialdad—. ¿Alguna pregunta más?

—Solo una... ¿También te pusiste palote cuando mataste a tu propio viejo?

A Tony se le ensombrece el semblante. Omar, Ángel y los demás lo miran, desconcertados.

—¿De qué coño está hablando, Tony? —pregunta el argelino.

—Hablo de que Hilario quería venderle a Jacinto Valverde todos sus negocios —responde Jotadé—, pero Tony no estaba de acuerdo y le dio matarile.

—¿Eso es verdad, Tony? —se inquieta Ángel.

Tony duda, pero, ante la mirada retadora de Jotadé, termina rindiéndose a la evidencia.

—Claro que es verdad, imbécil. Mi padre iba a regalarle todo a ese miserable de Valverde y a dejarnos con una mano delante y otra detrás. Así que, en vez de mirarme con esa puta cara de memos, lo que deberíais hacer es besarme los pies, porque a mi lado os vais a forrar.

Jotadé esboza una leve sonrisa que no pasa desapercibida para Tony.

—¿De qué coño te ríes?

—De nada.

—Desatadlo.

Omar y Ángel obedecen. Tony se acerca a él.

—No te creas que me importa que os cargaseis a Mauro. Era otro perdedor y estoy seguro de que él se lo buscó. Pero, como te he dicho antes, no puedo dejarte ir después de lo que sabes.

—Te juro que no diré nada.

—Eso no me basta, Jotadé. Si quieres seguir a mi lado, tienes que demostrarme que me eres leal hasta las últimas consecuencias.

Tony saca la propia pistola de Jotadé y sus hombres vuelven a encañonarlo cuando se la tiende.

—Acaba con ella. —Hace un gesto de barbilla hacia Verónica—. Vuélale la cabeza y tú y yo volveremos a ser amigos.

Jotadé mira la pistola y después a Verónica, que lo mira con entereza.

—Haz lo que tengas que hacer.

—¿Ves los huevos que tiene? —dice Tony admirado—. Ahora demuéstrame que no me equivoco contigo, Jotadé. Pero no te lo pienses demasiado, no vaya a ser que decida que lo más fácil es liquidarte a ti también... ¡Coge la puta pistola!

Jotadé coge la pistola y apunta a Verónica mientras los demás lo miran con el dedo en el gatillo, dispuestos a ejecutarlo ante cualquier movimiento en falso.

85

Cuando Andrea entra en la habitación que le han asignado mientras dura su aislamiento, se encuentra a Lucía sentada frente al escritorio, mirando con gesto serio hacia la puerta.

—¿Qué haces tú aquí?

—Tengo que hablar contigo, Andrea.

—Pues te esperas a que yo esté dentro y llamas a la puerta como todo el mundo —responde con sequedad—. Esto es una violación de mi intimidad.

—Te recuerdo que no estás en un hotel. Yo, como personal del centro, puedo entrar en tu habitación e incluso registrar tus pertenencias cuando me dé la gana.

—¿Tú de qué vas? —se revuelve.

—Tranquilízate y siéntate, por favor.

Andrea la mira con desconfianza mientras se sienta sobre la cama. No sabe qué es, pero nota a Lucía cambiada; desde que la conoce, siempre le ha hablado con delicadeza, procurando no alterarla ni molestarla, pero ahora es diferente. Tiene algo que decirle e impedirlo parece imposible.

—¿De qué quieres hablar?

—De lo que pasó la noche que murió tu madre.

—Ya te lo he contado.

—Ahora quiero que me digas la verdad.

—No sé qué paja mental te habrás hecho, pero eso ya está hablado. Si tomases nota durante nuestras sesiones, ahora podrías consultarlas y no me harías perder el tiempo con...

—He ido a ver a tu hermano Miguel —la corta.

Andrea siente un escalofrío.

—¿Qué te ha dicho?

—No demasiado, pero me ha bastado para confirmar lo que yo sospechaba desde hace días.

—¿Y qué es, si puede saberse?

—Que no fuiste tú quien mató a tu madre.

Andrea suelta una risa nerviosa.

—Deberías cambiar de camello, Lucía. ¿Por qué piensas esa gilipollez?

—Desde el principio tuve la sensación de que me ocultabas algo, pero cuando visité la otra noche a Isabel Cuesta al fin até todos los cabos.

—De esa zorra no te creas media palabra.

—No tenía por qué mentirme cuando me contó lo que te dijo para que tú le dieras una paliza: que todos en el barrio sabían que el que estaba mal de la cabeza en tu familia no eras tú, sino tu hermano.

—Miguel no es un mal niño —responde incómoda.

—Nadie dice que lo sea, pero el arrebato aquella noche no lo tuviste tú. Te admiro por arruinar tu vida por proteger a tu hermano pequeño, pero es hora de contar la verdad. ¿Qué pasó, Andrea?

La chica sabe que es absurdo seguir mintiendo y baja la mirada...

Andrea, con trece años, lee una novela tumbada en la cama de su habitación, aburrida. Su hermano Miguel, de once, entra sin llamar a la puerta.

—¿No te he dicho mil veces que no entres sin llamar, enano? —pregunta Andrea con sequedad.

—Era por si querías jugar conmigo a la consola.

—No puedo salir de mi cuarto. Mamá me ha castigado.

—¿Qué has hecho ahora?

—Falté a clase de equitación. Ven aquí.

Miguel se sube en la cama con su hermana y ella lo abraza, cariñosa.

—Odio a mamá... —dice el niño con resentimiento.

—¿Por qué dices eso?

—Porque siempre está borracha. El otro día se cayó cuando fue a buscarme y ahora todos en el cole se ríen de mí.

—Sí, la verdad es que estaríamos mejor sin ella... —dice sin pensar en las consecuencias de sus palabras—. Anda, vete a tu habitación, no te vaya a castigar también a ti.

Andrea le da un beso y el chico sale. En ese momento, a ella le entra un wasap:

Ha venido Luismi!

Qué dices???
Si estaba esquiando

Cero nieve. Tienes
que escaparte!

No puedo, tía,
estoy castigada...

Tú verás. También ha
venido la guarra de Sara...
Y va enseñando las tetas.

En cuanto abre la puerta de su habitación, Andrea escucha las voces que provienen de la cocina.

—¡¿Por qué siempre tienes que castigarla, eh?!

—Tú no te metas en esto si no quieres quedarte también castigado, Miguel. —El alcohol hace que su madre arrastre las palabras.

—¡¿Qué te cuesta dejar que venga a mi habitación a jugar conmigo?! —El niño alza la voz, desquiciado—. ¡Solo lo haces para fastidiarnos!

—¿Tú quién narices te crees que eres para hablarme así? Márchate ahora mismo si no quieres que te dé un tortazo.

—Atrévete —la reta.

—¿Cómo has dicho?

—¿Qué crees que dirá papá si le cuento que me has pegado?

—Sube a tu cuarto, Miguel.

—Eres una borracha.

Ella pierde los nervios y abofetea al niño.

—Ya lo has conseguido. Estás castigado indefinidamente. Y, por supuesto, olvídate de jugar a la consola hasta que acabe el curso.

Le da la espalda y Miguel, totalmente enloquecido, coge el cuchillo que hay sobre la encimera. La primera cuchillada se la da en el costado.

La mujer huye hacia el salón pidiendo ayuda, pero Miguel corre tras ella y la apuñala en repetidas ocasiones hasta que cae muerta sobre el sillón. Al mirar hacia lo alto de la escalera, ve a Andrea observándolo en silencio, en estado de shock.

—¿Q-qué has hecho, Miguel?

El niño suelta el cuchillo, como si acabase de darse cuenta de lo que ha pasado, y se echa a llorar.

—Tú dijiste que estaríamos mejor sin ella...

—¡¿Qué has hecho, joder?!

Andrea corre a atender a su madre, pero no reacciona. Después mira horrorizada a su hermano pequeño.

—¿Me van a llevar a la cárcel?

A la chica solo le sale abrazarlo. Entonces, toma una decisión.

—A ti nadie te va a llevar a ningún sitio. Sube a cambiarte de ropa. Todo lo que esté manchado de sangre lo guardas en una bolsa y me lo das.

—¿Para qué?

—Cállate y obedece. Cuando te hayas cambiado, me esperas en tu habitación jugando a la consola hasta que yo vuelva. Y nunca, ¿me oyes? —lo recalca agarrándolo por los hombros—, nunca jamás digas lo que ha pasado esta noche. Si alguien te pregunta, tú no saliste de tu habitación en ningún momento, ¿está claro?

El niño no responde, mirando sobrepasado el cadáver de su madre.

—¡¿Está claro, Miguel?! —insiste zarandeándolo.

Al fin reacciona y asiente.

—Pues venga, haz lo que te he dicho.

El niño regresa corriendo al piso superior.

86

Jotadé sigue apuntando a Verónica ante la atenta mirada de Tony Garza y de sus hombres, que lo mantienen encañonado. La oficial lo mira con resignación y entereza, tratando de hacerle ver que no debe sentirse culpable al apretar el gatillo cuando ambos saben que es la única salida posible para que al menos uno de los dos sobreviva a esa noche. Como ha dicho Tony, Jotadé se da cuenta de que nunca antes había conocido a nadie con más valor que su amiga.

—Sé que te cuesta tomar una decisión —Garza rompe el silencio—, pero es la única manera de salvar tu culo.

—Tiene que haber otra opción, Tony.

—No, no la hay. Y, si no lo haces en menos de cinco segundos, te juro por mis hijos que os mato yo a los dos aquí mismo.

Mientras Tony hace la cuenta atrás, Jotadé piensa a toda prisa, pero no encuentra ninguna solución. Si se le ocurriera desviar el cañón de su pistola un solo centímetro en dirección a Garza, al menos cuatro balas le atravesarían el cerebro antes de poder apretar el gatillo. Pero lo que ninguno de los presentes se esperaba era que, al llegar Tony a cero, cuando ya estaban dispuestos a disparar sobre los dos, Jotadé apoyara el cañón de la pistola en su propia sien. Todos lo miran desconcertados.

—¿Qué hace? —pregunta Omar.

—Antes de cargarme a una tía como ella, que vale cien veces más que todos vosotros juntos, me mato yo.

—No tienes cojones, gitano —lo reta Tony.

Jotadé le mira a los ojos y aprieta lentamente el gatillo ante la mirada fascinada de los presentes.

—¡¿Qué estás haciendo, Jotadé?! —le grita Verónica estupefacta.

—Largarme como yo quiero y no como quieren estos mierdasecas, prima.

Cuando la presión en el gatillo libera el percutor, en vez de un tiro suena un ¡clic! Jotadé aprovecha la confusión para lanzarle la pistola a Tony, abriéndole una brecha en la frente, y tira con fuerza del brazo de Ángel. Los demás enseguida reaccionan y abren fuego, pero Jotadé se cubre con el cuerpo del sicario, logra arrebatarle su pistola y les devuelve los disparos. Tony, Omar y los otros dos corren hacia la salida para ponerse a cubierto, pero Jotadé alcanza a uno de estos últimos en la nuca y cae de bruces, muerto.

—¡Jotadé! —grita Verónica—. ¡El cuchillo!

Señala con la mirada un cuchillo que asoma de una funda sujeta a la cintura de Ángel. Él lo coge y lo lanza a los pies de Verónica mientras sigue disparando hacia el exterior de la habitación, desde donde provienen los gritos indignados de Tony exigiendo a sus hombres que acaben con el gitano y la policía.

Verónica al fin se desata, coge la pistola del otro sicario y se sitúa junto a Jotadé.

—Yo ya he hecho lo más jodido —dice él esbozando una sonrisa—. Ahora te toca a ti buscar cómo largarnos de aquí.

Pero, en lugar de buscar posibles escapatorias, Verónica lo mira impresionada.

—¿Qué? —pregunta él.

—¿Cómo se te ocurre dispararte a la cabeza? ¿Y si el arma hubiera estado cargada?

—Conozco bien mi pipa y pesaba menos que de costumbre, así que supuse que tendría el cargador vacío. Además, he visto demasiadas pelis como para saber que no se les ocurriría darme una pistola cargada en una situación así.

—¿Y si ellos no han visto tantas pelis como tú?

—En ese caso, ahora mismo tú y yo no estaríamos de cháchara... ¿Buscas por dónde pirarse, por favor?

Verónica recorre la estancia con la mirada, pero, aparte de una ventana tapiada a un par de metros de suelo, no hay nada.

—Esta es la única salida.

—Eso me temía...

En cuanto Jotadé asoma la cabeza por la puerta, recibe una ráfaga de disparos que están a punto de alcanzarlo. Verónica se fija en los dos cadáveres.

—Igual tienen un móvil a mano y podemos avisar a Osborne.

—No creo que el Bertín llegue antes de que se nos acaben las balas, pero prueba.

Mientras Jotadé la cubre, Verónica registra el cadáver de Ángel.

—Mierda... —Le enseña el móvil, destrozado por los disparos.

Corre hacia el cuerpo del otro sicario.

—¡No me lo puedo creer! Para desbloquearlo pide un reconocimiento facial.

Jotadé se fija en el muerto, al que la bala le ha entrado por la nuca y le ha convertido la cara en un amasijo de carne ensangrentada.

—Pues estamos jodidos. A mí solo me quedan cinco balas. ¿A ti?

—No muchas más —responde después de comprobar el cargador.

—Hay que llegar a la calle para pedir ayuda o nos van a freír el culo. Al venir hacia aquí vi un almacén de chinos bastante cerca.

—Creía que los chinos y los gitanos os llevabais regular.

—Nos llevamos peor con los payoponis, no te creas. Tú atrinchérate aquí dentro mientras yo corro hacia la salida.

—Es el peor plan de huida que he oído en mi vida, Jotadé. Te van a acribillar.

—Qué va. A mí lo que mejor se me da es esquivar balas...

Jotadé sonríe y, sin que Verónica pueda evitarlo, sale corriendo a la vez que dispara.

—¡Espera!

Ella intenta cubrirle, pero el tiroteo cruzado hace que solo pueda efectuar un par de disparos antes de verse obligada a tirarse al suelo. Tras unos segundos de caos, todo retorna a la calma. Solo se escucha el sonido de un coche que arranca y se marcha a toda velocidad.

—¡Jotadé!

Verónica sale de la habitación con cautela y ve a Omar y al otro sicario de Tony muertos en el suelo. En una esquina, apoyado en la pared, está Jotadé. Corre hacia él.

—Dime que estás bien, por favor...

—Tenías razón... —dice con esfuerzo —. El plan ha salido regular... Y lo peor es que Tony Garza ha escapado.

—Me da igual Tony Garza. ¿Dónde te han dado?

Jotadé se abre la chaqueta y Verónica palidece al ver que está totalmente ensangrentado, con varios orificios de bala.

—Esos hijoputas me han operado de apendicitis...

—Dios mío... —dice ella, horrorizada—. Voy a buscar una ambulancia. Tienes que aguantar, Jotadé.

—Olvídate de ambulancias... —La sujeta—. Quítame la bota derecha.

—Ahora no estamos para coñas, Jotadé.

—¡Quítamela, joder!

Verónica obedece sin comprender a qué viene eso. Jotadé mete la mano dentro de la bota y saca un pequeño aparato del tamaño de un lápiz USB.

—¿Qué es eso?

—Llévaselo al comisario de mi parte —dice tendiéndoselo—. Ahí tiene grabaciones de Tony Garza confesando haber matado a los dos de la M-30 y a su padre, y también pruebas para llevarse por delante a Jacinto Valverde y a toda su banda.

—No entiendo nada, Jotadé.

—¿De verdad te pensaste que me había pasado a los malos, prima? —pregunta sonriente antes de cerrar los ojos.

V

87

De tanto mirar por el retrovisor mientras conducía a toda velocidad el coche de uno de los sicarios de Tony Garza, Verónica estuvo a punto de salirse un par de veces de la carretera que iba desde Villanueva del Pardillo hasta el Hospital Puerta de Hierro, en Majadahonda. En el asiento trasero, su amigo se desangraba sin remedio.

—Aguanta, Jotadé…

—Si no me muero por los disparos —dijo con un hilillo de vida—, me vas a matar tú con tanto volantazo.

Verónica entró con el coche hasta prácticamente la sala de espera de Urgencias y acompañó a Jotadé al quirófano agarrándole la mano. Solo consiguieron sacarla de allí a rastras entre dos enfermeros.

Una semana después, mira a su alrededor y sonríe para sí al ver que la cafetería del hospital sigue tan repleta de visitas como el primer día, de nuevo sorprendida por lo que es capaz de provocar alguien como Jotadé en los que lo conocen. La comunidad gitana es muy sentida para estas cosas y no faltan, aparte de los familiares directos de Jotadé, una docena de primos segundos, otra de vecinos y unos cuantos miembros importantes de la comunidad. Pero lo que a ella más le sorprende es que algunas de las mesas estén ocupadas por gitanos y policías, que charlan animadamente de los temas más insospechados. Lo nunca visto.

En la barra están el agente Lucas Melero y Margarita, la mejor amiga de la hermana de Jotadé, con la que ha hecho muy buenas migas. Aunque su torpeza natural ha caído en gracia entre los allegados de la chica, uno de sus hermanos no termina de ver con buenos ojos la posibilidad de que otro policía termine formando parte de la familia, y menos aún siendo payo.

Verónica ve a través del cristal a Lola en el aparcamiento y sale para encontrarse con ella.

—¿No quieres subir a verlo? —dice después de saludarla con cariño—. Todavía tiene restringidas las visitas, pero seguro que contigo harían una excepción.

—Tengo turno en el súper dentro de una hora —responde mientras niega con la cabeza—. Me basta con saber qué dicen los médicos.

—Todavía está delicado, pero, desde esta mañana, fuera de peligro. Por suerte, los disparos no alcanzaron ningún órgano.

Lola respira, profundamente aliviada.

—Bicho malo nunca muere.

—Todos terminaremos muriendo. Lo importante es que los que quedamos no nos arrepintamos de no habernos tragado el orgullo a tiempo.

—Tú no sabes lo que es tener que aguantar a un cenutrio como ese, Verónica.

—Desde que lo conozco no ha habido año que no me haya salvado la vida. Por muchos problemas que me dé, que me los da, y por muy cenutrio que sea, que lo es, yo lo quiero siempre a mi lado. Y algo me dice que tú también.

—No te equivoques. Si estoy aquí es porque es el padre de mi hijo.

—Si solo fuese eso, llamarías por teléfono a sus padres o a Lorena en lugar de atravesarte todo Madrid para recibir noticias de primera mano.

Lola rumia las palabras de la policía cuando Paco asoma a la calle.

—Oficial Arganza... Mi hijo quiere hablar con usted.

Al entrar en la habitación, Verónica ve a Jotadé de pie, asomado a la ventana mientras sujeta un gotero. Lleva una bata abierta por detrás y va sin ropa interior.

—Esta visión me la podía haber ahorrado...

Jotadé se gira y sonríe pero enseguida vuelve a mirar por la ventana, serio.

—¿Por qué no sube?

Verónica se sitúa a su lado y ve a Lola sentada en la parada de autobús.

—Viene cada día aunque tenga que coger tres autobuses, pero sigue cabreada como una mona.

—¿Y tú? ¿Todavía estás mosqueada conmigo?

—Yo te mataría con mis propias manos, pero me hubiera muerto si no llegas a salir de esta. Una paradoja.

—No sé qué es eso, pero suena bien.

Ambos se abrazan con alivio y muchísimo cariño.

—¿Cómo te encuentras?

—Me tiran un poco los puntos, aunque por mí me largaba hoy mismo.

Jotadé va a ir hacia la cama, pero Verónica le sujeta del brazo.

—No vuelvas a ocultarme algo así, Jotadé. Me siento culpable de creer que te habías convertido en lo que perseguimos. Prométeme que, de ahora en adelante, confiarás en mí.

—Te lo prometo.

Verónica lo ayuda a llegar a la cama y a acomodarse. Después, se sienta a su lado, preocupada.

—¿Va todo bien? —pregunta Jotadé.

—En las grabaciones que le entregué al comisario hablábamos de la muerte de Mauro. Ya saben que yo lo maté, así que llevo una semana esperando a que vengan a detenerme.

—Eso no va a pasar, Vero. La misma mañana que enterré a ese cabrón se lo conté al comisario y él me aseguró que te protegería.

—¿Te fías de él?

—¿Te ha dicho algo?

Verónica niega.

—Pues ya está. Seguramente haya borrado las partes de la grabación en las que hablamos de eso, así que olvídate y a otra cosa.

—Para mí no es tan sencillo cargar con una muerte a mis espaldas.

—Tendrás que aprender a vivir con ello, Vero. A mí tampoco me hace gracia haberme cargado a tres de los matones de Tony Garza. En el fondo solo eran unos críos, pero eran ellos o yo.

Verónica se resigna.

—Hablando de Tony, ¿se ha sabido algo de él?

—Dos días después del tiroteo, lo detuvieron cuando intentaba cruzar la frontera con Portugal. Ya está en la misma cárcel a la que te llevaron a ti, aunque el muy cabrón se niega a confesar lo que hizo con su padre.

—Seguramente nunca lo encontremos... ¿Y su hermana Paula?

—El inspector Osborne y yo la volvimos a interrogar y no tuvimos que presionarla demasiado para que admitiera ser responsable de la muerte de Manel Caballero, pero tampoco ha querido delatar a sus cómplices. Eso tal vez le complique la vida de cara al juicio.

—No es mala tía, pero ha nacido en el lugar equivocado. ¿Y a Jacinto Valverde habéis podido trincarlo?

—Gracias a tus grabaciones, también lo han detenido a él y a casi toda su banda. Enhorabuena, eres el responsable de que ahora sea más difícil que nunca conseguir un chute en la capital.

—Ya habrá otros ocupando sus sillones. Y serán aún más chungos.

—Si no crees que haya servido para nada, no entiendo que te hayas arriesgado así, Jotadé. A mí hay algo que se me escapa.

—El comisario necesitaba que detuviésemos al asesino de su hija para seguir con su vida, y además... —se interrumpe.

—Además, ¿qué?

Jotadé recuerda que hace solo un momento le ha prometido que no le volvería a ocultar nada y se rinde.

—¿Tú qué sabes exactamente de mi acuerdo con los mandamases?

—Básicamente, que te propusieron infiltrarte en la banda de los Garza y tú eres tan descerebrado que aceptaste.

—Pero no solo por amor al arte.

Verónica lo mira interrogante. Jotadé se dispone a contarle toda la verdad...

88

El comisario, destrozado tras la reciente muerte de su hija pequeña, se encontraba reunido en su despacho con Leandro Espada y con Gustavo Romero, director general de la Policía y director adjunto operativo, respectivamente. Sonó el teléfono fijo que había sobre el escritorio y el comisario descolgó.

—Dime. —Miró a través de la cristalera y vio a Jotadé en el exterior del despacho—. Hazle esperar un par de minutos y después que pase. —Colgó y se dirigió a sus acompañantes—. Ya está aquí.

Los otros dos miraron y vieron a Jotadé, que curioseaba las fotografías que estaban colgadas a lo largo del pasillo.

—¿Estamos seguros de esto, caballeros? —preguntó el director general dubitativo—. A mí ese muchacho no me inspira demasiada confianza.

—Esa es su virtud —respondió el comisario—. Pero, aunque extravagante, es un magnífico policía.

—En vista de los casos que ha resuelto, nadie duda de su talento, aunque también tiene un expediente bastante cuestionable, por decirlo suavemente —intervino el director adjunto operativo mostrando una carpeta—. Agresiones, insubordinaciones, faltas disciplinarias de todo tipo...

—Les aseguro que, si no fuese la persona idónea, no le habría propuesto. Yo solo quiero atrapar a los asesinos de mi hija, y me temo que esta es la única manera.

Los dos altos mandos cruzaron sus miradas, ya casi convencidos.

—¿Aceptará? —preguntó el director general.

—Enseguida lo sabremos...

Tras llamar a la puerta, Jotadé entró en el despacho y el comisario se acercó para recibirlo. Al tenderle la mano, al subinspector le golpeó una mezcla de olor a tabaco, alcohol y sudor.

—Gracias por venir, Jotadé.

—A mandar —respondió él estrechándole la mano para enseguida mirar receloso a los otros dos hombres.

El comisario hizo las presentaciones y ellos se levantaron para saludar al recién llegado con la típica sonrisa que pretendía parecer cercana y solo generó desconfianza en Jotadé.

—Es un placer, subinspector Cortés —dijo el director general—. Hemos oído hablar muy bien de ti. Hay muy pocos policías de tu comunidad.

—Normalmente a los de mi comunidad es a los que perseguimos.

Los dos hombres sonrieron con contención. Jotadé miró interrogante al comisario, cuya expresión trataba de ocultar su padecimiento.

—¿He hecho algo malo?

—En absoluto, Jotadé. Solo queríamos que nos pusieses al tanto del avance de las investigaciones sobre los asesinatos de la M-30.

—Estamos siguiendo una pista —respondió con discreción.

—¿Cuál?

—La de una organización dedicada, entre otras muchas cosas, al tráfico de drogas, dirigida por un tal Hilario Garza. Creemos que se trató de un simple ajuste de cuentas. En cuanto reúna las pruebas, les pondré en bandeja su cabeza.

—Para serte sinceros —dijo el director general—, el Ministerio del Interior ya nos había informado sobre la participación de Garza en esos asesinatos, pero ese malnacido sabe cubrirse y debemos hacer lo que sea para sacarle de la circulación.

—Si saben cómo, soy todo oídos.

El comisario miró a sus jefes y ambos asintieron, animándolo a ser él quien expusiera la verdadera naturaleza de esa reunión.

—Queremos que te infiltres en su banda —dijo al fin.

Por toda respuesta, Jotadé se levantó y se dirigió hacia la puerta.

—Con permiso, tengo mazo de lío.

—Escúchanos al menos —rogó el comisario—. Es la única forma de que esos cabrones paguen por la muerte de mi hija.

—Me matarán en cuanto me tengan delante. ¡Soy policía, joder!

—Nuestra propuesta es que dejes de serlo —respondió el director adjunto—. Al menos por un tiempo.

—¿De qué leches habla?

—Vuelve a sentarte, por favor —le pidió su jefe.

Jotadé sabía que lo mejor que podría hacer era largarse de allí, pero la cara de desolación del comisario le hizo cambiar de opinión y regresó a su sitio.

—Tú has crecido en la calle y conoces bien esos ambientes, Jotadé. Sabemos que es arriesgado, pero eres el único capaz de conseguirlo.

—Arriesgado es pedir ostras en el chino de mi barrio. Esto es una condena a muerte. Como ha dicho él —señaló al director general—, hay muy pocos polis gitanos. ¿Se creen que podríamos ocultárselo?

—Nadie habla de ocultárselo.

—¿Entonces?

—Hemos pensado que cometas un delito preparado previamente, tal vez un robo en la escena de un crimen, y que seas expulsado del cuerpo. Tendrías que pasar una temporadita en la cárcel... como compañero de celda de Marcos Garza, uno de los hijos de Hilario, que está a punto de terminar su condena. Lo único que tendrías que hacer es ganarte su confianza.

Jotadé los miró alucinado y estalló en carcajadas.

—Desde Chiquito de la Calzada no había visto a nadie tan gracioso.

Ninguno de los tres varió su expresión. A él se le borró la sonrisa.

—¿O sea que no están de coña?

—El ministro ya está al tanto y ha dado luz verde a esta operación —respondió el director general—. Somos conscientes de lo que supone esto para ti y por eso estamos autorizados para concederte lo que consideres justo.

Jotadé los miró uno a uno, pensativo. Guardó unos segundos de silencio que se hicieron eternos para todos.

—Suponiendo que acepte, cosa que dudo, quiero mis condiciones en un contrato firmado por ustedes tres y por el ministro.

—¿Qué condiciones son?

—En primer lugar, quiero que a mis viejos y a mi exmujer se les pague medio kilo en cuanto esto termine, tanto si sigo vivo como si no.

—Un millón de euros es demasiado dinero.

—Es lo que vale mi suicidio, pero aún no he terminado.

Los tres hombres se miraron y, tras convenir que podrían aceptar esa condición, le hicieron una seña para que continuase.

—También quiero que mi interlocutora sea Lucía Navarro.

—Lucía Navarro cumple condena por asesinar a un compañero, Jotadé —respondió el comisario.

—Ya, pero es de la única de quien me fío para pasarle la información, porque no quiero involucrar a la oficial Arganza. Y, por supuesto, quiero que la saquen de la cárcel, porque, si yo estoy infiltrado en una banda de asesinos, tengo que poder verla en un lugar seguro.

—Un indulto es inviable.

—Pues a tomar por culo.

El comisario le pidió que esperase fuera del despacho. Jotadé salió sintiendo cómo le temblaban las piernas hasta que, tras veinte minutos en los que vio a los tres hombres discutir y hablar por teléfono, volvieron a hacerle pasar.

—El dinero no es problema —dijo el director general Espada—. Disponemos de fondos reservados para hacer frente a este tipo de gastos, pero indultar a la agente Lucía Navarro es del todo imposible.

—Entonces búsquense a otro pringado.

—Aunque...

Jotadé se detuvo en la puerta y volvió a mirarlos.

—¿Aunque?

—Aunque podríamos aplicarle un 100.2 del Reglamento Penitenciario.

—¿Tengo cara de saber qué significa eso?

—Ese artículo permite flexibilizar la clasificación penitenciaria de los presos. O sea que, aparte de rebajar su condena sustancialmente, podríamos hacer que cumpla lo que le quede en un lugar mucho más... —buscó la palabra— tolerante. ¿Qué tal un centro de menores? Allí viviría como una trabajadora más y gozaría de bastante libertad, aunque sin poder salir al exterior, por supuesto.

Otra de las condiciones que puso Jotadé para aceptar formar parte de aquella locura fue que, salvo para hacerle coincidir en la celda con Marcos Garza, no debían intervenir en nada de lo que sucediera para no levantar sospechas que podrían costarle la vida. Le hizo jurar al comisario por su hija muerta y a los otros dos jefazos por sus respectivas madres —algo que creó bastante malestar, pero que a él, como dijo literalmente, se la traía al pairo— que su infiltración no la conocería nadie más que ellos tres y el ministro en cuestión. Tras repasar una docena de veces cada cláusula del contrato que prepararon en aquel despacho, lo firmó.

Cuando visitó a Lucía después de salir de la cárcel, el desconcierto de la joven por su traslado a aquel centro de menores dio paso a la perplejidad más absoluta cuando al fin descubrió las razones.

—¿Cómo que infiltrado?

—Ya ves, que eso de perseguir asesinos me sabía a poco.

—Es una locura, Jotadé.

—Míralo por el lado bueno: a mis viejos, a Lola y a Joel les arreglo la vida con medio millón libre de impuestos, y a ti te saco de la cárcel para que cumplas condena aquí.

—Tu vida vale más que todo eso.

—No pienso palmarla, tranqui. Pero por si acaso...
—sacó una copia del contrato y se lo entregó—, si yo me voy
pa Triana y esos cabrones no cumplen con lo que pone en
este contrato, quiero que mandes una copia hasta a los periódicos de instituto.

Durante las siguientes semanas, Jotadé le fue llevando,
en cada visita, grabaciones que Lucía a su vez hacía llegar al
comisario, pero haber participado en el atraco a un camión o
en partidas de póquer ilegales no era suficiente. Necesitaban
tener una confesión completa sobre los asesinatos de la
M-30, y Jotadé no consiguió que Tony Garza se fuera de la lengua hasta el último instante.

89

Desde que Andrea se vio obligada a confesarle a Lucía que fue su hermano Miguel quien realmente mató a su madre, la chica ha estado evitándola. Es consciente de lo abrumada que debe de sentirse y respeta la distancia que ha decidido poner entre ambas; sabe que la buscará cuando esté preparada para hablar. Ella, mientras tanto, procura informarse sobre la situación de Jotadé. Lleva días subiéndose por las paredes por no conseguir información actualizada sobre su estado, temiendo que no haya podido sobrevivir al tiroteo, pero esta mañana, por fin, ha recibido una llamada de la oficial Verónica Arganza dándole buenas noticias. Está saliendo del despacho de la directora mucho más tranquila de saber que su amigo se encuentra bien cuando Andrea por fin la aborda.

—Y ahora, ¿qué?

La chica lleva noches sin dormir, pensando en lo que le dirá a Lucía para mantener a salvo a su hermano. Pero ahora, cuando al fin ha decidido enfrentarse a ella, solo le ha salido eso. Lucía comprende su nerviosismo y esboza una tenue sonrisa.

—¿Qué tal si vamos a hablar a un lugar más discreto?

Ambas se dirigen en silencio al bosquecillo de pinos al que suelen acudir cuando desean estar solas.

—¿Tú qué crees que deberíamos hacer, Andrea? —pregunta Lucía con voz templada una vez que se sientan en el banco de piedra.

—Nada absolutamente. Olvídate de lo que hablamos.

—Eso no puedo hacerlo.

—¿Por qué no? Por mi parte, nadie se va a enterar, así que no te pueden acusar de encubrimiento ni de nada de eso.

—Si piensas que lo único que quiero es salvar mi culo, estás muy equivocada.

—¿Entonces por qué te empeñas en meter las narices en algo que ni te va ni te viene? —se revuelve irritada.

—Creo que debemos decir la verdad por ti, Andrea, porque es injusto que pagues por algo que no hiciste.

—Es mi decisión.

—Una decisión que te honra, pero equivocada.

—Me da igual lo que pienses. Si yo, que soy la principal perjudicada, he decidido que sea así, tú deberías respetarlo.

—Lo siento, pero no puedo mirar hacia otro lado cuando alguien inocente cumple condena por un crimen que no cometió.

Andrea la mira con rabia. Lucía sabe que, justo después de esa expresión que tan bien conoce a estas alturas, viene un arranque de ira, así que decide adelantarse.

—Entiendo por qué lo has hecho, pero tú tienes que entender que las cosas no pueden quedarse así. Tu hermano necesita ayuda.

—Miguel está perfectamente.

—No, no lo está, Andrea. ¿Hace cuánto que no lo ves?

Andrea desvía la mirada, cogida en falta.

—Yo le vi la semana pasada —Lucía continúa—, y siento decirte que vuestro secreto le está quemando por dentro. Si no lo saca pronto, terminará jodiéndole la vida... Si es que no lo ha hecho ya.

—¿Qué quieres decir?

—Cuando estuve con él, me encontré a un chico retraído, incapaz de relacionarse porque sus compañeros lo consideran un friki. De hecho, su única amiga era una yegua, a quien le contaba todas sus cosas porque no tiene a quién más hacerlo. Y mucho me temo que todo eso es consecuencia de lo que le hizo a vuestra madre.

A Andrea le duele escuchar eso.

—Si contamos la verdad, lo encerrarán, Lucía. Y él es débil, no soportaría estar en un sitio como este. Por eso dije que había sido yo.

—Estoy de acuerdo con que aquí encerrado solo se metería más en su burbuja.

—Entonces debemos callarnos.

—Quizá haya una solución intermedia...

Álvaro Herrera, el padre de Andrea, aguarda en una de las salas de visita del centro de menores, un lugar desangelado sin más decoración que una mesa, cuatro sillas desparejadas y un calendario en la pared que se ha quedado anclado en el mes de agosto. Mira su reloj, crispado; tiene demasiadas cosas que hacer como para perder allí el día entero. No tarda en llegar Lucía.

—Disculpe por la espera, señor Herrera.

—¿Qué ha hecho esta vez Andrea? —pregunta directo mientras le estrecha con desdén la mano que ella le ofrece.

—Nada. En las últimas semanas su comportamiento ha sido ejemplar.

—Eso sí que es una sorpresa —responde con incredulidad—. Entonces ¿para qué me ha hecho venir?

—Será mejor que se lo explique ella.

Lucía se asoma a la puerta y enseguida entra Andrea. La cara de agobio de la chica pone en alerta a su padre.

—¿Qué pasa, Andrea?

—Si me permite —responde Lucía por ella—, quiero aclararle que todo esto ha sido idea mía. Me duele ver cómo un padre rechaza a su hija cuando en realidad debería sentirse orgulloso de ella.

—¿Orgulloso? —pregunta perplejo.

—Eso he dicho, sí. Orgulloso de que haya decidido sacrificarse por alguien a quien quiere.

—¿Se puede saber de qué narices está hablando?

Lucía mira a Andrea y le hace un gesto para que hable. Ella no se decide, pero la anima cogiéndole la mano.

—Díselo, Andrea. Ahora mismo, los tres sois desgraciados. Y tenemos que solucionar eso antes de que sea demasiado tarde.

La chica asiente, coge aire, armándose de valor, y mira a los ojos de su padre.

—Yo no lo hice, papá. Yo no maté a mamá.

A Álvaro Herrera le cambia el semblante y se levanta indignado.

—No tengo por qué aguantar esto.

—Escúchela, por favor.

—¡No sé qué cojones le habrá contado mi hija, pero...!

—Ella no me ha contado nada. —Lucía lo interrumpe con firmeza—. He sido yo quien ha atado cabos y he descubierto la verdad.

—¿Y qué verdad es esa, si puede saberse?

—Que fue su hijo Miguel. Andrea solo se inculpó para protegerlo.

El padre de Andrea mira a su hija, dispuesto a recriminarle que haya engatusado así a esa psicóloga, pero algo en su expresión le hace detenerse.

—Lo siento, papá —dice ella destrozada—. Yo no quería que lo descubriera, pero fue a hablar con Miguel y...

Andrea se interrumpe, con los ojos anegados en lágrimas. Álvaro aún tarda unos segundos en comprender que quizá dice la verdad y vuelve a sentarse, asimilando.

—¿Esto no es alguna clase de broma de mal gusto o...?

—Le aseguro que no, señor Herrera —responde Lucía—. Fue Miguel quien empuñó aquel cuchillo.

—Dios mío... Entonces todo este tiempo Andrea...

—... ha cargado con la culpa de algo que no hizo solo por proteger a su hermano. —Lucía completa la frase por él.

—No le odies, por favor —ruega la chica—. Era muy pequeño y no sabía lo que hacía. Pero Miguel es bueno.

Álvaro se levanta, rodea la mesa y abraza a Andrea como cuando era una niña y aún no los había sacudido la desgracia. Mientras ambos lloran, atropellándose con disculpas y palabras de arrepentimiento, Lucía se marcha sin hacer ruido y deja que se consume la reconciliación entre padre e hija.

90

Paula Garza lleva toda su vida rodeada de hombres peligrosos, pero nunca había tenido tanto miedo como cuando sale al patio de la cárcel por primera vez y siente sobre ella la mirada de decenas de reclusas. Aun así, lo necesitaba; al principio pensó que podría soportar la carga de saberse responsable de la muerte del hombre al que amaba, pero, según pasaba el tiempo, entendió que necesitaba pagar para que el sentimiento de culpa la dejase seguir viviendo. El inspector Osborne y la oficial Arganza insistieron mucho durante el interrogatorio para que les diera los nombres de los ejecutores del crimen, pero ella decidió no delatar a nadie, por mucho que su propio abogado le advirtiese de que eso supondría una condena más severa.

Los primeros días los pasó en aislamiento y no se hacía a la idea de que estaba dentro de la cárcel, y no precisamente para visitar a su padre o a alguno de sus hermanos. Sin embargo, cuando al fin la trasladaron a su celda, se le cayó el mundo encima. Por acierto de la dirección del centro penitenciario o por mera suerte, su compañera de celda era una chica tan asustada como ella, una estudiante de Magisterio cuya vida se truncó al enamorarse de quien no debía y aceptar traer unas bolas de cocaína escondidas en la vagina después de unas vacaciones en México.

Mira con timidez a su alrededor y, entre las miradas de las demás reclusas que pasean por el patio, distingue algunas de curiosidad, de envidia, de desprecio y hasta de deseo. Se sienta en una esquina, apoya la espalda en la pared y cierra los ojos mientras siente la caricia del sol en la cara. Por un momento, se imagina que está en Zahara de los Atunes, adonde solía escaparse con Manel. Aguarda tumbada en una hamaca mientras espera a su novio, que ha ido a pedir mesa en el chiringuito de moda. Hasta que de pronto deja de sentir el sol y abre los ojos. No se trata de una nube, sino de una mujer de unos setenta años que está en pie frente a ella, observándola con curiosidad.

—Chiquilla, no te quedes aquí sopa, que no te vas a enterar de si alguien te quiere buscar las cosquillas...

Paula se levanta y se fija en la mujer; tiene la piel curtida, de un intenso color aceituna, los ojos negros y el pelo canoso recogido en una coleta.

—Tú eres la niña Garza, ¿no?

—No quiero problemas... —responde Paula intentando mantener un perfil bajo.

—Yo tampoco, paya, pero mi sobrino no deja de buscármelos.

Paula la mira sin comprender.

—Eres amiga de Jotadé, ¿no?

La chica asiente, cautelosa.

—Pues si tienes algún aprieto aquí dentro, si alguna reclusa te molesta o si te sientes amenazada, dices que la Rosario responde por ti. Ahora bien, si eres tú la que se mete en líos, yo me desentiendo y que salga el sol por Antequera, ¿te ha quedado claro?

—No me meteré en ningún lío, señora. Yo solo quiero estar tranquila y cumplir mi condena.

Rosario la mira de arriba abajo.

—No tienes pinta de ser de las que tiran a un novio por la ventana, así que seguramente se lo tendría merecido. ¿Fumas?

—No, señora.

—Pero sabrás comprar tabaco, ¿no? Pues, ea, ahí tienes el economato.

A pesar de que el trato de Paula con Rosario se limita a entregarle un paquete de tabaco diario, que la tía de Jotadé esté cerca le hace sentir bien. Mientras vuelve a cerrar los ojos en el patio con la tranquilidad de saber que nadie le hará daño, sonríe al pensar que, al final, conocer a ese gitano ha sido de lo mejor que le ha pasado en los últimos tiempos.

La actitud de Tony Garza al entrar en prisión no tiene nada que ver con la de su hermana Paula. Al llegar a su celda, el banquero Cayetano Larrañaga lo descubre ocupando la litera de abajo. Sobre el colchón de la de arriba están todas sus pertenencias.

—¿Tú quién eres?

—A partir de ahora, aquí mando yo.

Desde que es el asesor financiero de la mitad de los presos, Cayetano se ha convertido en un hombre importante allí dentro. Pero esa seguridad que le otorga poder hablar en confianza a los tipos más peligrosos de la cárcel a veces le hace cometer errores. Mira a Tony con suficiencia.

—Tú no sabes quién soy yo, ¿verdad?

Tony no le da la oportunidad ni de decírselo, sin saber que, al golpearle en el estómago y dejarlo doblado en el suelo, el error lo está cometiendo él. El segundo lo comete cuando intenta hacerse con parte del tráfico de drogas, sin tener en cuenta que el apellido Garza era temido y respetado gracias a su padre, y que, aunque ya todo el mundo sepa que él tuvo la sangre fría de liquidarlo, allí no es nadie sin la protección del exterior. Pocas veces los españoles, los marroquíes, los sudamericanos y los de las mafias de Europa del Este están tan de acuerdo en eliminar a una misma persona.

El lugar elegido es la cocina, donde Tony ha entrado a trabajar. Sabe que pasa algo cuando todos sus compañeros se esfuman en un instante y se queda solo frente al perolo de lentejas. La confirmación de que tiene un grave problema llega en forma de una representación de cada uno de los grupos que manejan los hilos allí dentro.

—¿Qué queréis?

—Enviarle con su papá —responde un colombiano—. Seguro que el bueno de Hilario ya le está esperando en el infierno...

Tony intenta alcanzar un cuchillo para defenderse, pero el representante de la mafia rusa se adelanta y le rompe el brazo de una patada. Los demás se le echan encima y le clavan sin contemplación diferentes pinchos de fabricación casera. Es tan despiadado y febril el ataque que uno de los marroquíes le clava, por accidente, un tenedor al colombiano.

—¡Mira lo que haces, hijueputa!

Los demás se ríen mientras Tony Garza se desangra en el suelo, con un total de cuarenta y siete puñaladas que van desde los ojos hasta las piernas, quince de ellas mortales de necesidad. Antes de marcharse, le vuelcan encima el perolo de lentejas.

91

Dos semanas después de entrar más muerto que vivo en el quirófano, Jotadé recibe el alta. Termina de vestirse de calle en presencia de su hijo Joel. El chico se ríe cuando ve que a su padre no le cierra el pantalón.

—Te ha crecido el buyacas con la comida del hospital. Eso es para que lo estudie el Iker Jiménez.

—¡Qué coño! Que tu abuela me ha traído unos pantalones que no son. Anda, ayúdame a abrocharme el botón.

—Sí, hombre, voy a ponerte yo la mano tan cerca de ahí.

—De aquí has salido tú, atontao. Dale o te quedas sin paga.

El chico va a ayudarlo. Cuando al fin lo consiguen, Jotadé le revuelve el pelo y Joel lo observa con curiosidad.

—¿Cuánta sangre dices que te metieron con las transfusiones, papa?

—En total más de dos litros, flipa.

—Sangre paya, supongo.

Jotadé lo mira, desconcertado.

—¿Qué quieres decir con eso?

—Que he mirado en internet y resulta que tenemos como cinco litros de sangre en el cuerpo. O sea que tú ahora eres un merchero, medio gitano y medio payo. A ver si te vas a afresonar.

—Me voy a volver rubio y voy a tomar el té por las tardes, no te digo.

Las risas de padre e hijo las interrumpe la llegada intempestiva de Lola, seguida de cerca por Paco y Flora.

—Joel —dice muy seria—. Déjanos solos.

—Si todavía no le ha dado tiempo a hacerte nada, mama.

—Joel, por favor —interviene Paco, igual de circunspecto que su exnuera—. Salte, que tenemos que hablar con tu padre.

—Ven conmigo, hijo.

Flora se lleva a su nieto fuera de la habitación. Una vez a solas, Lola le tiende un papel a Jotadé.

—¿Se puede saber qué narices es esto, Jotadé?

—¿Un extracto de banco?

—No te hagas el gracioso, Juan de Dios —contesta Paco—. Explícanos inmediatamente por qué Lola ha recibido un ingreso de un cuarto de millón de euros y tu madre y yo otro de medio.

—Sois las únicas personas del mundo que se quejan por eso.

—Si es dinero de las drogas, ya lo estás devolviendo.

—Es dinero limpio, papa. No tiene nada que ver con droga ni con cualquier otra cosa que huela malamente.

—¿Entonces de dónde ha salido?

—Explicado mal y pronto, es lo que me han pagado con fondos reservados del Ministerio del Interior por desarticular la banda de los Garza y la de Jacinto Valverde.

Tanto Paco como Lola lo miran perplejos, sin saber si creerle.

—¿Nos estás contando la verdad, Juan de Dios?

—A mí no se me hubiera ocurrido una historia tan liosa, papa. Por cierto, Lola, lo que robé para que pagases la hipoteca del piso también está limpio. Ya no hace falta que hagas chanchullos con el banquero al que te mandé.

—No entiendo nada, Jotadé —dice Lola, sobrepasada—. Si eso que dices es verdad, el dinero es tuyo.

—Yo ya tengo mi curro y no necesito nada. El medio kilo que tienes tú es para que pagues la casa y vivas sin apuros con Joel. Eso sí, la pensión del fiera a partir de ahora me la ahorro. Y lo vuestro, papa, es para que la mama y tú os jubiléis de una santa vez del mercadillo y le deis una parte a Lorena.

—No podemos aceptar este dinero, Juan de Dios.

—Anda ya, si quieres lo devolvemos después de que me hayan agujereado el culo. Según me han dicho los picapleitos, cualquier día de estos os llegará una carta del Ministerio justificando el ingreso para que los de Hacienda no huelan la sangre. Así que asunto arreglado.

Lola lo mira estremecida. Nunca nadie había hecho algo así por ella. No le sale una palabra y se marcha corriendo.

—Pues sí que se ha tomado mal la gitana eso de ser rica.

—Eres único, Juan de Dios...

Paco abraza a su hijo, profundamente orgulloso de él.

Jotadé sale del taxi y se dirige a su portal, pero algo en la terraza del bar de la esquina llama poderosamente su atención. Al reconocer al hombre que está sentado en una de las mesas, siente un escalofrío.

—Mira por dónde...

Busca su pistola en la cintura, pero va desarmado. Se esconde en el portal y aguarda. Después de unos minutos, el tipo paga su consumición y se marcha caminando. Jotadé va tras él hasta que lo ve meterse en un callejón desierto. Encuentra un trozo de tubería junto a un contenedor de obra, se acerca por la espalda y le golpea en las corvas con todas sus fuerzas. Al hombre se le doblan las rodillas y cae gritando de dolor. Cuando reconoce a Jotadé, le cambia el semblante.

—Hoy es mi día de suerte, Sebas...

El funcionario de prisiones al que Jotadé tan bien conoció durante su estancia en la cárcel lo mira asustado desde el suelo.

—Me has roto la rodilla —gime.

—No va a ser lo único que te lleves roto hoy de aquí.

—No fue nada personal.

—Esto tampoco lo es. Solo le estoy haciendo un favor a los reclusos, que se van a librar una buena temporada de un hijo de puta como tú.

—Si atacas a un funcionario de prisiones...

Pero Jotadé no le deja terminar la frase. Sebas llora como un niño y pide clemencia mientras el policía lo muele a palos con la tubería.

92

Iván termina de atornillar una estantería a la pared de un chalé adosado mientras Alba y James lo observan, vestidos con sus mejores galas. Cuando mira a los niños, el policía eleva los ojos al techo.

—Me cago en la leche, James. ¿Cuándo te has manchado el pantalón si te lo has puesto nuevo hace cinco minutos?

El niño mira la mancha y se encoge de hombros.

—Yo creo que la mancha ya venía desde la fábrica...

—Sí, claro. Que en la fábrica comen chocolate, ¿no?

—A lo mejor lo comen en la tienda, papá —lo defiende Alba—. Deberíamos pedir que nos devuelvan el dinero, que está defectuoso.

—Hija, tú no deberías ser ni policía, ni veterinaria, ni astronauta, sino abogada de pleitos pobres.

—¿Eso qué es?

—Nada, olvídalo.

Iván coloca varias fotografías enmarcadas de los niños en la estantería cuando llaman a la puerta.

—Ya está aquí —dice Iván nervioso—. ¿Tenéis claro lo que hay que hacer?

—Más o menos... —responde James.

—Que Dios nos coja confesados. Id vosotros, anda.

Los niños corren a abrir la puerta y se tiran en brazos de la recién llegada.

—¡Abuela!

—Cuánto os he echado de menos, criaturas. —Carmen les devuelve el abrazo, muy emocionada—. ¡Si habéis crecido y todo!

—Yo un centímetro y Alba tres.

—¡Qué barbaridad!

—¿Has traído perrunillas, abuela? —pregunta Alba muy seria.

—Antes se me olvida la cabeza, fíjate lo que te digo.

Los niños celebran. Iván llega hasta la puerta.

—Dejadla respirar, niños. —La besa en la mejilla—. Bienvenida, Carmen. —Hace un gesto hacia la pequeña maleta que hay a sus pies—. ¿Solo has traído esto?

—Para un fin de semana, me basta y me sobra.

—¡Nosotros la llevamos!

Entre Alma y James cogen la maleta y la llevan hacia el interior.

—Perdona que no te haya ido a buscar a la estación, pero prefería tener a estas dos fieras aquí controladas.

—Tranquilo. He venido en taxi divinamente.

Al entrar en casa, la abuela Carmen mira a su alrededor, satisfecha.

—Oye, esto está muy bien.

—Aún quedan muchas cosas por hacer, pero poco a poco se va convirtiendo en un hogar.

—¡Hasta tenemos piscina, abuela! —dice Alba emocionada.

—Será para el verano, porque, como te metas ahora, te quedas pajarito. ¿No me vais a contar cómo os va en vuestros coles nuevos?

—Después te lo cuentan, Carmen —se adelanta Iván—. Antes deja que te acompañemos a tu habitación para que te puedas instalar.

Los niños ahogan una risa y la abuela se mosquea.

—¿Qué pasa?

—Nada —sonríe Alba inocente—, ¿por qué lo preguntas?

—Porque tenéis los dos una cara de pillos que no podéis con ella.

—No les hagas ningún caso —responde Iván—. Hoy están más graciosetes que de costumbre. ¿Subimos?

Cuando llegan al piso de arriba, James y Alba aguardan cada uno a un lado de una puerta, que permanece cerrada. Ambos miran a la abuela forzando una sonrisa. Ella se estremece.

—Hijos, no me miréis así, que parece que me lleváis al matadero.

—Estáis los dos para jugar al póquer —dice Iván condescendiente.

—¿Qué pasa, Iván? —insiste ella.

—Nada, Carmen, no pasa nada. Será mejor que entres ya en la habitación que, si no, te lo largan todo. Ya podéis abrir.

Los niños abren la puerta y le franquean el paso. Al entrar, la abuela Carmen se queda de piedra.

—P-pero... ¿cómo es esto posible?

—¡Hemos copiado tu habitación de la casa del pueblo! —exclama James.

La mujer recorre la estancia fijándose en los muebles y en las fotos de Indira, de su difunto marido y de otras con James, Alba e Iván.

—Es todo idéntico...

—Los muebles se los encargamos a Teófilo, el del taller —dice Iván—, que fue quien te hizo los originales. Y de las fotos y del resto de la decoración se encargaron estos dos micos.

—¿Cómo se te ha ocurrido, Iván?

—A mí no me mires. La idea fue de ellos.

—Pensamos que así no te darías cuenta de que no estás allí —responde Alba.

A ella se le empañan los ojos, muy emocionada. Los niños se asustan.

—¿Es que no te gusta, abuela Carmen?

—Me encanta, James. Anda, venid a darle un abrazo a vuestra yaya.

Los niños la abrazan. Cuando logra contener la emoción, Carmen mira a Iván con reproche.

—Tú siempre despilfarrando, hijo. Como detalle, está precioso, pero para dos días que voy a venir no necesitaba todo esto.

—Aquí viene la segunda parte de toda esta historia, Carmen. Los niños tienen algo que decirte.

La abuela los mira, interrogante. Ambos se ponen serios.

—Como dijo Maradona —se arranca James—, si la montaña no se mueve, que se mueva otro. O algo así.

—No fue Maradona —lo corrige Alba—. Fue... ¿Maluma?

Iván ahoga una carcajada.

—¿Se puede saber de qué narices hablan estos mocosos? —pregunta la abuela Carmen, totalmente perdida.

—Lo que quieren decirte —responde Iván— es que nada nos haría más felices que tu fin de semana aquí durase una buena temporada.

—Otro que habla en clave...

—Que queremos que vengas a vivir con nosotros, yaya. Y no solo por un fin de semana, sino para siempre.

La abuela no sabe qué decir.

—Sabemos que a ti te gusta estar en el pueblo, Carmen, pero los niños y yo te echamos mucho de menos. Piénsate pasar aquí un tiempo.

—Te lo agradezco en el alma, Iván, pero ya va siendo hora de que tú rehagas tu vida. ¿Qué pensarán las chicas cuando se enteren de que vives con tu exsuegra?

—Cuando traiga alguna, os encierro a los tres en el sótano.

La abuela Carmen sonríe.

—Serás sinvergüenza...

—¿Eso es un «sí»?

—Es un «vamos a probar cómo sale la cosa». Pero solo porque no duermo pensando en lo mal que estaréis comiendo.

Los niños vuelven a celebrar, muy felices. La abuela Carmen sonríe a Iván, agradecida. Él le devuelve la sonrisa, contento por que todo haya salido como tenían planeado.

93

En cuanto ve a Jotadé entrar por la puerta, Lucía se precipita hacia él y lo abraza sin decir una palabra, profundamente aliviada por verlo de una pieza. El abrazo que le da es tan fuerte que él contiene un gesto de dolor.

—No me aprietes tanto que acabo de salir de toriles y se me saltan los puntos —dice dolorido.

Lucía se separa y lo mira con censura.

—¿Tú sabes el susto que me has dado, Jotadé? Ya pensaba que te habían matado, imbécil.

—Ha estado cerca, pero ya se ha acabado todo. Me he enterado viniendo hacia aquí de que a Tony Garza le han dado matarile en el trullo.

—Se lo tenía merecido.

—A mí la que me da pena es su vieja. La pobre mujer ha perdido en pocas semanas a su marido, a sus dos hijos y a su hija, que sigue viva pero pasará en Alcalá Meco una temporadita.

—Seguramente sabía a lo que se dedicaba su familia, así que también debía saber que esto podía pasar.

—Eso es así.

Lucía observa a su amigo y le sonríe con cariño.

—Estás para el arrastre, Jotadé. ¿Te vas a tomar por fin esas vacaciones?

—Eso es cosa de payos. De aquí me voy directo a comisaría, a ver si me devuelven la placa y la pipa, que lo de infiltrarse en bandas mafiosas es muy sufrido.

—¿Cómo se lo han tomado tus padres y Lola cuando se han enterado de que todo estaba preparado?

—A mis padres les he dado la alegría de su vida, y supongo que a Lola también, pero solo la he visto un momento en el hospital y ya me ha montado el pollo.

—Yo habría hecho lo mismo —le pincha divertida—, pero se le pasará. Tú dale un poquito de tiempo.

Jotadé asiente.

—¿Y tú cómo lo llevas por aquí?

—Bien —responde con una paz que no había sentido en muchos meses—. Creo que, gracias a ti, he encontrado mi verdadera vocación. Me gusta ayudar a los chicos.

—Si eso es verdad, el mundo se ha perdido una poli cojonuda.

—Yo como poli ya no tenía mucho futuro.

Ambos se sonríen.

—Solo venía a darte un beso, pero tengo que largarme cagando leches, a ver si el Bertín me va a poner falta en mi primer día.

—No dejes de volver por aquí, Jotadé.

—No te vas a librar de mí tan fácilmente, prima.

Jotadé y Lucía se vuelven a abrazar y él se marcha. Cuando regresa hacia el edificio, Lucía se fija en la parte trasera del jardín y se sorprende al descubrir a Andrea con su hermano Miguel y con el padre de ambos. Sonríe satisfecha al ver cómo han recuperado la buena sintonía. Al notar su presencia, Álvaro deja a los dos hermanos poniéndose al día y se acerca a ella con una radiante sonrisa.

—Hola, Lucía... ¿Puedo tutearte?

—Por favor... —contesta ella para enseguida fijarse en los chicos—. Me alegra verlos juntos.

—Todo es gracias a ti. No sé cómo pagártelo.

—Es mi trabajo, no hay nada que pagar. Haré lo que esté en mi mano para que Andrea pueda salir cuanto antes de aquí y volver a casa, pero es necesario que Miguel siga un tratamiento. Tiene demasiadas cosas que ordenar en su cabeza.

—He estado buscando psicólogos, pero ninguno me ha convencido.

—Hay muy buenos profesionales.

—Estoy seguro de ello, pero yo creo que solo existe una persona capaz de ayudarlo.

Lucía lo mira sin comprender.

—Andrea confía plenamente en ti, y creo que eso hará que Miguel también. Nos gustaría que fueses tú quien lo tratase, Lucía.

—Te agradezco la confianza, pero yo no sé si estoy preparada para tratar un caso como el suyo. De hecho, hace literalmente dos días que me he sacado la carrera.

—Aparte de nosotros tres, eres la única que conoce nuestro secreto y creo que eso ayudará. El dinero no es problema.

—No se trata de dinero, Álvaro. Pero, aunque aceptase hacerme cargo, yo solo podría tratarlo aquí.

—Solo tienes que decirme qué días lo traigo.

—Deja que le dé una vuelta, ¿de acuerdo?

—Claro.

—Ahora regresa con tus hijos. Hace demasiado que no estabais los tres juntos y tenéis que recuperar el tiempo perdido.

Álvaro asiente y vuelve con Andrea y con Miguel. Lucía no consigue borrarse la sonrisa de la cara, emocionada por verlos reír al fin. En ese momento, un coche entra en el recinto y se detiene frente a la puerta. De su interior salen dos funcionarios, que conducen hacia el despacho de la directora a un chico de unos quince años que viajaba en el asiento trasero. Al pasar junto a ella, Lucía siente un escalofrío. Él se limita a sonreír mientras lo observa todo a su alrededor con unos ojos completamente negros que le recuerdan a los de Ted Bundy, al que, debido a la excitación que le producían sus crímenes, se le dilataban las pupilas. Ni siquiera cuando era policía, Lucía había sentido tanto rechazo por alguien a primera vista.

94

Cuando Jotadé entra en la comisaría, todos lo reciben entre vítores y aplausos, incluso los que le habían dado de lado cuando le creían fuera del cuerpo. Él no se lo tiene en cuenta y los saluda uno a uno. En la sala de reuniones han preparado un aperitivo y brindan con él mientras lo felicitan por lo que ha conseguido. Uno de los últimos en hacerlo es Iván.

—Inspector Moreno —se sorprende Jotadé—, ¿has venido desde tu paraíso solo para verle la jeta a este gitano?

—Lo hubiera hecho, Cortés, pero he venido para quedarme.

—¿Y eso?

—Ya era hora de armar otra vez mi equipo. Arganza y Melero han aceptado volver conmigo. Ya solo quedas tú.

Jotadé mira a Verónica y a Lucas, que asienten sonrientes.

—Al Bertín le va a dar un infarto cuando se entere, pero yo esto no me lo pierdo.

—De hablar con el inspector Osborne ya me encargo yo, tranquilo —responde Iván antes de abrazarlo—. Me alegro de contar contigo.

Un agente vestido de paisano interrumpe la fiesta.

—Cortés, el comisario te espera en su despacho.

—No jodas... —dice acongojado—. A ver qué me pide ahora.

—Peor que infiltrarte en una banda de narcos no creo que sea —replica Verónica divertida.

Jotadé sale del ascensor en la zona noble y llega hasta la mesa de la secretaria del comisario. Lo habitual es que esa chica ponga distancia con él, pero, en esta ocasión, su mirada es muy diferente a lo que le tiene acostumbrado.

—¿Qué? —pregunta él con desconfianza.

—Gracias por lo que has hecho por el comisario, Jotadé. Lo necesitaba. Y, si mi jefe está contento, yo estoy contenta. Te debo una bien gorda.

Jotadé no sabe cómo interpretar el que le guiñe el ojo antes de descolgar el teléfono y pulsar una tecla:

—Ha llegado el subinspector Cortés... Enseguida, señor. —Cuelga—. Puedes entrar. ¿Quieres que te traiga un café?

—No hace falta, gracias.

Jotadé entra en el despacho y el comisario lo recibe con una sonrisa de agradecimiento.

—Aquí estás.

—Comisario...

Jotadé le tiende la mano, pero el comisario le da un abrazo.

—Gracias, hijo. Confiaba plenamente en ti y no me has fallado. Me he pasado un par de veces por el hospital, pero ya tenías suficiente compañía.

—Me consta que varios primos míos se jiñaron al verle.

El comisario sonríe.

—En cuanto estés más tranquilo, a mi mujer y a mí nos gustaría que vinieras a cenar a nuestra casa. Puedes traer a quien quieras, por supuesto.

Por la cara de Jotadé, no le parece una buena idea. El comisario se percata.

—¿Sucede algo?

—Se lo agradezco, jefe, pero lo mejor es que usted y yo sigamos manteniendo las distancias. No me debe nada porque ya ha cumplido entregándole el dinero a mis viejos y a mi ex, manteniendo a Lucía en el centro de menores y cubriendo a la oficial Arganza por lo de Mauro. Con eso me doy por pagado. Además, seguro que yo entro en su urbanización y tengo a todos los vigilantes jurados apostados en la puerta de su jardín.

—Como quieras, pero espero que esto me lo aceptes.

El comisario coge de su escritorio una bolsa y se la entrega. Jotadé saca de su interior un par de libros de texto y lo mira, interrogante.

—Como no tienes una licenciatura, son los complementos formativos que necesitarías.

—¿Necesitar para qué?

—Para un ascenso. Tú estudia, Jotadé. Que apruebes, depende de ti, pero ten por seguro que yo te ayudaré en lo que pueda. Estoy convencido de que serías un magnífico inspector.

Jotadé sonríe mirando los libros, sin poder negar que le ilusiona la idea.

—Ahora vayamos con los demás.

El comisario lo conduce hacia la salida y Jotadé se deja llevar, abrumado. Cuando llegan abajo, se extrañan al ver que ya no queda nadie en la sala de reuniones.

—¿Y la peña? —le pregunta Jotadé a un agente.

—Está todo el mundo en el aparcamiento. Por lo visto han intentado entrar al depósito de coches y se ha formado una buena.

—Vayamos a ver —dice serio el comisario.

Al llegar al aparcamiento, ven al equipo completo del inspector Moreno, a Osborne y a media docena de policías más rodeando un coche.

—¿Qué está pasando aquí? —pregunta el comisario.

Todos se retiran y Jotadé se queda pasmado cuando ve que frente a él está su Cadillac como nuevo. No tiene ni un rasguño. Mira a sus compañeros, aturdido. Ellos le devuelven una sincera sonrisa.

—¿Qué es esto?

—Una horterada de coche —responde Verónica—, pero, como sabemos que te gusta, hemos hecho una colecta para arreglártelo.

—Agradéceselo sobre todo al comisario y al Bertín... —Lucas Melero se corrige, cortado—, digo, al inspector Osborne, que no veas cómo nos apretaron las clavijas.

Osborne le tiende las llaves.

—Disfrútalo, Jotadé.

Él coge el llavero con un nudo en la garganta, sin saber qué decir.

—Ya nos lo agradecerás. —Iván le echa un capote—. Ahora ve a darte una vuelta y tranquilízate, que tú llorando puedes cortocircuitar.

Todos se ríen. Jotadé acepta la broma y, profundamente emocionado, entra en el coche, arranca y sale derrapando.

95

Jotadé se sienta a la mesa del comedor con determinación, echa mano a unas gafas de lectura recién compradas y se las pone. Le cuesta adaptarse a ellas y se agarra a la mesa como si estuviera dentro de un pequeño velero en mitad de una tormenta.

—La Virgen...

Tras unos segundos, cuando consigue por fin controlar el mareo, coge la bolsa que le entregó el comisario y de su interior saca un libro, en cuya portada se puede leer *Inspector/a Policía Nacional. Temario. Volumen 1.* Lo abre, carraspea y empieza a leer en voz alta:

—«Tema 1. El ordenamiento jurídico. Concepto y estructura de la normativa jurídica. Los diferentes tipos de normas jurídicas: normas de Derecho público y de Derecho privado; normas de Derecho común y de Derecho especial. Las fuentes del Derecho»... —Se agobia, cierra el libro y examina la contraportada—. ¿Esto para qué cojones es, para ser inspector o presidente del Tribunal Supremo?

Llaman a la puerta, deja el libro sobre la mesa y, tras coger su arma reglamentaria y guardársela en la cintura, va a abrir. Se sorprende al ver a Lola.

—Solo tengo una pregunta... —dice directa y enseguida corrige, seria—: Bueno, en realidad son dos. ¿Puedo pasar?

—Claro...

Lola entra y, ya en el salón, lo mira con curiosidad.

—La primera es ¿qué narices haces con esas gafas, Jotadé?

—A veces me duele el melón y resulta que es porque he cogido dioptrías.

—Te quedan como a un Cristo dos pistolas.

Jotadé asiente, se las quita y las deja sobre la mesa. Tras un par de segundos adaptándose a estar sin gafas, la mira.

—¿Y la segunda pregunta?

—¿Tú qué sientes por mí?

—Te quiero, ya lo sabes.

—Lo que no sé es si me quieres como a una ex con la que te llevas más o menos, como la madre de tu hijo, como a una amiga o como...

—Nunca he dejado de estar enamorado de ti, gitana.

—¿Entonces por qué me rechazaste?

—Solo os protegía a Joel y a ti.

Lola lo mira con tristeza.

—El problema entre nosotros siempre han sido las verdades a medias, Jotadé. Si me hubieras dicho que en realidad todo formaba parte de un plan...

—No podía contarte nada, Lola. Para que saliera bien, tú, Joel, mis padres, mi hermana y hasta mis compañeros en la comisaría debíais estar convencidos de que me habían echado de la Policía de una patada en el culo. Un paso en falso me habría puesto las cosas muy chungas.

Ella cabecea, exasperada.

—Infiltrarse en una banda de asesinos... ¿Tú cuándo vas a dejar de hacer ese tipo de idioteces?

—Al final ha salido bien, ¿no?

—Yo no puedo volver contigo si voy a pasarme el día esperando la llamada que me diga que te han matado, Jotadé.

—Lo entiendo... —responde, bajando la mirada.

—Pero, por otra parte...

Jotadé aguarda, interrogante. Lola se resiste a hablar.

—¿Por otra parte?

—Yo también sigo enamorada de ti. Casi me da algo cuando pensaba que no salías del quirófano.

—Lo sabía...

Jotadé sonríe y se acerca para besarla, muy seguro de sí mismo. Pero Lola lo detiene en seco.

—¿Tú dónde te crees que vas, espabilao? Que corra el aire.

—¿Qué pasa? —pregunta él, cortado.

—Que sigo sin tenerlo nada claro, Jotadé. Prefiero seguir sola a estar sobrecogida el día entero.

Jotadé le agarra las manos.

—¿Y si te prometo que me voy a arriesgar menos de ahora en adelante?

—No te creería.

—Voy a seguir siendo poli porque es lo único que sé hacer, Lola, pero se acabó infiltrarme en bandas y jugarme el cuello sin necesidad.

—Júramelo por tu hermano Rafa.

—Te lo juro. ¿Algo más?

—De momento, nada.

Jotadé sonríe y la va a besar, pero Lola vuelve a frenarle.

—¿Qué pasa ahora?

—Que esto no significa que me vaya a abrir de piernas a la primera. Si quieres algo, ya te lo puedes currar.

—¿Cómo?

—Invitándome a cenar, regalándome flores y demostrándome que todo esto no es porque estés más caliente que el pico de una plancha. Además, quiero que te hagas un análisis, no sea que, si acaso llega el día, me pegues alguna guarrería.

—Si llevo meses a dos velas, Lola —responde con cara de cordero degollado—. Hace poco intenté acostarme con una amiga y el de abajo dijo que ni de coña. Y era porque no dejaba de pensar en ti.

—Por ahí vas bien —afirma, satisfecha—. Pero, aun así, quiero ver cómo estás de colesterol y de esas cosas, no te me vayas a morir a los dos días.

—Vale.

—Pues, si ya no hay nada que hablar, me vuelvo a casa, que tengo a Joel haciendo los deberes.

—¿Vamos mañana a cenar?

—Recógeme a las nueve.

Sin decir nada más, Lola sale y Jotadé cierra la puerta, sonríe y vuelve a ponerse las gafas, pero solo pasan unos segundos cuando vuelven a llamar. Y de nuevo es Lola.

—Ya, si eso, empiezas mañana con el roneo.

Se sube sobre él a horcajadas, le quita las gafas y le besa. Jotadé cierra la puerta empujándola con el pie y la lleva en volandas hacia la habitación.

96

El inspector Pedro Osborne se refresca la cara en el baño de la comisaría, agotado tras pasar el día entero de reunión en reunión. Se mira en el espejo y encuentra en el reflejo a un buen policía; quizá no sea tan valiente ni tenga tanta calle como otros, pero la comisaría ya está llena de Jotadés e Ivanes Moreno. Él es de otra clase, alguien que sabe manejarse mejor en los despachos, y, aunque para muchos solo sea un lameculos, políticos como él con frecuencia son más necesarios que los pistoleros.

Al salir del baño se cruza con Jotadé.

—Enhorabuena, Cortés, ya te has librado de mí.

—No es nada personal, jefe. Yo a Moreno lo conozco desde la época de Indira Ramos, y ahora que ha vuelto...

—Pegas más con él que conmigo, tranquilo —dice sin rencor—. Con Arganza y Melero formaréis un gran equipo.

—Gracias.

—Por cierto... Tú no sabrás nada de un funcionario de prisiones al que han mandado al hospital de una paliza, ¿verdad?

—Ni idea. Pero, si me entero de algo, te lo digo.

El inspector asiente, se despide apretándole el hombro con confianza y se encamina hacia la salida. Antes de llegar, Jotadé lo detiene:

—Bertín...

Osborne se da la vuelta.

—Gracias por aguantarme, hombre. En el fondo has sido un buen jefe. Y gracias por lo del buga. Me ha llegado a la patata.

Él le quita importancia y sale pensando que nunca ha tenido demasiado *feeling* con el subinspector Cortés. Además, le toca las narices que lo llame Bertín, pero reconoce y admira su instinto y su valor.

Al entrar en su coche, un jovencísimo agente, recién salido de la Academia, se acerca y llama a la ventanilla con los nudillos.

—Disculpe que le moleste, inspector. Solo quería preguntarle si ha decidido ya algo. Desde que me dijo que quería que formase parte de su equipo, no he dejado de pensar en ello. Le doy mi palabra de que no le decepcionaré.

Osborne lo observa unos instantes con ambigüedad, pero finalmente sonríe.

—Mañana te presentas a primera hora en mi despacho y lo formalizamos.

—Gracias, señor.

Antes de llegar a su casa —un pequeño chalé que lleva años rehabilitando con sus propias manos a las afueras de Colmenar Viejo—, el inspector Osborne se detiene en el ultramarinos. Mientras paga una docena de huevos, una empanada, unos filetes de pollo, un litro de gazpacho casero y algunos productos de limpieza, charla con el dueño sobre las últimas e inesperadas derrotas del Real Madrid.

—Sufrimos más tú y yo por los resultados que los propios jugadores, Agustín. Ellos ahora estarán decidiendo dónde se compran su próximo casoplón.

—Cuánta razón...

Una mujer africana de unos cincuenta años, que aparenta setenta, le está esperando junto a su coche.

—Inspector...

—Hola, Halima. ¿Cómo está la familia?

—Mi hijo Juma se ha vuelto a meter en problemas.

—Yo no puedo estar sacándole las castañas del fuego cada semana.

—Esta es la última vez, se lo juro. Es un buen chico con malas compañías.

—El problema es que él se esté convirtiendo en la mala compañía de otros, mujer... —responde con condescendencia—. ¿Dónde está, a ver?

—En la comisaría de Centro.

—Deja que haga una llamada..., pero es la última vez.

—Le doy mi palabra —dice besándole las manos—. Gracias, muchas gracias. Es usted un ángel.

—De cornisa, como decía mi abuela...

En el corto trayecto desde el pueblo, Osborne llama por teléfono a un contacto en la comisaría de Centro y consigue que dejen en libertad a Juma, detenido una vez más por trapichear en la Puerta del Sol.

Entra en su casa y va a la cocina. No hay allí demasiados lujos, pero todo está limpio y decorado con el buen gusto que pueda tener un soltero empedernido. Fríe un par de filetes de pollo y los acompaña de un poco de arroz blanco, un vasito de gazpacho y un plátano. Sale con la bandeja de la cocina y se detiene frente a una puerta cerrada con llave. Saca un manojo de llaves, abre la cerradura y baja por unas escaleras que conducen a un sótano. Allí, retira un ropero, tras el que aparece otra puerta, esta de metal y protegida por varias cerraduras. La abre y recorre un pequeño pasillo excavado en la piedra. Al fondo, una última puerta.

Descorre los cerrojos y entra en una habitación de quince metros cuadrados alumbrada por una bombilla pelada, en la que hay una mesa con su silla, una pequeña estantería con algunos libros manoseados, un diminuto baño separado por una cortina con váter y lavabo, y un catre. Sentado en él está una chica muy pálida por la falta de luz natural, de aproximadamente dieciséis años, que lo mira en silencio. Lleva ya tanto tiempo allí encerrada que el miedo ha dejado paso al rencor y a la desesperación más absoluta. El inspector Osborne deja la bandeja sobre la mesa.

—Come.

—No tengo hambre.

—Sabes que vas a obedecerme por las buenas o por las malas, Carla —responde con voz pausada—. Hazlo por nuestro hijo.

La chica se lleva instintivamente la mano a la tripa, ligeramente abultada. Duda, tentada de rebelarse, pero ya conoce a su secuestrador desde hace más de cuatro años y sabe de lo que es capaz.

Agradecimientos

Una vez más debo agradecer de corazón a todos los que me habéis ayudado, de una u otra manera, a escribir esta novela. A mi familia y amigos, a los que habéis resuelto mis numerosas dudas, a mis lectores de confianza, y a todos y cada uno de los miembros de Penguin Random House, que siguen dando lo mejor de sí mismos para que mi trabajo salga adelante.

Pero, en esta ocasión, me quiero centrar en vosotros, los lectores, que con cada nueva novela (y van siete) siento vuestro apoyo y vuestro cariño. Espero que lo hayáis pasado bien reencontrándoos con un personaje tan especial como Jotadé, y os aseguro que ya estoy devanándome los sesos para daros una continuación a la altura.

Como siempre digo, si esta historia os ha gustado, escribir una reseña y recomendársela a los vuestros es el mayor favor que podríais hacerme.

¡Muchas gracias y hasta pronto!

Santiago Díaz
Instagram: santiagodiazcortes
X: sdiazcortes

Este libro se terminó
de imprimir en
Móstoles, Madrid,
en el mes de
marzo de 2025